心

〔日〕夏目漱石 著

竺家荣 译

陕西师范大学
出版总社有限公司

图书代号：SK13N0668

图书在版编目（CIP）数据

心／（日）夏目漱石著；竺家荣译．—西安：陕西师范大学
出版总社有限公司，2013.8（2018.1重印）
ISBN 978-7-5613-7069-8

Ⅰ.①心… Ⅱ.①夏… ②竺… Ⅲ.①长篇小说—日本—现
代 Ⅳ.① I313.45

中国版本图书馆 CIP 数据核字（2013）第 086156 号

心
XIN

[日] 夏目漱石 著 竺家荣 译

责任编辑	焦 凌	
特约编辑	陈希颖	
装帧设计	所以设计馆	
出版发行	陕西师范大学出版总社	
	（西安市长安南路 199 号 邮编 710062）	
网 址	http://www.snupg.com	
经 销	新华书店	
印 刷	山东临沂新华印刷物流集团	
开 本	880mm×1230mm 1/32	
印 张	8.75	
插 页	4	
字 数	230 千	
版 次	2013 年 8 月第 1 版	
印 次	2018 年 1 月第 7 次印刷	
书 号	ISBN 978-7-5613-7069-8	
定 价	29.80 元	

对真善美的不懈探索

——日本文学大家的风采

"悦经典"之日本文学系列,是从浩如烟海的日本近现代文学中遴选出来的。首推的三位作家可说是重量级的,分别是日本明治、大正、昭和文坛的领军人物,选出的作品也充分代表了三位作家的文学特色。

"国民大作家"夏目漱石

按作品年代,首先介绍素有"国民大作家"之称的文豪夏目漱石(1867—1916)的三部作品。尽管漱石在日本近代文学史上被冠以"余裕派""高蹈派"的名号,但其创作的基本倾向无疑是批判现实主义。漱石所处的时代正值日本文明开化,由封建社会向资本主义社会转变的时期。漱石在英国亲证了西方文化及其近代文明掩盖下的弊端,对于日本人的盲目西化深感不安。他主张"批判地接受西方文明",发扬日本的传统美德。然而,他倾尽一生不断在作品中寻求解决办法,却因理想与现实的冲突深感无能为力,最终提出"则天去私",寻求解脱之路。

如果说其初期作品主要是探究西洋文明与日本旧有文化的冲突给世人的影响，那么中期以后，其作品逐渐转向描写头脑与心灵相克的主题，以精雕细琢的手法剖析人的内心世界，批判人的私欲。尤其是男女爱情矛盾方面表现出来的私心以及由此产生的苦闷、孤独和绝望，构成了其作品的主要内容。

　　"悦经典"所选的漱石的三部作品分别代表了其各个时期的创作风格和理念，同时也是最受读者喜爱的作品。

　　留学回国后，漱石对日本自然主义文学缺乏批判性和枯燥的平面描写很反感，接连发表了振聋发聩的《猫》(1905)和《小少爷》(1906)两部中篇小说，一举成名。《小少爷》取材自漱石在松山任教的经历，描写了一个不谙世事的青年在某乡村中学的种种遭遇，以嬉笑怒骂的手法，鞭挞了明治时期教育界的阴暗面——校长的伪善狡诈，"红衬衫"的阴险利己，"马屁精"的趋炎附势，并且颂扬了以"豪猪""老秧君"为代表的正面角色。这两类人之间展开的博弈构成了美与丑、正义与邪恶的矛盾冲突。

　　为了突出故事的讽刺性，漱石特意将主人公设定为鲁莽、憨直、富于正义感的江户哥儿，并采用了落语①的表现形式，与《猫》的漫画式嘲讽有着异曲同工之妙，充分展示了他在和、汉、洋三方面的深厚学养及非凡的艺术表现力。

　　《虞美人草》(1907)虽不及上述两部作品那么名声在外，但在漱石文学中的意义却非同一般。它是漱石辞去教职，从事专业创作后的第一部长篇小说，也是他从创作初期进入中期、承上启下的作品。

　　《小少爷》里的善恶划分，在《虞美人草》里与"道义""虚荣"相互重叠，以分属不同阵营的三对男女的婚恋为线索，展开了一系

---

① 落语：日本的传统曲艺形式之一，表演形式和内容都与中国传统的单口相声相似。

列的纠葛和冲突。结局是,有的人战胜了"虚荣",选择了"道义";有的人则成为"虚荣"(东西方文化冲突)的牺牲品。女主人公藤尾就是这样一个悲剧人物,她爱慕虚荣,然而头脑与心灵的相克使她无所适从。与她同属一个阵营,有可能和她结合的那个男人(未婚夫),却为了"道义"不惜毁掉婚约,选择了另一个女人。而她倾心的诗人钦吾,又由于与她分属于两个阵营,根本不可能和她产生交集。这些打击最终导致了她的自杀。也可以说,她是被作者模式化的伦理观置于死地的。

相对于创作《小少爷》单打独斗式的、没有结果的奋斗,经过初期几部作品的探索,漱石的外部批判终于在伦理上取得了全面的胜利。此后,经过中期向内的探索后,后期创作更加深入地剖析人物心理。《心》(1914)即是作者进入后期创作后的白眉之作,是侧重刻画知识分子多疑、厌世心理的后期三部曲(《春分之后》《行人》《心》)的最后一部,也是最有分量和影响的一部。

《心》的上部《上　先生和我》主要描述"我"与先生结识,得知先生一开始并非如此厌世,而先生的转变,与他葬在杂司谷的朋友有关。下部《下　先生和遗书》是先生通过写给"我"的书信,终于向"我"坦白了自己一直不愿意透露的过去——因一己之私而导致他的挚友 K 自杀,对 K 的歉疚最终导致先生自杀。小说旨在表明利己主义是行不通的,也寓意作者对于两种异质文明无法调和的无奈。《心》对个人心理精确细微的描写可谓登峰造极,无出其右。

漱石是鲁迅"最爱看的作者"之一。他一生的创作都致力于思索人生,描写社会现实,尤其是知识分子的生活,塑造了各种各样栩栩如生的典型形象,使他超越了同时代的其他作家。

日本文坛素有"川端是庭院,而漱石是山脉"之说,二人对后世文学影响巨大。无论是思想内涵还是艺术造诣,漱石文学都达到了极高的境界，以至于他的辞世，成为明治时代结束，大正时代到来的象征。

"鬼才作家"芥川龙之介

素有"鬼才"之称的芥川龙之介（1892—1927）是日本大正时代的小说家。他也是鲁迅非常喜欢的日本作家，鲁迅于1923年芥川还在世时，便译介了《罗生门》与《鼻子》。

芥川深受夏目漱石批判现实主义和森鸥外的历史小说的影响，毕生致力于创作短篇小说，其数量多达166篇。他取材多样，尤其擅长改编古典作品，古为今用，视角新颖，构思精妙，在日本文学中独树一帜。作为大正主要流派"新现实主义"（也称新思潮派）的代表作家，其文学特色是用冷峻、简洁的文笔来描绘世道人心的丑恶，让读者去感受和思考，而很少作出评论。其代表作《罗生门》《莽丛中》等已然成为世界性的经典名作。

小说集《罗生门》中的题材大致分为以下几个方面：

取材自日本古典的有《罗生门》《地狱变》《莽丛中》《六宫公主》《鼻子》；

取材自天主教故事的有《奉教人之死》《报恩记》《南京的基督》；

取材自古代神话的有《老年的素盏鸣尊》；

取材自佛教故事的有《蜘蛛丝》；

取材自江户时代的人物、事件的有《戏作三昧》；

取材自中国的有《秋山图》；

取材自现代的有《单相思》《阿富的贞操》；

魔幻表现的有《河童》。

由上可知，芥川文学的取材十分广泛，跨越时间（古代和现代)和空间(西方和东方),甚至人间(如《河童》的魔幻手法)来观照和批判日本现代社会,剖析现代人的利己主义。

《罗生门》揭示了在弱肉强食的社会中,人为了活下去可以不择手段。《鼻子》则通过为长鼻子苦恼不已的老僧,却因鼻子缩短复又陷入新的苦恼,揭示了"旁观者的利己主义",戏谑之余也影射了佛门之中的六根不净。

《地狱变》以惨淡的笔墨,描写了艺术至上主义者虽然以牺牲女儿为代价,在与权势者的博弈中取得了胜利,却最终陷入了自我崩溃的境地,表现了艺术至上主义的局限。

《莽丛中》以当事人在法庭供述和作证的形式,转述了一个曲折迷离的奸杀事件。小说中每个人各执一词,真相扑朔迷离。唯一能肯定的是每个人都靠谎言来掩饰自己的罪恶,意图展现理想的自己。

《蜘蛛丝》里的佛教故事告诉人们,人的利己本性足以导致自身的毁灭,但同时也隐喻了人将自身的命运寄托于宗教的后果。

《戏作三昧》写的是《八犬传》作者泷泽马琴晚年某一天的生活,意在表现书斋中创作的艺术家内心的孤独、幸福,也折射出了作者本人的影子。

《秋山图》则意图告诉人们,绝对的美并不存在,艺术的真正价值因欣赏它的人或时机不同而有所变化。

......

芥川善于巧妙利用各类题材发掘古今共通的人性,同时,也不惜笔墨描写了善良会给人带来意外的幸福(如《南京的基督》里的妓女),以及侠气(如《报恩记》里浪子为报答义贼和强盗救助一家的恩情,而甘愿以身代死)和自我牺牲精神(如《阿富的贞操》中的阿富,为了救一只猫竟然打算献出自己的贞操;《奉教人之死》的女主人公更是舍生殉教,为人们奉献了宗教性的感动)

等人性之光。

芥川将日本文学细腻微妙的感受与江户文人情趣、西方教养融为一体，他善于通过细致地描写人物的心理活动，来揭示人在善与恶、美与丑的对立和相克中流露出的不安心绪，从日常琐事中将人性挖掘得入木三分，并结合多样文体为作品锦上添花。这更使得芥川的短篇小说脍炙人口、卓然不群。

尽管如此，芥川在探讨人生、观照人性的过程中，仍不可避免地看到了人世间的丑恶，陷入深深的怀疑和幻灭之中。面对日本的急速现代化，他在创作后期的一些作品时更是陷入深刻的矛盾和彷徨，最终得出"我们人类的痛苦也是难以解救的"的结论，终于在 35 岁的盛年，走上了否定自我的道路。芥川的去世成为昭和时代到来的标志性象征，也为日本近代文学画上了句号。

"无赖派"代表作家太宰治

太宰治（1909—1948）是二战后废墟上诞生的日本重要文学流派"无赖派"（也称新戏作派、反秩序派）的代表作家，他非常推崇芥川龙之介，并深受其影响。两人虽有着许多的不同，却殊途同归。与苦恼于新兴无产阶级时代到来的蒙眬不安而结束自己人生的芥川相似，没落乡绅出身的文学青年太宰治，似乎一降生便注定了无法回到旧时代，也无法融入新民主主义的新时代，他苦恼于理想与现实相克的悲剧性命运，为了拯救自我而投身写作，仿佛为了文学而生。他们的文学，也成了对那个时代的最好诠释。

太宰治留下的上百篇私小说式的作品，便是他短暂的人生、15 年创作生涯及其所生活时代的真实写照。

太宰文学中的主人公大多贫困潦倒而颓废，故而被评为"弱者的文学"。太宰文学虽属于日本文学的另类,却是战后文学的重要坐标,随着时代的发展,其文学价值也越来越为人所认知。

太宰治因其跌宕起伏的人生、孤傲而自卑的个性、自虐而反俗的作品题材而饱受争议,既有"昭和文学不灭的金字塔"之称,也有"败北的文学"等评价。其自身的经历与其作品里描写的边缘人达到了高度的契合,对挣扎在时代边缘的理想主义者的心理刻画入木三分,少有比肩之作。

太宰的重要作品多集中于其创作后期,即日本战败后的1945到1948这三年时间。《人间失格》所选的四部作品,都属于后期作品,此书也可谓是太宰治后期美学的集大成之作。

《微明》(1946)写于满目疮痍的战后,描写了主人公全家疏散到妻子老家后,遭受空袭的体验。被称为"家庭的毁灭者"的太宰,少有地展示了对妻儿温情的一面。

同样是描写家庭生活,太宰自称是"夫妇吵架小说"的《樱桃》(1948)则刻画家庭即将毁灭之前,拒绝拯救的作者的心境和可怜的孩子们。

《斜阳》(1947)可以说是太宰的集大成之作,也是奉献给没落贵族的挽歌。

《人间失格》(1948)写于太宰自杀之前,即他的绝笔之作,也是太宰文学"最深刻的到达点"。

《人间失格》塑造了一个悲剧人物。主人公叶藏从小体弱多病,幼小而敏感的心灵受到了互相欺骗的"人类"的伤害。他通过扮演"小丑"来克服心理上的不安与恐惧,寻求"他人"的认同。对自己的无能和"罪意识",对"人类"的恐惧和失望,使他认为自己不配作为一个人而活着。他进行了种种尝试,却最终被送到了疯人院,无可避免地走向了毁灭。

但在小说的最后,酒吧的老板娘说:"我们认识的叶藏……也还是个像神一样的好孩子呢。"由此可知，太宰治并不认为叶藏真的没有做人的资格，只不过不具备做浑浑噩噩的人的资格。太宰治至死都不愿低下高傲的头，正是他对真善美的执着追求将自己驱赶入绝境，也正是这执着的追求，成就了太宰文学上的大家地位。

在《人间失格》这部小说里，太宰治透过叶藏这个角色，完成了对自己人生的回顾和评价。在发表这部作品的同年，他自杀身亡。

陕西师范大学出版总社与上海雅众文化公司编选的这套"悦经典"之日本文学系列，能让读者充分领略到这些日本文学大家的风采。如果说夏目漱石偏重于从伦理角度探究"善"的话，太宰文学则更注重探究人性存在的"真"，而芥川文学则试图通过冷静地观照人生，探究超越人心善恶的"美"。他们对真善美的毕生探索，为日本近代文学乃至世界文学奉献了精彩绝伦的杰作。

陕师大出版总社与上海雅众联袂推出的这套"悦经典"之日本文学系列也将继续为读者带来更多更好的作品，请拭目以待！

目录

心

上　先生和我

一

　　我一向叫他"先生"，所以此文中也这般称呼，而不公开他的姓名，这样对我来说更自然些，并非顾忌人言。每当回想起他的音容笑貌，我便情不自禁地想叫一声"先生"，拿起笔来时，心情亦然，我实在不愿使用那种生分的姓氏缩写。

　　我认识先生是在镰仓，当时我还是个少不更事的学生。趁着暑期去了海滨浴场的一个朋友，给我寄来明信片，邀我一定去玩，于是，我决定筹钱前往。我用了两三天的工夫筹钱，谁知在镰仓待了不到三天，邀我去的朋友突然接到乡下来的电报，让他马上回去。尽管电报上说他母亲病了，可是我那位朋友并不相信，因为老家的父母早已给朋友包办了一门亲事。可是，按现代人的习惯来说，他还不到谈婚论嫁的年龄，而且最关键的是，女方本人他没看上眼。所以，暑假本应回家的，他却故意跑到东京附近游玩来了。他把电报拿给我看，问我该怎么办。我也不知道该怎么办，如果他母亲真的病了，他当然应该回去。最终他还是回去了，如此这般，特意赶到这里的我就落了单。

　　距离开学还有些时日，我可以继续留在镰仓，也可以选择回去，我便决定暂且待在落脚的那个旅店。朋友是中国①一个有钱人家的儿子，虽说不缺钱花，但毕竟还是个在校学生，在花销方面和我相差不大。所以独自留下的我，也省去了重新去找廉价旅馆的麻烦。

旅店位于镰仓的一个偏僻之处，倘若打算去享受台球或冰激凌这类时尚的玩意儿，须穿过一条很长的田间小路，坐车去还得花费二十钱。不过，这一带坐落着不少私人别墅，且离海边很近，对于喜欢海水浴的人来说，可算是占据了有利位置。

我每天都去海边游泳。从熏得发黑的旧茅屋之间穿过去，一下到海滩，就能看见沙滩上蠕动着来避暑的男男女女，这场景不能不让我惊诧，原来这地方住着这么多城里人。有时候，海面上竟也会像澡堂里似的，浮着一片黑压压的脑袋。我虽然孤零零一个人，但也融入了这喧闹嬉戏之中，或随意躺卧在沙滩上，或在水里蹦来跳去，任凭海浪拍打着膝头，倒也快活自在。

我就是在这杂沓之中看到先生的。那时海边有两家茶屋，自从我偶然去了其中一家，后来就习惯去那家了。与长谷那一带拥有大别墅的人不同，没有专用更衣棚的避暑客们，就只有使用这种公共的更衣场所了。他们除了在这茶屋里喝茶、休息之外，还在这里洗游泳衣，冲净身上的海水，寄存帽子和雨伞等等。我虽然没有泳衣，但也担心自己的随身物品被偷窃，所以每次下海前都把衣物寄放在那家茶屋里。

二

我在那家茶屋见到先生的时候，他刚脱去衣服准备下海。我当时正从水中走上来，风吹着湿淋淋的身子。我们之间隔着不少攒动

① 中国：即"中国地区"，位于日本本州岛西部。

4

的人头，若是没有碰到什么特殊情况，我可能会错过先生的。但是，尽管海边那么多人，我又是那么懈怠，还是立刻发现了先生，只因为他是和一个外国人结伴来的。

一进小茶屋，那个肤色异常白皙的西洋人，便立刻引起了我的注意。他把身上穿着的日式浴衣脱下来，往长凳上一扔，抱着手臂，面朝大海站在那里。他身上除了我们平时穿的内裤外，什么衣服也没穿。这首先便让我觉得不可思议。两天前，我还去了由井之滨，在沙滩上长时间地观瞧外国人泡海水浴的情景。我坐在一个小沙丘上，旁边就是某旅馆的后门，在这段时间里，我看到许多男人海水浴后，从海里走上岸来，并没有一个人露出身躯、胳膊和大腿，女人们更是将肉体遮掩起来。人们头上几乎都包着橡胶头巾，海面上浮动着一片深红色、藏蓝色或蓝色。对于刚刚目睹了这一景象的我来说，这位只穿着一条游泳裤，堂而皇之地站在大家面前的洋人着实稀罕。

过了一会儿，那个洋人扭头对自己身旁正弯腰捡东西的日本人说了一两句话，那个日本人捡起掉在沙滩上的毛巾，包在头上，两人就向海边走去。那个日本人就是先生。

出于好奇，我一直望着并肩走下海的两个人的背影。只见他们径直走进海水里，穿过远处礁石滩周围戏水的人群，走到较为开阔的地方后，两个人就游了起来。他们向远处游去，两个脑袋逐渐变小了。不久，又游了回来，一直游到岸边。回到茶屋后，也不用井水冲洗，马上擦干身子，穿好衣服，匆匆离去了。

他们走了之后，我仍然坐在长凳上一边抽烟，一边呆呆地想着先生的事。我总觉得好像在哪里见过他，却怎么也想不起是在什么时候、什么地方见过。

那时候，与其说我是无忧无虑，不如说是百无聊赖。因此，第二天，在估摸着有可能遇到先生的时间，我又特意去了那家茶屋。没有见到那个洋人，只有先生一个人戴着草帽来了。他摘下眼镜，放在台子上，用毛巾包好头，就立刻下海去了。当他像前一天那样，穿过喧闹的人群,一个人游向远处时,我突然想要追上去。于是,我一直跑到海水溅到脸那么深的地方后,朝着先生挥动胳膊,游了起来。可是和前一天不同,先生从意想不到的方向,游了一条弧线回到岸边。结果,我的打算落空了。我上了岸,甩着滴水的手走进茶屋时,先生已经穿戴整齐,与我擦肩而过,走了出去。

三

第二天,我于同一时间来到海边,又遇见了先生。第三天也是同样。但是,我没有找到跟先生搭话的机会,也没有相互问候。而且看先生的做派,似乎不喜欢交际,他总是定时定点,颇有规律地超然来去,无论周遭多么热闹,似乎也丝毫引不起他的兴趣。最初同他一起来的那个外国人,后来再没有看见,先生总是一个人来。

有一次,先生照例迈着大步从海里上来,拎起脱在老地方的浴衣正要穿上,不知怎么搞的,浴衣上沾满了沙子。为把沙子抖掉,先生背过身去抖了两三下浴衣。这时,放在衣物下面的眼镜从板凳缝里掉了下去。先生系好白底蓝花浴衣的宽腰带后,像是发现眼镜丢了,便急忙在附近寻找起来。我赶紧钻进凳子底下,拾起眼镜,先生说了声"谢谢",从我手里接过眼镜。

翌日,我跟在先生后面下了海,然后跟着他朝同一个方向游去。游出二百多米时,先生转过头来和我说话。望向四周,辽阔的碧海上只漂浮着我们两个人,耀眼的阳光照射着目之所及的山山水水。我挥动充斥着自由与喜悦的臂膀,在水中飞快地游起来。先生突然停下来,仰面朝天地躺在波浪起伏的海面上,我也学着先生的样子躺在水面上。朗朗晴空,碧蓝如洗,阳光洒在我的脸上,我大声喊道:"好舒服啊!"

过了一会儿,先生直起上身,恢复了泳姿,催促我说:"该回去了吧?"我身体比较壮实,本想在海里再玩一玩,可是先生这么一说,我立刻痛快地答应："好，回去吧。"于是我们又顺着原路游回了海边。

从那以后，我就和先生成了朋友，只是尚不知先生住在何处。

又过了两天，记得是第三天的下午，我在茶屋遇到先生的时候，先生突然问我："你打算在这里住很久吗？"我没有想过这个问题，一时间答不上来，便回答："我也不知道。"可是看到先生在微笑，我突然觉得不好意思起来，不由得反问道："先生呢？"这是我第一次叫他"先生"。

那天晚上，我去了先生下榻的旅店。虽说是旅店，却不同于一般的旅店，那是一幢建在宽阔寺院内的别墅般的建筑物。我还了解到住在那里的人并非先生的家眷。由于我老是"先生、先生"的叫他，先生露出了苦笑。我解释说，这是我对长辈的习惯叫法。当我向他打听前几天见过的洋人时，先生告诉我那个洋人性情古怪，现在已经不在镰仓了。闲聊一阵之后，先生说，奇怪的是，自己跟日本人都不大来往，却和那个外国人有交往。最后我对先生说，总觉得在哪里见过他，就是想不起来。那个时候，年轻的我暗中猜测先生是不是也有着同我一样的感觉，所以对先生的回答满怀期待。但是，先生沉吟片刻后说："我不记得见过你，怕是认错了吧？"我竟感到有些失望。

四

我是月末回到东京的，离开避暑地的时间比先生早得多。向先生告别的时候，我问他："今后可以常去府上拜访吗？"先生只是简单地答道："行啊，来吧。"那时，我自认为和先生已相当熟识，先生会说些更热情的话，所以这让人失望的回答多少伤了我的自信心。

先生常常做出这类让我失望的事。他似乎有所察觉，又好像全然不知。我一再重复着这种轻微的失望，却没有因此而离开先生，相反，每当我感到不安时，就更想接近先生。我想，只要我继续去了解先生，终有一天，我所期待的东西会完满地出现在我眼前的。虽说我很年轻，但我并不愿为所有的人这样热血沸腾，不知为什么，我只对先生一人产生了这种心情。直到先生已经去世的今天，我才明白，先生从一开始就没有讨厌我，他偶尔对我表现出的看似冷淡的寒暄和举动，并不是想疏远我的不快表现，而是内心有着创伤的先生，对于想要接近自己的人发出的警告——自己不值得接近，不要过来。拒绝别人亲近的先生，似乎在轻视别人之前早已轻视了自己。

我当然是打算回到东京就去拜访先生的。因为离开学足有两周的时间，我便想着开学前去看看先生。可是回来之后过了两三天，在镰仓时的那种心情就渐渐淡了下来，加之大城市五光十色的氛围，与伴随记忆恢复时的强烈刺激一道，深深地侵染了我的心。每当看到走在街上的学生们的面孔，我便感受到对于新学年的希望与紧张。我一时忘记了先生。

开学后，大约过了一个月，我的心情又松懈了下来，开始一脸欲求不满地在大街上转悠，想要得到什么似的环顾自己的房间。我的脑海里再一次浮现出先生的面庞，于是我又想去看望先生了。

第一次去拜访先生时，他不在家。第二次去，我记得是第二周的星期天。那天晴空万里，是个怡人的好天气，谁知先生又不在家。在镰仓时，曾听先生亲口说过，无论什么时候，他大抵都在家，更何况他还说过讨厌外出。可是我来了两次，两次都不得见，想起那番话，心里涌出一股莫名的不满。我并没有马上离开，而是看着女佣的脸，犹豫不决地站在门口。这位女佣还记得我上次递过名片，便让我先等一下，自己又进了屋。于是，一位夫人模样的女人出来了，是一位很漂亮的太太。

夫人很客气地告诉我先生的去处。她说，先生有个习惯，每月的这一天，都要去杂司谷墓地祭奠一位逝者。"他刚刚出去了，大概有十来分钟的时间。"夫人满脸歉意地对我说。我点点头就离开了。我朝着热闹的街市方向走了没多远，突然想到，不妨我也顺便到杂司谷去散散步，说不定会遇到先生呢。出于这样的想法，我马上转身往回走。

五

　　我从陵园前面的苗圃左边走进去,沿着两旁种着枫树的道路一直往里走。这时,从陵园尽头的茶屋里突然走出一个先生模样的人,他的眼镜框映着阳光,我一直走到他的身边,猛地喊了一声"先生"。先生突然停下脚步,望着我的脸,说道:"怎么会?……怎么会?……"

　　他说了两遍同样的话,在白天的静寂中,这声音听起来有种异样的回响。我一时竟答不出话来。

　　"你是跟在我后面来的吗?怎么会……"

　　虽然先生的神色很平静,声音很低沉,但是他的表情中,却有着难以形容的阴影。

　　我便告诉先生我是怎么到这里来的。

　　"我来给人扫墓,我妻子告诉你那个人的名字了吗?"

　　"没有,没有告诉我。"

　　"是吗?——是啊,她和你初次见面,当然不会说的,也没有必要说的。"先生露出自得的表情,可是我完全不明白他这话的意思。

　　先生和我穿过墓地,向马路走去。在标有依萨贝拉某某之墓、神仆洛金之墓的墓碑旁边,立着一座写着"一切众生悉有佛性"的塔婆①。还有的墓碑上写着全权公使某某。我在一个刻着"安德烈"三个字的小墓碑前问先生:"这个名字用外文该怎么念?""我想,应该念作 Andore 吧。"先生苦笑了一下说。

　　对于式样各异的墓碑,先生似乎并没有像我那样觉得滑稽,有讽刺味。我指着圆形的墓石或细长的花岗岩墓碑,不停地说这说那。起初,先生还默默地听着,最后对我说:"看来,你还没有认真考虑过

---

① 塔婆:立有塔形木牌的墓地。

死的问题吧?"我沉默了,先生也没有再说什么。

墓地边缘挺立着一棵参天的大银杏树。走到银杏树下时,先生抬头望着高高的树梢说:"再过几天,就好看了。树叶都变黄了,这片地上会覆盖一层金色的落叶。"原来先生每个月都要从这棵树下经过一次。

前面有个人正在修整凹凸不平的土地,建造新墓地,他停下手里的铁锹,望着我们。我们由此向左一拐,走上了马路。

我没有特别要去的地方,只是跟着先生走。先生的话比平时更少了,不过我并没因此感到局促,只是跟着先生信步往前走。

"你直接回家吗?"

"嗯,也没有什么要去的地方。"

两个人又默默地向南拐去,走下了斜坡。

"先生家族的墓地在那里吗?"我又开口问道。

"不在。"

"谁的墓在那里? ——是您的亲戚?"

"不是。"

先生不再回答什么了,我也就不再问了。走出大约一百米后,先生突然回答了我刚才的问题:

"那里有我一个朋友的墓。"

"您每个月都去给朋友扫墓吗?"

"是的。"

先生说完,那天我们就再也没有说话。

六

后来,我便常常去看望先生,每次去先生都在家。随着见到先生次数的增多,我也就越来越频繁地去先生家了。

可是,先生对我的态度,无论是最初的寒暄,还是深交以后,都没有太大变化。先生总是很沉静,有时沉静得过头而显得有些孤寂。

一开始,我就发现先生有着让人难以接近的怪异之处。可是,越是这样,我就越想要接近先生。对先生抱有这种感觉的,或许只有我一个人吧。后来的事实证明了我独有的这种直觉,被人说幼稚也好,愚蠢也罢,能预感到这一点,至少使我为自己的直觉感到自豪和高兴。能够爱别人的人,不爱别人不行的人,然而当别人要投入自己怀抱时,又不能张开双臂去拥抱对方的人——便是先生。

正如前面所说,先生始终是平静而沉稳的,但偶尔会有一缕奇妙的阴云掠过他的脸,就像鸟儿飞过窗外时的黑影,倏忽而过。我第一次发现先生眉宇间那瞬间出现的阴云,是那次在杂司谷墓地,自己冷不防喊他的时候。那一瞬间先生的异样表情,曾使我心脏里顺畅流动的血液都变得迟缓了。但那只是暂时的停滞,不到五分钟,我的心脏就恢复了正常的跳动,我也就忘记了这转瞬即逝的黯淡云影。使我突然又想起这件事,是十月小阳春过后不久的一天晚上。

我和先生聊天时,眼前突然浮现出先生指给我看的那棵大银杏树。我一估算,离先生每月固定去扫墓的日子还有三天,那天下午我正好没课,有时间出来,就对先生说:"先生,杂司谷的银杏树叶已经落光了吧?"

"应该还没有变秃吧。"

先生这样回答时,盯着我的脸,好半天没有移开目光。我马上说:

"下次您去扫墓的时候,我可以跟您一起去吗?我想和您一起去那里散散步。"

"我是去扫墓,不是去散步的。"

"顺便散散步,不是挺好吗?"

先生没有说什么,好一会儿才说道:"我真的只是去扫墓。"先生似乎一定要把扫墓和散步截然分开似的。这会不会是不想带我去的借口呢?我觉得那时的先生简直像个孩子似的不可理喻,所以就更想去了。

"好吧,扫墓也行,请带我一起去吧,我也去扫扫墓。"

我觉得区分扫墓和散步是毫无意义的。这时,先生眉宇间忽然一暗,眼中也露出异样的光,那仿佛是为难、厌恶、恐惧都无法表达的略带不安的神情。突然间,我清晰地回想起在杂司谷喊"先生"时的情景,这两次的表情完全相同。

先生说:"由于不能对你说明的某种原因,我不想和别人一起去那儿扫墓,连妻子都没有跟我去过呢。"

七

我觉得无法理解,但我并不是为了研究先生出入他家的,所以我也没有再强求。现在看来,我当时采取的态度,算得上是我人生中很可贵的品格之一。我想正因为如此,我才得以和先生保持这样一种充满人情味的交往。倘若我出于好奇心,哪怕是一点点,想去探究先生内心的话,那么连接在我们之间的那条同情的线,那时就可能会立刻断掉。我很年轻,并没有意识到自己的这种态度,也许因此才是可贵的。如果我误入禁区的话,还不知我们的关系会受到怎样的影响呢。想一想都觉得后怕,因为即便不这样,先生都在惧怕别人用冷静的眼光研究他。

每月我都要去先生家叨扰两三次。日渐频繁后,一天,先生突然问我:

"你为什么三天两头地到我这样的人家里来呢?"

"要说为什么,也没什么特别的原因。——只是,打扰您了吧?"

"没有打扰。"

先生确实没有流露出厌烦的样子。我知道先生交际面很窄,还知道先生住在东京的老同学,那时只不过两三个人。虽说先生偶尔也和同乡出身的老同学在客厅聊天,但是他们给我的感觉,都不如我跟先生那么亲近。

"我是个孤独的人,"先生说,"很高兴你来看我,所以才问你为什么这样频繁来访。"

"这又是为了什么?"

我这样反问时,先生没有回答,只是看着我,问道:"你多大了?"

先生这样的回答,令我茫然不解,不过那时我并没有追究到底就回去了。而且不到四天的工夫,我又去看望先生了。先生一进客厅,就笑着说道:"又来了。"

"唉,又来了。"说着,我自己也笑了。

要是别人这样说,我肯定会生气。可是先生这样说,恰恰相反,我不但没有生气,反而觉得很愉快。

"我是个孤独的人,"那天晚上,先生又说了一遍前几天的那句话,"我是个孤独的人,也许你也是个孤独的人吧。我虽然孤独,但上了年纪,闷在家里也无所谓,可你还年轻,不会这样下去的吧?你一定是精力充沛得无处发泄吧?想要跟什么较较劲吧……"

"我一点儿也不觉得孤独。"

"没有比年轻的时候更让人感觉孤独的了,否则你为什么老往我家跑呢?"

这时,先生又重复了前几天说过的话。

"虽然你到我家来,但你仍感到孤独吧。因为,我没有力量让你从根本上摆脱这种孤独。很快,你就会朝别的方向去拓展你的空间;很快,你就不会到我这里来了。"先生这样说着,凄然地笑了。

八

幸好,后来的发展没有被先生言中。当时不谙世事的我,连先生这段话中那么明显的含意都没有听出来,我照旧去看望先生,不知不觉地在先生家的饭桌上吃饭了,后来又自然而然地发展到同先生的夫人说话了。

作为一个正常人,我对女人并非没有感觉。可是,从我有限的经历来看,我几乎没有同女人有过真正意义上的交往。不知道是不是这个缘故,我才会对大街上遇到的不知根底的女人特别感兴趣,前些日子在门前见到先生的夫人时,便留下了很美的印象。以后每次见面,都有同样的感受。可是除此之外,我对于夫人也没有什么特别要说的。

这么说并不是因为夫人没什么特色,而应该说没有表现她的特色的时机更恰当些。不过,我总是把夫人当作附属于先生的一部分来对待。夫人似乎也因为我是个来拜访自己丈夫的书生,而善意地对待我。因此,如果没有位于中间的先生的话,我和夫人便是毫不相干的两个人。所以对于刚刚认识不久的夫人,我除了觉得很美之外,再也没有别的感觉了。

有一次,先生招待我喝酒,当时夫人也在座,还为我们斟酒。先生好像比平时都高兴,对夫人说:"你也喝一杯吧。"并把自己喝干的酒盅递了过去。"我……"夫人本想推辞,但还是勉为其难地接过了酒盅。她蹙起漂亮的眉头,抿了一口我给她斟的半杯酒。之后,夫人和先生开始了下面这番对话:

"真是稀罕哪,你平时可是很少让我喝酒的啊!"

"因为你不喜欢喝酒嘛。不过,偶尔喝一杯挺好,能够使人心情愉快。"

"一点儿没觉得愉快啊,只觉得辣。不过,看你的样子只要一喝酒就很高兴。"

"有时候很高兴,但不是每次都能这样。"

"今晚怎么样?"

"今天很愉快呀。"

"以后每天晚上都喝一点儿嘛。"

"那可不行。"

"还是喝一点儿吧,那样就不会觉得寂寞了。"

先生家里只有夫妇俩和一个女佣,我每次去,房间里都静悄悄的,从没听见过高声谈笑,以至有时我觉得屋子里仿佛只有先生和我

14

两个人似的。

"要是有个孩子就好啦。"夫人对我说。

"是啊。"我虽然这样回答,可心里并没有产生任何共鸣。那时我还没有结婚生子,只觉得小孩子很烦人。

"要一个来给你,怎么样?"先生说。

"我可不要别人的孩子,你说是吧。"夫人又看着我说。

"孩子什么时候都不会有的。"先生说。夫人沉默着。

"为什么呢?"我问道。

"老天爷的惩罚呀。"先生说完,哈哈大笑起来。

九

据我观察,先生和夫人是一对恩爱的夫妻。我没有在先生家里生活过,自然不了解更深入的情况,但是先生和我在客厅时,有时候有事不叫女佣人,而叫夫人。先生总是回头朝隔扇那边叫一声:"喂,静(夫人名字叫静)。"我觉得先生的声音很温柔。夫人答应一声,走出来的样子也甚为贤淑。有时先生留我吃饭,夫人也在座的时候,他们之间的恩爱就表现得更明显了。

先生常常带夫人去听音乐会、看戏。而且,在我的记忆中,他们夫妻至少有过两三次为期一周的旅行。我现在还保存着先生从箱根给我寄来的风景明信片,以及去日光旅行时,寄给我的夹着一片红叶的信。

当时,我所看到的先生和夫人的关系,大致就是这样,只有一次例外。有一天,我像往常那样站在先生家玄关外,正准备叫门时,听到客厅里有人说话。仔细一听,那不是一般的聊天,很像是争吵的声音。因为先生家的客厅紧挨着玄关,我站在格子门前,至少听得出是争吵声,而且可以肯定,其中那个不时提高嗓门的男人是先生。由于对方的声音比先生的低,听不出来是谁,但总觉得像是夫人,好像还哭了。我不知道发生了什么事情,站在大门外犹豫了片刻,就决定不叫门了,径自回了住处。

我心里突然涌起一股奇妙的不安,连书也看不下去了。约莫过了一小时,先生来我住处的窗下喊我的名字。我惊讶地打开窗户,先生在下面对我说:"去散散步吧。"我掏出还裹在腰带里的表一看,已经八点多了。我回来后,没有换衣服,还穿着裙裤,所以很快便出门了。

那天晚上,我同先生一起喝了啤酒。先生原本没什么酒量,而且喝到一定程度还没有醉的话,他也不会非要喝醉为止。先生不是那种喜欢逞能的人。

"今天不行。"先生苦笑道。

"心情不好吗?"我担心地问。

我心里一直惦记着刚才那件事,如鲠在喉般不吐不快,想对先生直说,又觉得还是不说的好。这么左思右想的,显得心神不定。

"你今天晚上有点儿不对劲啊,"先生发问,"其实我也有点儿反常,你看出来了吗?"

我不知该怎么回答。

"是这样,刚才我和妻子拌了两句嘴,使得我这无聊的神经兴奋起来了。"先生又说。

"为什么……"我没说出"吵架"这个词来。

"妻子误解了我。我告诉她是个误会,她还是不肯罢休,我就生气了。"

"夫人是怎么误解先生的?"

先生根本没想回答我的问题。

"我要是她想象的那样的人,就不会这么痛苦了。"

先生究竟有多么痛苦,也是我无法想象的问题。

十

回去的时候,我们默默无言一条街一条街地走着。后来先生突

16

然开了口：

"坏了，我是气头上出来喝酒的，妻子一定很担心我。想来女人真是可怜，除了我之外，我的妻子就没什么可以依赖的人了。"

说到这里，先生稍微停顿了一下，但并不像是期待我的回答，紧接着说了下去："这么一说，好像当丈夫的心理有多坚强似的，真是滑稽。我想知道，你是怎样看我的，我给你的印象是强者还是弱者呢？"

"感觉介于两者之间。"我答道。这个回答令先生有些意外，又沉默下来，继续往回走。

先生回家要路过我的住处，走到附近时，我觉得在路口和先生分手有些过意不去，就说："我顺便陪您走到家吧。"先生马上伸手拦住了我。

"已经很晚了，你早点儿回去吧。我也得赶紧回家，为了我的太太。"

先生最后加上的这句"为了我的太太"神奇般地温暖了我的心，正是由于这句话，我回去后才安然入睡的。以后很长时间，我都未能忘记"为了我的太太"这句话。

由这句话我也知道了先生和夫人之间发生的风波，并不是什么大不了的事。后来不断出入先生家，我也大致推测出，那种情况是极少发生的。而且，有一回先生竟然对我发出了这样的感慨：

"这个世上，我只知道一个女人，那就是我的妻子，其他女子都不会使我动心。妻子也认定我是天下唯一的男人。从某种意义上说，我们天生应该是最幸福的一对。"

现在，我已经忘记了我们当时在谈论什么，所以，也说不清先生为什么对我作这样的坦白。但是，先生认真的神色和深沉的语调，至今还留在我的记忆中。当时，在我耳中产生异样回响的是最后那句"天生应该是最幸福的一对"。先生为什么不说肯定是幸福的，而说成应该是呢？这一点令我产生了疑问。尤其是先生说这句话时加重了语气，就更令我费解了。我不能不猜测，先生是否真的幸福，难道说应该幸福却不那么幸福？这不能不让我满腹狐疑。但是，这种疑惑也只是转瞬之间的事，很快就被我忘记了。

过了不久，我去看望先生，先生不在家，便有了和夫人聊天的机会。那天，先生到新桥去，为一个从横滨乘船出国的朋友送行。那时候，一般去横滨乘船的人，大多是坐早上八点半发自新桥的火车。我需要向先生请教一本书，事先跟先生约定九点钟到先生家，先生突然决定去新桥送行，是为了还礼，因朋友头天特意来辞行。先生临走时留下话，说他很快就回来，要我等他。于是，我就进了客厅，等先生的时候，同夫人聊了起来。

十一

那时，我已经是个大学生了，觉得自己和初到先生家时相比沉稳了些，而且同夫人也相当熟了。和夫人相处，不觉得有任何拘束，我和夫人聊了很多，不过都是一般的闲聊，所以现在全忘了。我只记得其中谈到的一件事。不过，在谈此事之前，我想先交代一下：

先生是大学毕业，这我一开始就知道。但是，先生赋闲在家，却是我回到东京后过了一些时候才知道的。那时我就想，先生在家里怎么待得住呢？

先生是个不为世人所知的人，因此，对于先生的学问和思想，除了同他关系密切的我之外，是不可能有人满怀敬意的。我常说，这太可惜了。先生并不介意，只回答说："像我这样的人，不可能到社会上讲话的。"因先生的回答过于谦虚，我听着倒像是对社会的嘲讽。事实上，先生对那些现在已成名的老同学，常常毫不客气地进行批评。于是，我就抓住先生这一矛盾的表现，发了一通议论。我的精神与其说是反抗的，不如说是为人们非但不理解先生，而且还不以为然感到遗憾。那时，先生语气深沉地说："我是个没有资格为社会服务的人，没有办法。"先生的脸上清晰地浮现出某种深邃的表情。我不知道那是失望,还是不满或者悲哀,只觉得毅然决然得使我无言以对,没有勇气再说什么。

我和夫人聊天时,也很自然地谈论起了先生,最后落到了这个问题上。

"先生为什么只是闷在家里思考、学习,不到社会上做一番事业呢?"

"不行啊,他讨厌那些事。"

"就是说,他觉得那些事无聊?"

"他是不是这样想的,我是个女人,说不好。不过恐怕不是因为这个吧。他还是想做点事的,可总是办不到,所以才让人同情呢。"

"不过从身体来看,先生不是没什么病吗?"

"身体很好,什么病也没有。"

"那为什么不出去做点事呢?"

"那就不知道了。我要是知道,也不会这么操心了。正因为不知道才更让人心疼呀。"

夫人的语气充满了同情,但她嘴边还是挂着微笑。在旁人眼里,我倒显得过于认真。我满脸困惑,不说话了。夫人像是突然想起什么似的,又说:

"他年轻的时候可不这样,年轻时完全不是这个样子,他完全变了一个人。"

"您说的年轻的时候,是什么时候?"我问。

"学生时代呀。"

"您从学生时代就认识先生了?"

夫人的脸上突然泛出了红晕。

十二

夫人是东京人,这是先生和夫人自己曾经告诉过我的。夫人说过："说起来,我算是个'混血儿'呢。"因为她的父亲大概出生在鸟取①或其他地方,母亲却生在那时还叫江户②的市谷,所以她才半开玩笑地这样说。而先生则是出身于相距甚远的新潟县。因此,如果夫人在先生学生时代就认识先生了,那么显然不是同乡的关系。可是夫人红了脸,似乎不想再说下去,我也不好深究了。

从认识先生到先生去世,我在各种各样的问题上接触到了先生的思想和情操,但对他结婚时的情形却一无所知。有时,我从善意的角度来看这个问题,我想,先生是长辈,故而对于给年轻人讲自己的情爱史抱着谨慎的态度。有时,我也从消极的角度来想,觉得无论是先生还是夫人,和我比起来,他们都是在上一个时代的旧习俗里长大成人的,所以一涉及这类情史,就没有勇气坦率地暴露自己了。不过,这些仅仅是我的推测而已。但无论是哪种推测,毋庸置疑的是,他们两人的结合,必定是一段非常动人的罗曼史。

我的推测果然没有错。不过,我只是想象了爱情的一个侧面。在先生美好的爱情背后还有着可怕的悲剧,那个悲剧对于先生来说,是多么地惨痛,夫人却全然不知,至今依然一无所知,先生是将此事瞒着夫人死去的。先生在毁掉夫人的幸福之前,首先毁灭了自己的生命。

关于这个悲剧,我现在什么也不想说。由于这一悲剧而产生的他们之间的爱情,正如前面说过的,他们都没有对我提起过。夫人是由于谨慎起见,先生则有着更深的缘由。

只有一件事还留在我的记忆中。那是个樱花盛开的时节,我和先生一同到上野公园去赏花。在那里,我们看见一对漂亮的情侣,两人情意绵绵地相互依偎着在花下漫步。由于是在众目睽睽的公园里,很多去赏花的人都朝他们俩看。

① 鸟取:东京西南方的一个县。

② 江户:东京的旧称。

"他们像是新婚夫妇啊。"先生说。

"似乎很恩爱呀。"我附和着。

先生连苦笑都没有露出,朝着看不到这对情侣的方向走去,然后问我:

"你恋爱过吗?"

我回答说没有。

"你不想恋爱?"

我没有回答。

"不会不想吧。"

"是的。"

"方才看到那对男女时,你嘲笑了人家一句吧。在你的嘲笑里掺杂着你追求爱情,却又得不到的不快之音。"

"您听到了?"

"听到了。体验过美满爱情的人,会说出更温情的话来。可是……可是我告诉你,爱情即罪恶啊! 你明白吗?"

我惊呆了,什么也没有回答。

十三

我们走在人群中,人们个个都兴高采烈。穿过人群,走到既没有樱花也没有人群的树林之前,我们一直没有机会谈论这个问题。

"爱情是罪恶吗?"这时我突然问道。

"是罪恶,毫无疑问。"先生回答的语气和刚才一样坚定。

"为什么?"

"你迟早会理解的。不,不是迟早,应该说你已经理解了,你的心不是老早就在为爱情而跳动了吗?"

我审视了一下自己的内心,那里却意外地空虚,连想象的目标都没有。

"我心里连这样的对象也没有。我对先生没有隐瞒什么。"

"正因为没有对象你才心动的,你以为有了对象,心就能平静下来,所以想活动了。"

"现在还没到那个程度。"

"你不是觉得空虚才到我这儿来的吗?"

"也许是这样,可是这和爱情不同。"

"这是上升到爱情的一个阶梯,你是在准备和异性拥抱之前,先跑到同性的我这儿来了。"

"我认为这两件事的性质完全不同。"

"不,是一样的。我是个男人,无论如何都不能满足你。况且又有些特别的原因,更不能使你满足。我实在是过意不去,你早晚会离开我,到别的地方去,这是没有办法的事。我宁愿这样,可是……"

我忽然悲从中来。

"您认为我会离开您,我也没有办法,可我现在还没有这样的打算。"

先生根本不听我的话,他说:

"可是,不提防可不行,爱情是罪恶呀。你虽然在我这儿得不到满足,倒也没什么危险。不过——你知道吗,被女人的长发缠住时是怎样的心情?"

那种心情我能够想象到,却没有亲身经历过。不管怎样,先生所说的罪恶的意思还是朦胧费解。我有点儿不高兴了。

"先生,请您把罪恶的意思说得清楚一些。否则的话,这个话题就到此为止吧,等我弄清楚罪恶的意思以后再说。"

"抱歉,我自以为跟你说了实话,可实际上却让你着急了。都是我不好。"

先生和我从博物馆后面向莺谷方向默默走去。从篱笆的空隙间可以窥见宽敞的庭院中茂盛的山白竹,显得十分幽静。

"你知道我为什么每个月都去杂司谷墓地给朋友扫墓吗?"

先生问得很突兀，而且明明知道我回答不了。我好一会儿没有说话，先生才发觉了似的说：

"我又说错了，我觉得不该让你着急，想解释一下，结果又让你着急了。真是没办法，这个问题就谈到这儿吧。总之爱情是罪恶的，你能明白吗？而且又是神圣的。"

先生的话我越来越听不明白了。但是，先生后来再也没有提起过关于爱情的话题。

十四

我那时还年轻，喜欢钻牛角尖，至少在先生看来是这样的。对我来说，先生的话要比学校的讲义更有教益，先生的思想比教授的见解更为难得。一句话，洁身自好、少言寡语的先生，仿佛比站在讲坛上教导我的那些教授更了不起。

"不要过于迷恋我。"先生说。

"我是醒悟之后才这样想的。"我回答时充满了自信，而先生对我的自信却未加理睬。

"你是一时头脑发热，热情一退就会厌倦的。你现在的盲目迷恋，使我感到痛苦。预感到今后将会发生在你身上的变化，我就更加痛苦了。"

"您认为我那么轻浮，那么不值得信任吗？"

"我是同情你。"

"您的意思是说同情我，但不能信任我，对吗？"

先生为难地望着院子。庭院里，不久前还开满枝头的深红色茶花，现在一朵也看不见了。先生喜欢从客厅里眺望茶花。

"我说的不可信任，并不是说不信任你，而是不信任所有的人。"

这时，篱笆外面传来卖金鱼的吆喝声，此外没有任何声响。从大街深深拐进二百米的这条小巷里格外清静，房间里也像平时那样静悄悄的。我知道夫人就在隔壁房间，也知道她正默默地做着针线活儿什么的，能够听见我说话的声音。但是我完全忘记了这一点，竟然问先生：

"那么连夫人也不能相信吗？"

先生神色有些不安，没有直接回答我的问题：

"我连自己都不信任，也就是说自己无法相信自己，所以也就变得无法相信别人了。除了诅咒自己，我没有别的方法。"

"如果想得那么复杂，那就没有人是靠得住的了。"

"不，不是想，而是实际做了。做了之后，我很吃惊，而且觉得很可怕。"

我正想顺着这个话题再问下去，这时听到夫人在隔扇后面叫"先生，先生"。叫到第二声时，先生问："什么事？""你来一下。"夫人把先生叫到隔壁去了。我不知道他们之间有什么事，我还没有来得及多想，先生就很快回到了客厅。

"总之，不要太相信我噢。太相信的话，迟早会后悔的。而且由于自己受到欺骗，最终会导致残酷的报复。"

"您这话是什么意思呀？"

"因为曾经跪拜在对方面前的屈辱回忆，将使你把脚踏在他的头上。我是为了不受将来的屈辱，才拒绝现在别人的尊敬的。我宁愿忍受现在的孤独，也不愿忍受将来更深的孤独。我们生在充满自由、独立和自我的现代社会，就必须付出品尝这种孤独的代价。"

对于抱有这种想法的先生，我不知该说什么好。

十五

以后，每当见到夫人，我都很担心，先生对夫人难道也一直是这样的态度吗？果真如此的话，夫人会满意吗？

夫人的神情叫人猜不透她是否满意，因为我也没有更多的机会接近夫人，而且她每次见到我，又总是表现得一如平常。况且，先生若是不在家，我和夫人也很少见面。

更加令我不解的是，先生对于人性的这种看法是怎么产生的。难道这只是他以冷酷的目光内省自己、观察社会的结果吗？先生善于坐着思考，那么，只要有先生那样的头脑，坐在家里思考人生，就会自然而然地产生这种看法吗？绝非如此。先生的看法似乎是鲜活的，它不同于被火烧过的冰凉石头房屋的空架子。在我眼里，先生的确是一位思想家。但是，在这位思想家归纳出来的主义里，似乎编织进了沉痛的事实，这些事实不是同自己无关的别人的事，而是蕴含着某种令人痛彻肺腑、热血沸腾、脉搏停跳的真实。

这并非我的臆测，先生已经这样坦白了。只不过他的坦白犹如山巅缭绕的云雾一般朦胧，在我的头上笼罩了难以名状的恐怖之物。而且，连我自己也不明白，这些坦白究竟为什么可怕。先生的坦白是朦胧的，却又显而易见地震撼着我的神经。

依据先生这种人生观，我也设想过先生或许有过一段惊天动地的热恋经历（当然是发生在先生和夫人之间），联想到先生说过的"爱情即罪恶"这句话，多少算是个线索。但是先生告诉过我，他很爱夫人，可见这种近于厌世的念头，绝不可能产生自他们两人的爱情。"曾经跪拜在对方面前的屈辱回忆，将使你把脚踏在他的头上"，先生这句话只应该用在现代人身上，若用在先生和夫人之间似乎不太恰当。

杂司谷的那个不知什么人的坟墓也常常出现在我的记忆中，我知道那个墓和先生有着很深的渊源。虽然，我不断地接近先生的生活，却又难以靠近，但作为先生记忆里的一个生命片段的那座墓却刻印在了我的脑海中。然而，那座墓对我来说完全是死物，绝不会成为打开我和先生之间生命之门的钥匙，它倒像是个伫立在我们之间的怪物，妨碍着我和先生的自然交往。

过了一段时间，我又有了和夫人面对面说话的机会，那正是白天日渐缩短、寒意袭人的秋季。近三四日来，先生家附近的人家接二连三地失窃,而且大都发生在天擦黑的时候。虽然被盗的不是什么太贵重的东西,但是被贼光顾的人家总会被偷走点什么。夫人被此事搞得心神不宁。可就在这个节骨眼上,先生有事,晚上要出门,因为先生有个在外地医院做事的同乡进京,先生要同另外两三个人在某处请这位老乡吃饭。先生跟我说明了原委,拜托我帮他看家,直到他回来。我马上答应了。

十六

我去的时候是将要掌灯的傍晚,一向守约的先生已经不在家了。"他怕去晚了,刚刚出门。"夫人说着,把我请进了先生的书房。

书房除了书桌、椅子之外,还有书柜,灯光透过书柜的玻璃照着一排排漂亮的书脊。夫人让我坐在火盆前铺着的坐垫上,说:"请在这儿看看书吧。"说完就出去了。我就像是等候主人回家的客人一样,拘谨地坐在那里抽着烟。这时,听见夫人在茶室对女佣说话的声音。书房在茶室的檐廊尽头拐角处,从房屋的位置来看,这个偏远的角落比客厅要安静得多。夫人对女佣说完话之后,便没有了声音。我心里惦记着小偷,屏气凝神地留意着周围的动静。

约莫过了半个小时,夫人又到书房门口探头看了看。她"哎呀"了一声,用有些惊讶的眼神望着我。大概是看我像个客人似的正襟危坐的样子,觉得很好笑吧。

"你不用太拘束。"

"不拘束。"

"觉得无聊吧?"

"不无聊,心里总惦记小偷会不会来,也就不觉得了。"

夫人端着红茶,笑吟吟地站在门口。

"这屋子太偏,不适合看家。"我说。

"真是对不起,那就请到茶室这边来吧。我以为你觉得无聊,就

26

送了碗茶来,如果茶室合适的话,请在那儿用茶吧。"

我跟着夫人出了书房。茶室里,铁壶在锃亮的火盆上咝咝作响。夫人请我吃了茶点,夫人怕喝茶睡不着觉,没有喝。

"先生还是常常出门赴这样的聚会吗?"

"不,很少出去。近来他好像越来越讨厌和人见面了。"

夫人说话时,并没有显出不悦的样子,我就壮着胆子问道:

"那么,只有夫人是例外吧?"

"不是的,我也是被他讨厌的一个。"

"那不是实话,"我说,"我看夫人是明知那不是实话,还要这样说吧。"

"为什么这么说?"

"让我说的话,先生就是因为喜欢夫人才厌恶这个社会的。"

"你不愧是个做学问的人,很会强词夺理啊。按照你这个逻辑,不是也可以说,因为他厌恶这个社会,所以连我也一起讨厌了吗? 一样的道理。"

"这两种说法都说得过去,不过,在这个问题上,我是正确的。"

"我不喜欢争论。经常看到男人们争论不休,好像多有趣似的,居然拿着空酒杯没完没了地交杯换盏。"

夫人的话有些尖刻,但绝不到刺耳的程度。夫人不是现代人,因而才会通过显示自己是个有头脑的人,寻求某种自尊。比起争论来,夫人似乎更珍视内心深处的安宁。

十七

本来我还有话要对夫人说,可是又担心被夫人看成是个爱争论的人,便克制住自己,盯着喝干的茶杯不再言语了。夫人怕慢待了我,便说道:"再喝一杯吧。"我马上把茶杯递给她。

"要几块? 一块,还是两块?"

夫人很灵巧地捏了一块方糖,望着我的脸问道。她的表情虽说不上是向我献媚,却充满了想要缓和刚才的生硬态度的娇媚。

我默默地喝着茶,喝完了还是一声不响。

"怎么一下子这么沉默了?"夫人问。

"一说话就会挨说,显得特别喜欢争论似的。"我答道。

"怎么会啊。"夫人又说。

借着这个话头,我和夫人又聊了起来,聊的还是两个人都感兴趣的先生。

"夫人,可以让我再接着刚才的话往下说吗? 在您听来也许是强词夺理,可我并不是毫无根据地信口胡说。"

"那你就说吧。"

"如果夫人突然不在了,先生能像现在这样活下去吗?"

"我怎么能知道啊,你呀,这种事只能去问先生,不该来问我呀。"

"夫人,我可不是开玩笑,您不要回避,您一定要诚实回答。"

"是诚实的呀,说实在的,我不知道啊。"

"那么,您有多爱先生呢? 这个问题与其问先生,不如问您吧。"

"你不要这么煞有介事地问这个好不好!"

"我没有煞有介事地问哪,您的意思是说我已经知道了?"

"是啊。"

"如果这么忠实于先生的夫人突然不在了,先生会变成什么样子? 对社会的各个方面都觉得无趣的先生,倘若您突然不在之后会怎样呢? 我说的不是从先生的角度看,而是从您的角度看,先生是会幸福还是会不幸呢?"

"从我这方面看,我可以告诉你(也许先生不这样看),他若是离开我,只能变得不幸,或者会生活不下去的。我这样说,显得很自负,可是我相信,现在只有我能够使先生过得尽可能幸福。我相信,没有人能够像我这样使他幸福,正因为如此,我才能这样平静。"

"我觉得夫人的这种信念,应该反映在先生心里呀。"

"那是另一个问题了。"

"您是想说先生厌烦您吗？"

"我并不认为他厌烦我，他没有厌烦我的理由。但是，他厌恶社会，近来又由厌恶社会发展到厌恶人，所以我作为人的一分子，怎么可能得到他的好感呢？"

我终于理解了夫人所说的被厌烦的含意。

十八

我对夫人的理解力很佩服，她那不同于旧式日本妇女的做派，也给予我某种刺激。夫人几乎没有使用过当时流行起来的所谓的时髦词儿。

我是个从未与女人有过深交的古板青年，只是出于男人对异性的本能，常常怀着憧憬，梦想女人，但那不过是眺望令人眷恋的春云般的心情，朦胧的梦想而已，所以一旦面对女人，我的感情往往会突然变化。但是我不会被出现在自己面前的女人所吸引，越是这种时候，我越会产生奇妙的逆反心理。可面对夫人时，却丝毫没有这种感觉，也从未感觉到横亘在男女之间的那种思想上的差距。我忘记了夫人是个女人，我只是把夫人看作先生忠实的批评者和同情者。

"夫人，前些日子我问您，先生为什么不参与些社会活动时，您当时说，他原来不是这样的。"

"说过，的确不是这样的。"

"那时是什么样的呢？"

"就像你所希望的那样，也像我所希望的那样，他是个有抱负的人。"

"怎么突然就变了呢？"

"不是突然，是逐渐变成这样的。"

"那期间，夫人一直同先生在一起吧？"

"当然在一起啦,我们是夫妇啊。"

"那么先生变成这样的原因,您应当很清楚了。"

"就是因为搞不清楚,才感到难过啊。你这样说,真让我难受。我怎么想也想不明白,不知求过他多少次了,请他告诉我。"

"先生怎么说?"

"他老是说'没什么可告诉你的,你也不必担心什么,我只是变成这个样子了',不作任何解释。"

我沉默了,夫人也不往下说了。女佣所在的下房里一点儿动静也没有。我把小偷的事都给忘了。

"你不认为我有责任吗?"夫人突然问我。

"不。"我答道。

"你坦率地说吧。被别人这么看,比杀死我还痛苦。"她又说,"我自认为为他做了自己该做的一切。"

"先生也一直是这么看的,您就放心吧,我可以保证。"

夫人扒拉平了火盆里的灰,然后把水罐里的水续进水壶,水壶马上不响了。

"我终于忍受不住,问了先生'我有什么不对的地方,你尽管说吧,不要顾虑,能改的我一定改'。可是先生说'你哪里有什么错,错全都在我'。我伤透了心,哭了起来,越发想知道自己哪里有过错了。"

夫人的眼睛里满含着泪水。

十九

起初,我是把夫人当作有理解力的女性来对待的,在谈话过程中,我发现她的神情渐渐变了。夫人虽然在向我的头脑倾诉,却开始打动我的心了。虽然夫人觉得自己和丈夫之间没有任何隔膜,也不应该有隔膜,却又分明有着什么,然而她睁大眼睛想仔细看个究竟时,还是什么也没有。这就是令夫人深感痛苦的症结所在。

起初,夫人断言先生是以厌世的眼光观察社会,因而也厌弃了她。夫人虽然这样断言,却又不能淡然处之,追根究底,她从相反的角度来思考了,推测大概是先生由于厌弃她,最终发展到厌弃社会了。可是无论怎样费尽心思,她也找不到事实来佐证这个推测,先生对她向来温柔体贴,作为丈夫无可挑剔。将这个疑团用日复一日的夫妻之情包裹起来,悄悄地埋在心底的夫人,那天晚上,在我面前把这个包裹打开了。

　　"你怎么想?"夫人问,"他是因为我才变成那样的,还是像你所说的,是人生观什么的促使他变成那样的? 请你毫不隐瞒地告诉我吧。"

　　我什么都不想隐瞒,但是,如果这里面存在着我所不知道的隐情,那么无论我怎样回答,也不会令她满意的,而且我确信这里面有着我所不知道的情况。

　　"我不知道。"我回答。

　　一瞬间,只见夫人脸上露出了期待落空时的可怜表情。我赶紧补上一句话:

　　"但是我可以保证先生没有厌弃夫人,我只是如实地把先生亲口说的话传达给您,先生不是个说谎的人吧。"

　　夫人什么也没有回答,过了会儿说:"其实我也猜到了一点儿,不过……"

　　"是关于先生变成现在这样子的原因吗?"

　　"是的,如果真是那个原因的话,就没有我的责任了,所以只要弄明白这一点,我就可以解脱了……"

　　"怎么回事?"

　　夫人顿了顿,凝视着放在膝上的自己的手,说:"我说,你来判断吧。"

　　"只要是我能判断的。"

　　"可是不能全说,全说了要挨骂的,只能说不会挨骂的内容。"

　　我紧张得咽了口唾沫。

"那还是先生上大学的时候,他有个非常要好的朋友。那个朋友在临近毕业时死了,死得很突然。"

夫人对着我的耳朵小声说:"其实是自杀。"听她这么说,我不能不反问一句:"为什么?"

"只能说这么多了。发生了那件事以后,先生的性情就渐渐变了。他为什么死,我不知道,恐怕先生也不知道吧。但是,一想到从那以后,先生就变了,也不能不让人这么猜测。"

"杂司谷的墓,就是那个人的吧?"

"这也是不能说的。可是一个人仅仅因为失去一个好朋友,就会发生那么大的变化吗?这是我最想知道的,所以想请你帮我判断一下。"

我的判断,倒是倾向于否定的。

二十

我想用我所能找到的事实来安慰夫人,夫人似乎也希望从我这里尽可能得到些安慰,所以我们长时间地谈论着这个问题。可是,我完全没有把握事情的全貌,而夫人的不安,其实也是从雾霭迷蒙般的困惑中产生的。至于事情的真相,夫人自己也有很多不知道的,即使她知道的那部分也不能全都告诉我,因此劝慰夫人的我和被劝慰的夫人,都在困惑不解的波浪上漂来荡去,在漂浮中夫人拼命地伸着手,想要抓住我这个靠不住的判断。

十点左右,玄关外传来了先生的脚步声,夫人就像突然忘了刚才的一切似的,丢下我,赶紧站了起来,去迎接先生,几乎和打开隔扇门进来的先生迎面碰上。被丢下的我,也跟着夫人起身迎接先生,只有女佣大概还在打盹,一直没出来迎接。

先生的心情很好,而夫人似乎更兴奋。刚刚夫人那漂亮的眼睛中还闪烁着泪花,漆黑的眉头还紧蹙着呢。我仔细地打量着夫人这一百八十度的变化,如果不是做戏的话(实际上我并不认为这是做戏),那么刚才夫人对我的倾诉,就只能让人理解为是女人为了玩弄感伤,佯装出来的无聊之举。不过,当时我并没有想要责怪夫人,我看到夫人的神色突然变得如此兴奋,反倒放心了。真是如此,我也就无须那么担忧了。

先生笑着问我:"让你受累了,小偷没来吧?"接着又打趣道:"小偷没来,你很扫兴吧?"

我要回去时,夫人对我说:"真是对不起。"这句话的口气颇有些调侃的味道,听起来像是在说,浪费了我的宝贵时间很抱歉,但更像是对我专程来蹲守却没碰上小偷而表示遗憾似的。她一边说,一边用纸包上刚才吃剩的点心,塞在我手里。我把点心装进和服袖子里,告辞出去,快步穿过夜深天寒、行人稀少的弯曲小路,朝热闹的大街走去。

我从记忆中抽取出那天晚上的事情,详细地写在这里,因为我认为有写下来的必要。不过说心里话,当我带着夫人给我的点心回去时,心里并没有那么看重那晚的谈话。第二天,我从学校回来吃午饭,一看见昨晚放在桌上的点心包,马上从里面拿出涂了层巧克力的茶色蛋糕,香甜地吃了起来。吃点心的时候,我深深体味到送给我点心的男女二人,的确是这世上一对幸福的夫妻。

秋去冬来,一直没有什么值得一提的事情。我去先生家时,还顺便请夫人帮我浆洗、缝补衣服。我从来没有穿过贴身内衣,从那时开始,我穿起了衬衫,外面还套了件有黑领子的衣服。夫人没有小孩,总是说帮我做点活儿,可以打发时间,也有益于保养身体。

"哟,这还是手工织的呀,我还从来没有缝过质地这么好的衣服呢。就是不太好缝,针都扎不进去。为了缝它,还折断了我两根针哪。"

就连夫人这样诉苦的时候,都没有流露出一丁点儿嫌麻烦的神情。

二十一

冬天来临的时候,我临时有事必须回老家一趟。母亲在来信中写了父亲病情的发展,似乎不太乐观,最后附上了一句:虽然眼下还过得去,但毕竟上了年纪,你尽可能抽时间回来看看。

父亲很早就患了肾病,就是中年人常患的那种慢性病。不过,父亲和家里人都相信,只要小心调理,就不会突然加重。所以一有客人来访,父亲就向客人夸口说,幸亏他懂得些养生之道,才对付到了今天。据母亲信中说,父亲到院子里去干活的时候,突然晕倒了。家里人误以为是轻微的脑溢血,马上进行了抢救。后来经医生诊断,并不是因为脑溢血,还是肾病的缘故,大家这才把晕倒和肾病联系了起来。

离寒假还有一段时间,我本想学期末再回去也无妨,便拖了一两天,可是这一两天来,父亲卧床不起的样子、母亲忧虑的面容时时浮现在眼前。每当此时,我就感到心里不安,便下决心回家。为了省去家里寄路费的手续和时间,我到先生家去告别的时候,顺便请先生为我垫付一下所需的钱。

先生有些感冒,懒得去客厅,让我到他的书房里去。入冬以来少见的温暖而柔和的阳光,透过书房的玻璃门照到了书桌上。先生在这间光线好的房间里放了一个大火盆,放在火架上的脸盆冒着热气,以防呼吸困难。

"还不如得场大病呢,小小的感冒叫人讨厌。"先生苦笑了一下,望着我的脸。

先生从未生过什么大的病。听先生这么说,我直想笑。

"感冒什么的我还能忍受,再重一点的病我可就受不住了。先生也是这样吧? 您亲身体会一下就知道了。"

"是吗? 我觉得要是得病,最好得个致死的病。"

我没有接先生的话茬,谈起了母亲的来信,向他借钱。

"你一定很犯愁吧。这几个钱,我手头上应该有,你拿去用吧。"

先生叫来夫人,让她把钱如数拿给我。夫人去了里屋,从橱柜抽屉里取来钱,整齐地放在一张白纸上,说:"你很担心吧?"

"是晕倒过好几次吗?"先生问我。

"信上什么也没提。这种病经常会摔倒吗?"

"是啊。"

这时我才知道夫人的母亲,也是患了跟我父亲相同的病去世的。

"反正是很难好了吧。"我说。

"是啊。我倒是真希望能代替他呢。他呕吐吗?"

"信上什么也没写,大概没有吧。"

"只要不呕吐,就不要紧的。"夫人说。

我乘那天晚上的火车,离开了东京。

二十二

父亲的病不如想象的那样严重。不过,我到家的时候,他还是盘腿坐在被褥上,说:"大家都不放心,我也只好这么待着不动。真是的,完全可以下地了嘛。"第二天开始,父亲就不听母亲的劝阻,非要让她把被褥给收拾了。母亲拗不过父亲,只得一边叠着土布被子,一边对我说:"你爹一看你回来,马上就来了精神。"我也没有感觉父亲的动作有多么吃力。

哥哥在很远的九州做事,不到万不得已的时候,是不能轻易回来看父母亲的。妹妹嫁到了外乡,除非特别要紧的事,也不是一叫就能回来的。兄妹三人中,最痛快的还是我这个学生,我能按照母亲的嘱咐,撂下学校的课业,在放假之前赶回来,令父亲非常满足。

"这点儿病就让你请假回来,真不应该,都怪你妈写信太夸大了。"

父亲不光嘴上这样说,还叫母亲把一直铺着的被褥收拾起来,表示他像平时一样健康。

"你也不能太大意,不然又得复发,那就不好了。"

对于我的提醒,父亲显得很高兴,又有些不大在乎。

"没关系,只要像以前那样,多留点儿神就是了。"

父亲的病好像不太要紧,他在家中随意走动,既不喘也不觉得眩晕,只是脸色比正常人差多了。不过,这也不是现在才有的病状,所以我们也没有特别放在心上。

　　我给先生写了一封信，感谢他借给我钱，告诉他等过了年回东京时，再把钱还给他。还写了父亲的病并不像想象的那么坏，暂时可以放心，晕眩和呕吐之类的现象都没有等等。最后还问候了一句先生的感冒好了没有，其实我并没有怎么惦记他的感冒。

　　给先生写信的时候，我根本没有想到先生会回信。信发出去以后，我一边跟父母讲述这位先生的事，一边遥想着先生的书房。

　　"下次去东京，给他带些香菇吧。"

　　"好的，不知先生吃不吃这种干香菇。"

　　"虽然不大好吃，可也没有人不喜欢吃吧。"

　　我觉得把香菇和先生联系起来很是别扭。

　　接到先生的回信时，我有点意外，尤其是看到信里没有什么要紧的事，更让我惊讶。我觉得先生回信只是出于对我的关心，这样一想，这封简短的回信使我高兴万分，这毕竟是我接到的第一封先生的信。

　　我必须说明一下，我一说这是先生的第一封信，恐怕会让人误以为我和先生之间的书信往来一定很多，事实并非如此。先生生前，我只接到过他的两封信。其中一封就是现在这封简短的回信，另外一封则是先生死前特意给我写的一封很长的遗书。

　　由于父亲的病不能太走动，所以下地后，也几乎没到户外去过。只是在一个天气特别暖和的下午，父亲到院子里去了，我怕万一出事，紧跟在他身旁。为了安全起见，我让父亲扶着我的肩走路，父亲笑了笑，没有扶。

二十三

　　我常常和无聊的父亲下将棋①玩。父子俩都很懒散，所以一边烤

---

① 将棋：又称日本象棋，一种流行于日本的棋盘游戏，近似我国的象棋。

着被炉一边下棋。棋盘放在被炉的木框罩上，走棋时，才把手从棉被下面伸出来。可笑的是，我们时常弄丢棋子，直到开始新的一局时才发现。每当此时，母亲就用火筷子从炉灰里把棋子夹出来。

"围棋的棋盘太高，还有腿，在被炉上没法下，还是下将棋好，多舒服啊，最适合懒人了。好，再来一盘吧。"

父亲赢的时候准说再来一盘吧，不过输的时候，他也会说再来一盘。总之，不论输赢，他总是喜欢围着被炉下棋。起初，我觉得很新鲜，这种隐居式的娱乐也引起了我极大的兴趣，然而时间一长，这样的刺激便满足不了我旺盛的精力了，我常常忍不住把握着"金"和"香车"①的拳头举到头上打哈欠。

我想起了东京的生活。于是，我仿佛听到从自己血流奔涌的心脏里发出的"活动、活动"的持续不断的鼓动声。我感到那鼓动声，由某种微妙的意识状态，不可思议地被先生的力量加强了。

我在心里把父亲和先生作了一番比较。从社会存在的角度来看，两个人都是无足轻重的老实人；从受人关注这一点来说，他们也都等于零。然而，我这位喜欢下将棋的父亲，即便仅仅作为消遣的伙伴，也不能够使我获得满足；而从未一起游乐过的先生，竟不知不觉地给我的头脑带来了那种超越世俗亲密关系的影响。只是"头脑"这个词有些冰冷，应该说成是"心"。即便说，先生的力量渗进了我的肉体，先生的生命流入了我的血液，对于那时的我来说，也毫不夸张。父亲是我的生身之父，先生当然是个外人，这显而易见的事实摆在眼前时，我仿佛发现一个了不起的真理一般，不禁愕然了。

我开始感觉百无聊赖时，父母眼中那个稀罕的我也慢慢变得无趣了。凡是寒暑假回家的人，我想都体会过这种心情吧。最初的一个星期被奉为上宾，好吃好喝好招待，但是高潮一过，家里人的热情

----

① 金、香车：两者都是将棋的棋子。

就渐渐冷却了下来,到了后来,往往就不那么热情了,感觉有你没你都无所谓似的。在家期间,我也度过了这么一个高潮,而且我每次回家,总会带回一种父母无法接受的东京味儿。如同把天主教的气味带进儒者的家里一般,我带回来的气味都是跟父母格格不入的。当然,我总是尽量掩饰,但是已浸染在身的习气,怎样掩饰也会被他们发现。终于,我觉得在家待下去也没意思,想提前回东京。

幸而父亲的病情还是老样子,没有一点恶化的迹象。为了慎重起见,我特意从很远的地方请来高明的医生,经过一番仔细的检查,也没有发现其他症状。于是,我决定在寒假结束之前离开家乡。人情真是奇妙的东西,我一提出要走,父母都反对。

"现在就要回去? 不是还早吗?"母亲说。

"再住上四五天也来得及啊。"父亲说。

我没有改变自己定下的回东京的日期。

二十四

回到东京时,过年的门松①不知何时已经撤掉,街上寒风劲吹,看不到一点儿过年的热闹景象。

我马上到先生家去还钱,顺便把香菇也带了去。不说点什么,似乎有点唐突,所以把香菇放在夫人面前时,我特意说明:"这是家母送给你们的。"香菇装在一只新点心匣子里,夫人很客气地道了谢,起身要去隔壁房间时,顺手拎起了点心匣子,也许是觉得很轻,惊讶地问道:"这是什么点心呀?"和夫人熟悉了之后,就会看到她那非常天真的孩子般的内心。

他们对父亲的病情,关切地问了许多问题。先生说:

———————

① 门松:根据日本民俗,过年时在门前装饰的松枝。

"是啊,从你描述的情况来看,现在还不要紧。不过,毕竟是个病,不能不谨慎点。"

关于肾病,先生有着许多我不知道的知识。

"这种病的特点是,虽然得了这个病,本人却感觉不到难受,所以老是不当回事儿。我过去认识的一个军官就是这样死的,他死得特别突然,简直叫人无法相信,睡在旁边的妻子根本就来不及看护。他半夜叫醒妻子,只说有点难受,第二天早上就死了,可是他妻子还以为丈夫在睡觉呢。"

一直很乐观的我,马上不安起来。

"家父也会这样吗?说不准吧。"

"医生怎么说的?"

"医生说治好是不可能了,不过眼下还不用担心。"

"要是这样还可以,既然医生这么说,问题就不大。我刚才说的那个人是不注意身体的人,而且是个非常粗鲁的军人。"

我心里踏实了一些。先生一直观察着我的表情,然后又补了一句:

"不过,健康也好,生病也罢,不管怎么说,人都是脆弱的。说不定什么时候,什么缘故就死了。"

"先生也在想这种事吗?"

"无论我身体怎么好,也不会完全不想的。"

先生的嘴边浮出一丝微笑。

"不是经常有人突然间就死了吗?像正常死亡之类的。也有人一眨眼的工夫就没了,因为非自然的暴力。"

"非自然的暴力,是什么?"

"是什么我也不知道,但自杀的人使用的都是非自然的暴力吧。"

"那么被杀死的,也是因为非自然的暴力了?"

"被杀死的算不算,我没有想过。也可以这样说吧。"

那天说到这里,我就回住处了。回到住处以后,对父亲的病也不觉得那么难过了。先生说的正常死亡、非暴力死亡等等,也只给我留下了一些很浅的印象,很快便忘得干干净净了。我想起了以前几次要动手写,但一直没有着手的毕业论文,觉得应该正式开始写了。

二十五

我应该在那年的六月毕业,按规定,必须在四月底之前完成这篇论文。二、三、四,我屈指算了算余下的时间,不禁有些怀疑自己的胆量。别的同学很早就开始搜集资料,整理归纳笔记了,看上去都忙得不行,唯独我还没有着手。我只是打算过了年就开始大干一场。出于这个决心着手写起来,但是很快就写不下去了。仅仅凭空设想了一个大题目,构思了粗略轮廓的我,现在开始着急了。后来我决定把论文的题目缩小,而且为了省去系统归纳自己见解的时间,我准备只罗列书中现成的资料,再适当加上一些自己的结论。

我选择的论文题目跟先生的研究很接近,就这个选题我曾征求过先生的意见。当时先生说,可以吧。急于完成论文的我,赶忙跑到先生家,请教应该看什么参考书。先生很痛快地把自己所知道的知识都告诉了我,还说可以借给我两三本必要的书籍,但是先生丝毫不打算指导我的论文。

“近来我不大看书了,不了解新的知识。你最好去问学校的先生。”

我突然想起夫人曾对我说过,先生有个时期非常喜欢看书,后来不知什么缘故,对于书籍不像以前那么有兴趣了。我把论文的事抛在一边,贸然问道:

“先生为什么不像原来那样喜欢看书了呢?”

“也谈不上为什么……大概是觉得不管看多少书,也不会有什么作为的缘故吧。另外……”

“另外,还有什么缘由吗?”

“也不是说还有什么缘由。可能是以前吧,若是出去应酬或被人家问到,自己却没有这方面的知识,回答不出来时,便会羞愧难当。

可是近来被人家问住，也不觉得多么羞愧了，于是也就没有精神勉为其难地看书了。总之一句话，上岁数喽。"

先生说话时，神态平和，并没有远离社会的人的那种愤世嫉俗，所以我也没有特别的感觉。我虽不认为先生老了，但也并不觉得先生值得钦佩，便告辞回去了。

那以后，我就像是被论文折磨成了精神病似的，眼睛都熬红了。我向一年前毕业的朋友详细打听了他们写论文时的情况。其中一人告诉我，他是在交卷截止的那天，坐车赶到教务处才没有误了交卷的。另一个人说，由于他迟到了一刻钟——应该是五点交去——才把论文送去，险些被退回，多亏了主任教授的宽容，才交了论文。他们的经验之谈愈加激励了惶惶不安的我，每日不是伏案奋笔疾书，就是钻进昏暗的书库，在那些高高的书架上寻找参考书。我的眼睛就像收藏者发掘古董时那样搜索着书脊上的烫金字。

随着梅花绽放，寒风渐渐转向了南方。又过了些日子，渐渐开始传来樱花的花信了。然而，我仍旧像驾在辕上的马一样，被论文鞭策着，一直朝前跑。直到四月下旬，终于按预定时间完成了这篇论文。此前，我没有登过先生家的门槛。

二十六

我终于获得解脱，是在初夏时节，八重樱凋谢的枝头已不知何时萌生出了嫩叶。我怀着小鸟出笼般的心情，展望广阔的天地，自由地振翅飞翔。我马上去了先生家，枳壳篱笆黑乎乎的枝条上发出了鲜绿的芽，石榴树的枯枝上，新长出的油亮而柔软的茶褐色叶子映着阳光。一路上这些美景吸引着我的目光，仿佛有生以来头一次见到它们似的，只觉得新奇无比。

先生望着我欣喜的神色，说："论文已经完成啦？不错嘛。"我说："多亏了您，总算完成了，现在没什么事了。"

当时我的心情真是轻松极了,仿佛一切该做的事情都已了结,心情畅快,今后可以想怎么玩就怎么玩了。我对自己完成的论文充满了信心,也十分满意,在先生面前喋喋不休地讲着论文的内容,而先生依然像平时那样回应着"有道理""是吗",却没有予以任何评论。我有些不满足,但更多的是扫兴。尽管如此,那天我精力充沛到足以挑战一下先生那看似因循的态度,我想邀请先生到正在复苏的大自然中去踏踏青:

"先生,到什么地方散散步吧。一到外面,心情就会特别开朗。"

"去哪儿?"

我去哪儿都可以,只想陪着先生去郊外走走。

一个小时后,先生和我离开了市区,信步走在分不出是村还是镇的僻静所在。我从光叶石楠篱笆上掐了一片柔软的嫩叶,吹起了叶笛。我有个朋友是鹿儿岛人,我经常模仿他,不知不觉就学会了吹这种叶笛,已经吹得很好了。我得意地吹着,先生却好像没听见似的瞧着别处走着。

走了一会儿,在一处被郁郁葱葱的绿叶遮蔽的高坡前出现了一条小路。小路通向坡上的入口,入口的门柱上钉着的牌子上写着某某园,一看便知这里不是私人住宅。先生望着坡上面的入口,对我说:"进去看看?"我马上答道:"是苗圃吧。"

我们沿着树丛拐过弯去,一直走到坡路最里面。靠路左边有一户住家,敞开的拉门里空无一人,只有房檐下摆着一只大鱼缸,金鱼在里面游动着。

"真静啊,咱们不打声招呼就进来,没关系吗?"

"没有关系吧。"

我们又向园内走去,依然看不见人影。怒放的杜鹃花像燃烧的火焰一般。先生指着其中一株高高的红褐色杜鹃花说:"这大概是雾岛[①]。"

---

① 雾岛:杜鹃花的一种。

芍药也种了一片,足有十坪①之多,由于还没到季节,一株开花的也没有。在这片芍药田旁有个旧缘台②似的台子,先生伸开四肢,躺在上面,我坐在边角上,抽了一支烟。先生望着蔚蓝通透的天空,我被周围碧绿的嫩叶吸引住了。细细观瞧,发现那些嫩叶的绿色没有相同的,即便是同样的枫树,每个树枝上的叶子也没有一样颜色的。先生挂在细杉树苗树梢上的帽子被一阵风刮到了地上。

二十七

我赶忙捡起帽子,用指甲弹掉沾在上面的红土,对先生说:"先生,帽子掉了。"

"谢谢。"

先生欠身接过帽子时,问了我一个奇怪的问题。

"冒失地问一句,你家的财产很多吧?"

"不算很多。"

"大概有多少呢? 请原谅我这么问。"

"您问有多少财产? 只有山和田地,没有什么钱。"

先生正式问起我家的经济状况,这还是第一次。我从来没问过先生的生计,自从认识先生,我就不明白先生为什么不出去做事。后来这个疑问总是挥之不去,但是我又觉得对先生提出这种露骨的问题,未免造次,所以一直没敢问。望着满眼绿叶,疲惫的眼睛得到了休息后,我忽然想起了这个问题。

"先生呢,您有多少财产啊?"

"你看我像个财主吗?"

先生平时衣着简朴,家里人口又少,故而也没有住大宅子。但是,他

---

① 坪:土地面积单位,1坪=3.306平方米。

② 缘台:木制或竹制的长方形坐台,放置于庭院等处用于纳凉等。

的生活却是很宽裕的,这一点即便不了解内情的我也看得很清楚。总之,先生的生活虽说不上奢侈,也绝不是吝啬、拮据的。

"大概是吧。"我说。

"我是有些钱,但绝不是财主。要是财主的话,就会盖更大的房子喽。"

这时先生已经坐起身,盘腿坐在缘台上了。先生说完,便用竹杖在地上画了一个圆圈,画完后,将竹杖笔直地戳在地上。

"不过,原来我可是个财主哪。"

先生像是自言自语,所以我没能立刻接上话。

"原来我可是个财主哪。你知道吗?"他又说了一遍,然后瞧着我的脸露出了微笑。可我还是没有回答,其实是因为我笨嘴笨舌,不知该怎么回答。这时先生又转移了话题:

"后来,你父亲的病怎么样了?"

说到父亲的病,过年以后我就毫无所知了。每月跟家里的汇款一同寄来的短信,虽然还是父亲写的,可是信里从未提及病情,而且,字迹也很工整,根本没有这类病人常见的颤抖和紊乱。

"信上什么也没有提,大概是好了吧。"

"但愿如此,不过,病到底是病啊。"

"看来彻底好是很难了吧,但眼下好像还过得去。信里什么也没有说。"

"是吗?"

我把先生询问我家财产和父亲病情只当作是一般的闲聊,随便问问。但是先生的话音里,却有着把这两者联系起来的意思,我没有先生的亲身感受,当然不会意识到这一点。

二十八

"我想,如果你家有财产,现在就应该分到自己手里,也许是我多管闲事吧。不过趁你父亲健在的时候,最好把自己那份先分到手,因为万一有什么事的话,最麻烦的就是财产问题。"

"是啊。"

我并没有特别重视先生的话,我相信在我们家里没有一个人会担心这个,不仅是我,父母也一样。而且以先生的身份,说出这样的话来,未免也太现实了些,着实令我有些惊讶。只是出于对长辈的尊敬,才没有说出口。

"我刚才提到了你要早作准备,以避免你父亲去世后的麻烦事,如果这些话让你不快,请原谅。但是,人总是要死的,无论身体多健康的人,也说不准什么时候就死了。"

先生的语气流露出少见的痛苦。

"我根本没把这些当回事儿。"我辩解道。

"你兄妹几个?"先生问。

接着先生又问了我们家族的人数,有没有亲戚,以及叔叔婶子的情况。最后说:

"都是好人吗?"

"好像没有什么坏人,都是乡下人。"

"乡下人为什么就不坏呢?"

对这一追问,我回答不了,先生没等我作出回答,就接着说:

"乡下人反而比城里人更坏。你刚才说,你的亲戚中好像没有什么坏人。难道说,你认为世上会有一种叫作坏人的人吗?那种用模子刻出来的坏人,世上当然是没有的。平时都是好人,至少是一般人,可是一到关键时刻,有可能突然变成坏人,所以才可怕。因此绝不能掉以轻心。"

先生还想继续说下去,我也想说点什么。这时,突然听到身后传来狗叫声,先生和我都吃了一惊,回过身去。

从缘台旁边到后面都种着杉树苗,杉树苗旁边长着一片茂密的山白竹,遮了大约三坪的土地。一只狗从山白竹上面探出脑袋和脊背,汪汪地叫着。这时候,一个十岁上下的孩子跑过来喝住了狗。

孩子头戴一顶有帽徽的黑帽子,绕到先生面前,戴着帽子鞠了个躬,问道:

"叔叔,你进来的时候,屋子里没有人吗?"

"一个人也没有啊。"

"可是姐姐和妈妈都在厨房里呀。"

"哦,在家啊!"

"是啊。叔叔,要是打个招呼,再进来就好了。"

先生苦笑了一下,从怀里取出钱包,拿出一枚五钱的白铜币塞在小孩手里。

"告诉你妈妈一声,让我们在这儿歇一会儿。"

小孩机灵的眼睛里满含着笑,对我们点点头。

"今天我是斥候①长。"

小孩这样说着,穿过杜鹃花丛向下边跑去。那只狗也卷起尾巴,追着小孩跑了。过了一会儿,两三个年龄相仿的孩子,也朝着那个方向跑去了。

二十九

先生的话被这只狗和小孩打断,没有说完,我到底也不得要领。先生所挂念的那些财产问题,我那时完全没有想过。无论从我的性格还是境遇来看,根本不会为这种利害之事伤脑筋的。大概是因为我还没有进入社会,或者没有面临这类问题的缘故吧。总之,对于年轻的我而言,总觉得钱的问题离自己很遥远。

对于先生的这番话,我想刨根问底的只有一点,就是人在关键的时候,谁都会变成坏人这句话的意思。单就这一句话的字面意思,我不是不能理解,但是我想要知道得更多些。

---

① 斥候:古代的侦察兵。

狗和小孩走开以后,绿叶繁茂的大园子又恢复了原来的清静。我们俩都仿佛被沉默锁住的人似的,半天也没有动一动。这时候,晴朗的天空渐渐失去了色彩,眼前的树大多是枫树,树枝上新生出的青翠欲滴的嫩叶,似乎也渐渐暗淡下来。远处的马路上传来平板车发出的咯噔咯噔的响声,我猜想这大概是村里的男人拉了一车花木之类的东西去赶集吧。先生一听到这声音,仿佛突然从冥想中苏醒过来似的,马上站起来,对我说:

　　"咱们该回去了。天虽然长了,可这么舒适,竟不知不觉地黑下来了。"

　　先生刚才躺在缘台上时,后背沾了些土,我用两只手帮他掸掉了。

　　"谢谢。没沾上树脂吧?"

　　"都掸干净了。"

　　"这件羽织①是新做的,要是给弄脏了,回去要被妻子责怪的。谢谢你。"

　　我们又返回到斜坡上的房子跟前。我们进来时没看见人,这时却见女主人和一位十五六岁的小姑娘,坐在檐廊上往线板上缠线呢。我们走到大鱼缸旁边时,问候了一声:"真是打扰你们了。""哪里,慢待您了。"女主人回礼后,又为刚才给小孩钱的事道了谢。

　　出了门,走过两三条街后,我终于忍不住对先生说:

　　"刚才先生说,任何人在关键时候都会变成坏人的。这是什么意思?"

　　"也没有很深的意思,这是事实,不是什么道理。"

　　"是不是事实没有关系,我想问的是,您所谓的关键的时候,到底是指什么场合。"

　　先生笑了起来,意思好像是说,已经没有谈论这个话题的兴致了,你问的不是时候。

　　"就是钱哪!你知道吗,一见到钱,无论怎样的正人君子都会立

———————————

① 羽织:和服短外套。

刻变成坏人的。"

在我听来，先生的回答简直平庸得无聊。既然先生失去了兴致，我也觉得很扫兴，我板起脸快步走起来。于是，先生有点跟不上了，在后面"喂、喂"地叫着。

"瞧瞧看。"

"怎么了？"

"你的情绪呀。我这么一句话，你就立刻不高兴了。"

我为了等先生，停下脚步转过身来时，先生看着我的脸说道。

三十

那时我心里有点责怪先生。我们并肩走起来后，我想问的话也故意不问了。但是，不知先生是否注意到了我的神态，仍然像平时那样默默地迈着沉稳的步子走着，好像毫不介意似的。我有点气恼，忽然想说点什么刺激他一下。

"先生。"

"什么事？"

"刚才先生有点兴奋吧，咱们在苗圃园里休息的时候。我很少看见先生兴奋，今天可开了眼了。"

先生没有马上回答，令我感觉像是达到了目的，可又好像没有达到，只好悻悻地打住了话头。这时，先生突然向路边走去，在修剪整齐的篱笆边，卷起衣襟开始小解。先生小解时，我呆呆地站在一旁等着他。

"哦，抱歉。"

先生说完又走起来。我到底还是放弃了为难先生的念头。我们走的这条路渐渐热闹起来，刚才不时看到的开阔的坡田和平地不见了，左右两边都是鳞次栉比的住家。但是，在许多住家的院落里，依然能看见缠在竹架上的豌豆藤和用金属网圈养的鸡，看着很悠闲，从城里回来的驮马①不断从我们身边走过。我一直被这些景象吸引着，刚才堵在心里的疙瘩，早不知掉到哪里去了。当先生突然又提起刚才的话茬时，我早已忘记了。

"刚才我真的那么兴奋吗？"

"虽然不那么厉害，可是有点……"

"你这么说也没关系，我刚才的确特别兴奋。一提到财产的事，我就会兴奋，我不知道你是怎么看我的。我是个极端固执的人，对于别人给我造成的屈辱与伤害，无论是十年，还是二十年，都是忘不了的。"

先生说这些话时比刚才更兴奋了。但是，令我感到惊讶的绝不是他说话的语气，而是先生对我这么直言不讳本身的意义。从先生嘴里听到这样的坦白，是我无论如何也无法想象的。先生的性格竟如此执着，这是我未曾想到的。我一直以为先生是个更为懦弱的人，而且，我已把我的崇拜之根扎在他那软弱而崇高之处了。由于一时气恼，想刺激一下先生的我，在先生的这番话面前变得渺小了。先生这样说：

"我被人欺骗过，而且是骨肉至亲的欺骗。我绝不会忘记。他们在我父亲面前装好人，可是父亲刚一去世，他们就变成了无法饶恕的坏蛋。他们对我的侮辱与伤害，我从儿时起一直背负到今天，大概要背负到死吧。因为，我至死也不会忘记的。但是，我一直没有去报复。因为，我现在做的事是超越个人的爱恨情仇的，我不仅憎恶他们，而且由此学会了憎恶他们所代表的那类人。我想，这就足够了。"

我连一句慰藉的话也说不出来了。

三十一

那天的谈话到此为止，就没有再说下去。我对先生的态度多少

---

① 驮马：用来驮东西的马。

有点害怕,也不敢再往下说了。

我们从市郊坐上电车,在车上几乎没有说话。下车后没走两步就该分手了。分手时,先生的态度又变了,比往常都愉快地对我说:"从现在到六月是你最轻松的日子,说不定是你一生中最轻松的时候呢,痛痛快快地去玩吧。"我笑着摘下帽子。那时我望着先生的脸,不禁心中疑惑:先生真的在心里憎恨所有的人吗?他的眼神、他的嘴角,一点都没有显露出厌世的影子啊!

在思想方面,我受到了先生的不少教诲。但是,对于同样的问题,即使我想要得到教诲,却往往得不到。先生讲话时常使人不得要领,那天我们在郊外的谈话,便是让我记忆犹新的一个例子。

有一天,我终于不客气地当着先生面讲了出来。先生笑了。我这样说:

"我脑子迟钝,搞不明白,这没有关系,我最头痛的是,您明明知道,却不明白地告诉我。"

"我什么也没有隐瞒哪。"

"您隐瞒了。"

"你该不是把我的思想、见解跟我的过去混在一起,自己瞎琢磨吧。我虽然是个贫乏的思想家,但是,我从不对别人一味隐瞒自己头脑中成熟的思想,没有隐瞒的必要。至于你一定要我把自己的过去都告诉你,则是另外一个问题。"

"我不认为是另外的问题。正因为是先生的过去产生出来的思想,我才这么重视的。如果把两者割裂开来,对我而言便毫无价值,只给我一个没有注入灵魂的玩偶,我是不会满足的。"

先生惊讶地望着我的脸,拿着烟的那只手微微颤抖着。

"你真是大胆。"

"只不过是认真罢了,我希望认真地接受人生的教训。"

"哪怕是揭开我的过去吗?"

"揭开"这个词,突然以一种可怕的响声刺入我的耳中。我觉得坐在我面前的是一个罪人，而不是平时那位可敬的先生了。先生的脸色变得很苍白。

"你是认真的吗？"先生叮问，"我是因为过去的遭遇才怀疑别人的，其实也怀疑过你。但是只有你，我实在不愿意怀疑。你太单纯了，叫人难以怀疑。我很想在死前，哪怕有一个人也行，我能够相信他，然后离开人世。你能成为那唯一的人吗？你愿意成为这样的人吗？你真是认真的吗？"

"如果我的生命是认真的，那么我刚才说的也是认真的。"

我的声音颤抖了。

"好吧！"先生说，"我告诉你吧，把我的过去，毫无保留地都告诉给你。不过……不，那没关系。但是，我的过去也许对你没有多大的好处，不听或许更好。而且——现在还不能说，你等着吧，不到适当的时候，我是不会告诉你的。"

我回到住处后，依然感到某种压迫感。

三十二

我的论文在教授眼里，似乎不像我自己评价的那么好。尽管如此，我的论文还是按照预想通过了。毕业那天，我穿上了从行李中找出的发着霉味儿的旧冬装，站在礼堂的队列里时，每个人的脸上都热气腾腾的。我的身子裹在不透气的厚呢绒里，热得受不了。站了不大工夫，手帕就擦湿了。

毕业典礼一完，我马上跑回宿处，脱光了衣服，打开宿处二楼的窗子，把毕业证书卷成一个望远镜似的圆筒，尽情地眺望了一番圆筒中所看到的景色。然后，把那张证书扔在桌上，四仰八叉地躺在了房间正中央。我这么躺着，回顾自己的过去，想象自己的未来。于是，觉得这张区分过去与未来的毕业证书，既像是有意义的，又像是没意义的一张奇怪的纸。

那天晚上，我受邀到先生家吃晚饭。这是早就约好了的，毕业那天的晚饭不能去别处吃，要在先生家里吃。

按照约定，饭菜摆在客厅靠近走廊的地方，桌上铺着的浆得又厚又硬的花桌布，在灯光映照下更显得漂亮、洁净。每次在先生家吃饭，碗筷必定放在像西餐馆似的白色亚麻桌布上，而且这桌布必定洗得雪白。

"这就跟衣领和袖口一样，与其用脏的，不如一开始就用带颜色的，要是用白的，就干脆用雪白的。"

如此说来，先生的确有洁癖。书房、客房总是收拾得整洁有序。我一向邋里邋遢，所以先生的这种特点，总能引起我的注意。

"先生有洁癖啊。"一次，我对夫人这样说时，她曾回答："可他对衣服就不那么讲究了。"先生在一旁听了，笑着说："说实在的，我精神上有洁癖，所以一直很苦恼，想来真是愚蠢的天性。"我不知道先生说的精神上的洁癖，是指一般人所说的神经质，还是指理论上的洁癖。夫人也解释不了。

那晚，我同先生对坐在像往常一样洁白的桌布前。夫人把我们安置在餐桌左右两边，自己居中，坐在正对庭院的座位上。

"祝贺你毕业。"说着，先生为我举起了酒杯。对于这杯酒，我并没有感到特别高兴。原因之一是，我内心并没有一听到这话就欢喜雀跃般地兴奋，而且先生说这句话的口吻，也丝毫没有让我高兴的喜兴劲儿。先生笑着举起酒杯，我在他的笑容中，看不到半点儿恶意的讽刺，同时也感觉不到他说祝贺时的真情。先生的笑仿佛在告诉我："一般在这种场合，总要说祝贺的呀。"

夫人对我说："真好。你父母一定很高兴啦。"我突然想起病中的父亲，真想赶快把毕业证书拿回去给他看看。

"先生的毕业证书是怎么收着的？"我问。

"怎么收着的？也许还放在什么地方吧？"先生问夫人。

"是啊，应该收着呢……"

夫妻俩都不知道毕业证书放在哪里了。

三十三

吃饭的时候,夫人把坐在一旁的女佣打发开,亲自为我们盛饭。这似乎是先生家招待老朋友的习惯。头一两次我还感到不好意思,后来次数多了,便不觉得把饭碗递给夫人有什么不好的了。

"要茶,还是添饭?你胃口不错啊。"

夫人有时也会开个玩笑,可是那天我的食欲并没有像夫人说的那样好。

"已经吃饱了?近来你的饭量也太小了。"

"不是饭量小了,是天气热,吃不下。"

夫人叫女佣收拾了饭桌后,又叫她把冰激凌和水果送上来。

"这是我自己做的。"

看来在家无所事事的夫人,有闲暇自己调制冰激凌请客人品尝,我连吃了两杯。

"你也终于毕业了,以后打算干什么呢?"先生问我。先生把坐垫向走廊上移了一半,背靠在隔扇门上。

我只想到要毕业了,至于以后干什么却没想过。夫人见我犹豫不决,回答不出,便问道:"当老师?"我还是没有回答。夫人又问:"那就是,做官?"我和先生都笑了起来。

"说真的,我还没有什么具体打算。关于选择什么职业的问题,我真是一点也没考虑过。因为究竟干什么好,干什么不好,不实际体验是不会知道的。所以我也无法选择。"

"倒也是啊。不过,你毕竟家里有钱,才说得这样轻松。你看那些穷人家的孩子,就不能像你这么不急不慌的了。"

我的同学中,有的人还没毕业就在寻找中学教员的工作了。我心里认可夫人说的话,嘴上却说:"大概是有点受先生的影响吧。"

"他没有给你好影响啊。"

先生苦笑着说：

"受我影响也没关系，不过，以前我跟你说过，趁你父亲活着的时候，一定要把财产分到手。没有分到手的话，也绝不可疏忽大意。"

我想起在那杜鹃花盛开的五月初，和先生在郊外苗圃的宽敞院落里的谈话；耳边又反复响起先生在回来的路上，以亢奋的语气对我讲的那番可怕的话。他的话岂止是可怕，简直是令人震撼，但是对于不明真相的我来说，也是半途而废的谈话。

"夫人，您家的财产很多吗？"

"你怎么问起这种事？"

"问先生也不告诉我嘛。"

"大概不值得告诉你吧。"夫人笑着瞧了瞧先生。

"请您告诉我，大概需要多少财产才能过先生这样的生活。我回家跟父亲谈判时，也好作个参考。"

先生面向庭院，若无其事地抽着烟。我自然只好问夫人了。

"哪有多少财产可言哪，还不是这样将就着打发日子呀。我跟你说，这些都不重要，重要的是，你以后可是一定要做点事情才行。像先生这样闲待着……"

"我可没有闲待着噢。"

先生稍稍扭过脸来，打断了夫人的话。

三十四

那天晚上，我十点以后才离开先生家。因为两三天内我要回故乡，所以在离席之前，我说了些告别的话。

"我暂时不能来看先生了。"

"九月能回来吧。"

我已经毕业了，所以也无须九月回来，但也没有想过要在炎热的八月回东京。我并不需要把宝贵的时间花在寻找工作上。

“大概要到九月左右吧。”

“那么，祝你一路平安。这个夏天我们也许要到什么地方去走走，东京天气太热了。要是去的话，到了地方会给你寄一张明信片的。”

“出去的话，准备去哪儿？”

听了我的问话，先生呵呵笑着。

“还没有决定去不去呢。”

我正要起身的时候，先生突然拉住我，问：“对了，你父亲的病怎么样了？”说到父亲的病情，我一无所知。只是觉得既然来信没说什么，大概就是没事吧。

“这种病可不能掉以轻心哪，要是发展到尿毒症，可就没法治了。”

我不知道“尿毒症”是什么意思，上次寒假在家乡见到医生时，我没有听医生说过这样的术语。

“真的要当心哪！”夫人也说，“你知道吗，病毒要是进了脑子，人就完啦。这可不是闹着玩的。”

我在这方面没有任何经验，虽然觉得怪吓人的，却笑了笑，说：“反正是不治之症，再着急也没有用。”

“要是能这样想得开，也就没什么可说的了。”

夫人大概想起了以前因患同样病症死去的母亲，低着头，声音低沉地说道。我也从心里为父亲的命运而伤感起来。

这时，先生突然对夫人说：“静，你会死在我前头吗？”

“为什么这么问？”

“不为什么，只是问问。要不就是我走在你前头吧。世上大多是丈夫先死，妻子在后，这好像是一般规律呢。”

“也不是必然的。不过，男人的岁数一般比女人大一些。”

“所以才会先死的嘛。这么说，我也应该比你先一步去那个世界喽。”

“你和别人不一样。”

“是吗？”

“当然了。你身体这么结实，几乎没生过什么病。不管怎么说，还是我在前。"

"你在前?"

"是啊,一定是我在前。"

先生瞧了瞧我,我笑了。

"可是,如果我先走一步的话,你怎么办呢?"

"怎么办……"

夫人语塞了。失去先生的悲哀想象,似乎袭上了她的心头。但是,当她再度抬起头来时,心情已经调整过来了。

"怎么办? 没有办法的呀,你说是吧? 所谓黄泉路上无老少啊!"

夫人故意朝着我,开玩笑似的这样说道。

三十五

我刚要站起来告辞,只好又坐了下来。在谈话告一段落之前,我一直充当他们两个人这段对话的听客。

"你怎么想?"先生问我。

是先生先走,还是夫人早亡,都不应该由我来判断,我只好笑了笑:"寿命这东西,我也说不好啊。"

"寿命还真是没办法啊。人出生时就注定了能活多少年,无法改变的。你知道吗,先生的父亲和母亲,差不多是同时去世的。"

"是去世的日子吗?"

"日子相同太难了! 不过前后差不了几天,是相继去世的。"

这倒是闻所未闻的新鲜事,我觉得有点纳闷。

"怎么会同时去世了呢?"

夫人正要回答,却给先生拦住了。

"别说这些了,没什么意思。"

先生故意吧嗒吧嗒地摇着手中的团扇,然后又转过头来看着夫人,说:"静,我要是死了,这所房子就留给你吧。"

夫人笑了起来:"顺便把地皮也给我吧。"

"地皮是人家的,没办法给你。但是,我的东西全都给你。"

"谢谢了。可是那些洋文书,给了我也没用啊。"

"卖给旧书店嘛。"

"能值几个钱!"

先生没说值多少钱。但是,他的话总是围绕着自己的死这个遥远的话题,而且还认定,他的死一定会先于夫人。起初,夫人好像还故意做出无所谓的样子,然而不知不觉间,便激起了女人的感伤之心。

"要是我死了,要是我死了的,你打算说多少遍啊。求你积点德,别老是说什么我先死了怎么怎么的,多不吉利啊。如果你死了,一切都照你的意思办,可以了吧?"

先生望着庭院笑了,但也没再说惹夫人不快的话。我待的时间已经太久了,趁机马上起身告辞。先生和夫人把我送到门口。

"要多照看病人。"夫人说。

"九月再见了。"先生说。

我道别后,走出了隔扇门。在房门和院门之间有一棵茂盛的桂花树,枝杈伸向暗夜中,仿佛要拦住我的去路。我走了两三步,望着被黑魆魆的枝叶覆盖的树梢,想起秋天将开放的芬芳的桂花。以前,我一直是把先生家和这棵桂花树作为不可分割的东西一起记忆的。当我走到这棵树前,想到秋天会再次迈进这所宅院的时候,刚才还从房间里照到门前的灯光,突然熄灭了,先生夫妇似乎已回到房间里去了。我独自走到黑暗的外边。

我并没有马上回住处,因为回老家之前还有些东西要买,再者也需让吃得满满的胃消化消化,于是向着热闹的大街走去。天刚刚擦黑,在闲逛的人群中,我遇到一个当天跟我一起毕业的同学。他不由分说把我拉进一家小酒吧,在那里我不得不听了一晚上他那啤酒沫般的夸夸其谈,回到宿处时已经十二点多了。

三十六

第二天，我还是冒着暑热，上街去采买家人托我买的东西。看到信里列出的购物单时，还不觉得什么，一买起来才发觉真是够费事的。我在电车里一边擦汗，一边抱怨那些根本不懂得不该随便给别人添麻烦这个道理的乡下人。

我不想白白度过这个夏天，事先拟定好了回家后的读书计划，所以必须买些要看的书籍来履行这个计划。我打算在丸扇书店的二楼上消磨半天时间，在与自己专业相关的书架前，我从一头走到另一头，一本一本地挑选着。

要采购的清单中，最叫我头疼的是女人的半襟①。跟店里的伙计一说想买半襟，他就拿出来好多件，可是买哪个好呢？到了买的时候，我就举棋不定了，而且价钱也没个准头。本以为便宜的，一问却很贵，以为会很贵而没敢问的，结果却相当便宜。换句话说，无论怎么比较，我也弄不明白它们的价格差异是怎么出来的。我真是犯了难，暗自后悔，为何不劳动一下先生的夫人呢？

我买了一只皮箱，自然是日本造的下等货，只不过，箱子上的金属件闪闪发亮，足以唬住那些乡巴佬。这只皮箱是母亲嘱咐我买的，她特意在信中写了：毕业时买一只新皮箱，把礼品都装在里面带回来。我读到这句话时不由得笑了出来。倒不是我不理解母亲的心情，只是觉得母亲这么吩咐特别滑稽。

正如跟先生夫妇辞行时说的那样，三天后，我就乘火车离开东京，回了故乡。这年冬天以来，对于父亲的病情，先生给我讲了很多需要注意的地方。虽然最应该担心的人是我，可不知怎么，我并没有

① 半襟：和服里面的假领子。

58

觉得多么痛苦。我反而想象着父亲去世后,母亲怪可怜的。可见在我的心里,一定是觉得父亲已经是要走的人了。在给九州的哥哥的信中,我也说过父亲没有可能恢复到原来的身体了,希望他尽可能安排时间,在今年夏天赶回来见上一面。我还说了不少感伤的话,诸如"二老孤单地在乡下生活,想必有诸多不便吧,我们做儿子的没有尽到孝道"等等。其实,我也是这么想的,但是写了这封信之后的心情,跟写信的时候又有所不同。

我在火车上琢磨着这些内心的矛盾,越想越觉得自己是个不定性的浅薄之辈,不觉郁闷起来。这时,我又想起了先生夫妇,特别是两三天前请我吃晚饭时的那段对话。

"谁先死呢?"

我重复着那晚在先生和夫人之间提到的这个问题,我觉得他们对于这个问题都不能自信地作出回答。但是,如果能知道谁先死的话,先生会怎样,夫人又会怎样呢?我想先生也好,夫人也罢,除了现在这样的态度之外,不会有其他可能吧。(正如面对父亲在老家等待死亡,我却毫无办法一样。)我把人生看成是无常的,把人无可奈何、与生俱来的轻薄看成是虚无的。

中　父母亲和我

一

回到家后,出乎意料的是,父亲的病情跟上次回来时差不多,没有多大变化。

"噢,你回来啦。能顺顺当当毕业,比什么都好。你等一下,我去洗把脸就来。"

当时,父亲正在院里干着什么活计。父亲说完,就去了有水井的后院。他头上戴着顶旧草帽,系在草帽后面的脏兮兮的遮阳手帕随风飘动着。

我把大学毕业看成理所当然的事,见父亲竟高兴成这样,不禁有些困窘。

"你小子能顺顺当当毕业,真好啊。"

这句话父亲翻来覆去念叨了好几遍。我暗自将父亲欣喜的表情和毕业那晚在先生家吃饭时,先生说"祝贺你"时的神情作了比较。在我看来,嘴上说祝贺,心里却嗤之以鼻的先生,反而比少见多怪、喜形于色的父亲更显得高尚。我对父亲这种愚昧无知的乡土气感觉不快起来。

"就算大学毕了业,也没什么了不起的呀,每年的毕业生有好几百人哪。"

我终于说出了这样刻薄的话。听了我的话，父亲露出怪异的表情，说："我不光是说你毕了业有多么好。能毕业固然好，可我的话里还有另一层意思呢。你要是能够明白我的意思……"

我想听父亲说下去，可父亲似乎不想再往下说了，但最终还是对我说出了一番话：

"要说我为什么这么说嘛，你也知道，我得了这么个病。去年冬天见到你的时候，我以为弄不好顶多还能活三四个月，可不知哪辈子修来的福，一直到现在还好好的，也不用旁人伺候。就在这个当儿，你大学毕了业，我哪能不高兴呢。我们做父母的，能够活着看到这么有出息的儿子走出校门，不是比我死了以后你才毕业，更叫人欢喜吗？在心气儿高的你看来，一个大学毕业生也没什么了不起，我却没完没了地说太好了，让你觉得难为情吧。可站在你爸的角度，就不一样啦。总之，你小子毕业这事儿，我这当老子的肯定要比你高兴了。明白了吗？"

我一句话也说不出来，羞愧难当地低下了头。虽然父亲表面上很平静，但他似乎已经预感到了自己的死，而且认定可能会死在我毕业之前。而我却没有去想，自己的毕业会在父亲心中产生多么大的影响，真是太糊涂了。我从皮箱里拿出毕业证书，恭恭敬敬地递给父母。毕业证书被压出了褶皱，没有原来那么平整了，父亲小心翼翼地把它展开。

"这么要紧的东西应该卷好，拿在手里的。"

"把它卷成筒，在里面塞些东西就好了。"母亲也在一旁插了句嘴。

父亲仔细端详了一阵后，起身走到壁龛前，把这张毕业证书摆在一眼就能看见的正中央。要是以往，我马上就会嘟哝起来的，然而，那天的我没有表现出丝毫不乐意，默不作声地任凭父亲去放置。被压皱了的雁皮纸①毕业证书，父亲费了半天劲也摆不好，刚摆在合适的位置，它便歪倒下来，又慢慢恢复了原状。

二

我把母亲叫到一边，悄悄询问父亲的病情。

"我爸到院子里干这干那的，也不歇着，身子吃得消吗？"

"他已经不觉得哪儿难受啦，大概是好了吧。"

没想到母亲很不以为然，和那些生活在远离都市的森林里或乡间的农妇一样，母亲对这类事情完全是无知的。但是，上次父亲晕倒的时候，她又是那么惊慌，那么担心。我心里忽然产生一种奇妙的感觉。

"可是，当时医生不是已经发话，很难好利索了吗？"

"所以说嘛，没有比人的身体更奇怪的了。你看看，医生说得那么严重，可现在你爸不是还挺精神的嘛。起初，我也很担心，尽量不让他下地。唉，你爸的脾气你也知道的，调养倒也调养，就是偏得要命。自己觉得已经好了的话，根本听不进我的话。"

我想起上次回家时，父亲硬要下地刮胡子时的情景。"我已经好啦，都是你妈大惊小怪给闹的，真是的。"我一想父亲那时说的话，又觉得不能完全责怪母亲，所以，我本想说"不过，还是要多提醒他"，却终于忍住没有说出口，只是给母亲讲了一通我所知道的有关父亲的这种病，需要注意些什么。不过这些知识大多是从先生和夫人那儿听来的，母亲好像并没有特别上心，只是问道："哟，还是一样的病啊，真可怜哪。那位老太太走的时候多大年纪啊？"

没有办法，我只好放弃说服母亲，直接去跟父亲说。父亲比母亲

---

① 雁皮纸：以雁皮的树皮为原料制成的一种非常薄的日本纸。因雁皮生长缓慢且无法大量采伐，故价格昂贵。

听得要认真,然后说道:"嗯,是这么回事,你说的有道理。不过,我自己的身子自己最了解,对我这身子该怎么保养,你爸我最有数,这么多年的经验了。"母亲听了,苦笑道:"你瞧瞧,怎么样?"

"爸爸嘴上那么说,心里可是明明白白的。我这次毕业回家,他这么高兴,还不全是因为这个呀。他本来以为自己病快快的,等不到我毕业呢,可是我在他还活着的时候,拿来了文凭,所以他特别高兴。这是爸亲口对我说的。"

"唉,你知道,他不过是嘴上这么说说罢了,心里还是不当回事。"

"是吗?"

"他觉得还能活上十年二十年哪。可是他又常常说些让我担心的话。他说什么,我这样子也活不了多久了。我要是死了,你怎么办哪,打算一个人在这房子里住下去吗?"

我眼前立刻浮现出父亲去世后,剩下母亲一个人孤单地住在这老旧而空荡荡的农舍里的情景。死神把父亲从这个家拉走后,这个家还能存在下去吗?哥哥会怎样做?母亲会怎样说?牵挂着这些的我,还能离开这块故土,到东京去自由自在地生活吗?面对着母亲,我偶然想起了先生的提醒:趁你父亲活着的时候,要把自己的那份遗产先分到手。

"没听说过谁老是说自己要死了,结果真的死了的,你就放心好了。你爸总是念叨要死了、要死了的,其实不知还能活多少年哪。那种不爱说这话的健康的人,反倒危险呢。"

我默不作声地听着母亲这套不知是从哪儿推论出来的迂腐论调。

三

为了庆祝我毕业,父亲和母亲商量着要做红米饭请客。我从回家那天起,就暗暗担忧这个事,所以当即表示反对。

"不用太铺张了吧。"

我很讨厌那些来赴宴的乡下人。全都是些闲得无聊、爱凑热闹的人，来的目的无非是大吃大喝一顿。我从小就特别发怵陪着他们吃饭，更何况他们是为我而来。于是乎，请客时自己疲于应酬、痛苦不堪的场景，顿时浮现在眼前。可是我又不好对父母直说别请那些粗俗的乡下人来瞎折腾，只好说别太铺张了。

　　"你总是铺张、铺张的，这算哪门子铺张啊？一辈子不就这么一回吗！请客是理所当然的，你用不着这么顾虑。"

　　母亲似乎把我大学毕业看得跟娶媳妇一般重要。

　　"虽说也可以不请客，但不请客的话，人家会说闲话呀！"

　　父亲这样说道。父亲担心人们说三道四，实际上那些人也确实是这样，要是这种场合遂不了他们的心愿，马上就会说闲话的。

　　"乡下可不比东京，讲究老理儿的。"父亲又说。

　　"再说，你爸也要面子呀。"母亲又跟着补了一句。

　　我也无法坚持己见了，心想，还是依着二老，随他们便吧。

　　"我的意思只不过是，要是为了我请客，那算了。如果二老怕人家背后说闲话，那是另一码事。对你们不利的事，我坚持也没有用。"

　　"你怎么都有理啊。"父亲不高兴了。

　　"虽然你爸没说请客是为了你，可你也不该一点人情世故都不懂吧。"

　　一到这种时候，母亲就爱讲一通女人家那套驴唇不对马嘴的歪理，若论碎嘴唠叨，父亲和我加起来都别想说过她。

　　"念了点儿书，就总是认死理儿，这怎么行？"

　　父亲只说了这样一句，但是，我从这句话中，看到了父亲平时对我的所有不满。当时我并没有发觉自己说话尖刻，只觉得父亲不该那么责备我。

　　那天晚上，父亲又恢复了心情，来问我，要是请客，安排在哪一天好。对我这个每天无所事事、闲待在家里的人，父亲还来问我哪天方便，这就等于向我让步了。在慈祥的父亲面前，我自然温顺下来，和

64

父亲商量之后,决定了请客的日期。

在那天还没到来的时候,发生了一件大事,即明治天皇贵体有恙的通告。这条新闻通过报纸即刻传遍了整个日本,也把一个农家几经周折刚刚决定的毕业庆祝宴会,吹得烟消云散了。

"还是暂时取消的好。"

戴着眼镜看报的父亲说道,他似乎在沉思默想着自己的病。我也回忆起了不久前,依照往年惯例驾临我们大学毕业典礼的天皇陛下。

四

在这个空荡荡、静悄悄的老房子里,我解开行李,开始读书了。不知怎么回事,我的心里很不踏实。还不如在那令人眼花缭乱的东京居所的二楼上,听着远处电车驶过的噪音,一页一页地看书,更能够集中精神、心情愉快地学习呢。

看不了几页书,我便会靠着桌子打起瞌睡来,有时索性拿出枕头舒舒服服地睡个午觉。每次醒来,都会听到声声蝉鸣,只觉那半梦半醒之间一直在聒噪的蝉声,突然间搅扰了我的耳膜。有时凝神倾听,心中竟会涌起一股悲戚。

我拿起笔给几个朋友分别写了寥寥数语的明信片或洋洋洒洒的长信。这些朋友有的留在了东京,有的回遥远的故乡去了。有人回了信,也有的没有回音。我当然没有忘记先生,关于自己回到故乡后的情况,我用细毛笔写了三页稿纸,寄给了先生。封信口时,我心里怀疑先生是否还在东京。以往,先生和夫人一起出门的时候,会有一位五十岁左右的短发妇人来看家。我曾问先生,她是什么人。先生却反问我:"你看她像什么人呢?"我认为她是先生的亲戚。可先生回答:"我可没有亲戚呀。"先生和故乡的亲戚一向没有书信往来的。原来那位看门的妇人,是和先生没有亲缘关系的夫人的亲戚。我给先生发信时,忽然想起了那个将窄腰带松松地在和服背后打个结的老妇。我猜想，这封信若是在先生夫妇去什么地方避暑之后寄到的话，不知那位短发阿婆有没有把信转寄给先生的那份心计和热心。不过，我这封信也没写什么特别要紧的事情，我只觉得寂寞，盼着先生给我回信，却始终没有收到回信。

父亲不像去年冬天我回家时那么喜欢下将棋了，棋盘一直放在壁龛的角落里，上面落满了灰尘。尤其是天皇陛下染病以来，父亲好像总是在沉思，每天都焦急地盼着报纸来，自己最先看，然后特意拿着报纸来我的房间，把自己看过的重要消息告诉我。

"你看看，今天也详细地报道了天子的病情啊。"父亲常常把天皇陛下称为天子。

"说句大逆不道的话，天子的病和你爸的病很相似吧。"

父亲这样说时，脸上笼罩着一层忧郁的阴云。我听了这话，心里也闪过了一阵不安，说不定什么时候，父亲也会死的。

"不过天子不要紧的吧。像我这种没用的人，都这么凑合活着哪。"

父亲虽然给自己的健康打了包票，可同时又仿佛预感到即将降临到自己身上的危险。

"你爸我是真的害怕自己的病好不了啦！我可不是像你妈说的那样，还想活上十年二十年的！"

母亲听了我的传话，不知怎么办才好了。

"你再跟他下下将棋吧。"

我从壁龛中取出棋盘，拭去上面的尘土。

五

父亲的精神越来越衰弱了，曾经让我吃惊的那个后面系着手帕的旧草帽也自然而然地被闲置了。每当我看见那个放在熏黑的搁板上的草帽时，便觉得父亲很可怜。父亲像以前那样下地走动的时候，我就很担心,觉得他应该再小心一些才好,父亲总是坐着不动时,我又觉得他的身体毕竟不如从前了。我常常跟母亲谈起父亲的身体。

"都是心理作用。"母亲说。母亲总是把天皇陛下的病和父亲的病联系在一起考虑,我可不这么看。

"不是心理作用。真的身体没有问题吗?我总觉得心情还不是问题,而是身体越来越坏了。"

我这样说着,心里考虑要不要从远处请一位高明的医生来给父亲检查一下。

"今年夏天,你也过得挺没意思的吧。好不容易毕了业,我们也没能给你庆贺庆贺,你爸的身子这样糟糕,又赶上天子患病。你一回来就请客倒好了。"

我到家是七月五六日,父母提出为庆贺我毕业请客,是我到家一星期之后。然后又过了一个多星期,才好歹定下了日子。回到不受时间约束的悠闲的乡村之后,我才终于从令人厌烦的社交痛苦中解脱出来。但是,不了解我的母亲,似乎根本没有发现这一点。

天皇驾崩的通告传来时,父亲拿着那张报纸,"唉,唉"地直叹气。

"唉,唉,天子到底还是驾崩了。我也……"父亲没有说下去。

我上街买了黑绸子包住旗杆头,并留出一条三寸宽的黑色飘带,将旗杆斜插在大门边,伸向街道。旗子和黑飘带在无风的空气中无精打采地垂着。我家的旧门顶上是茅草葺的,经过风吹雨打早就变成了浅灰色,而且凹凸不平。我独自走到门外,望着那黑飘带和白绸子,以及白绸子中央染出的一轮红日,望着那面旗子与灰蒙蒙的茅草房顶相互辉映。我想起先生曾问我:"你家的房子是什么样式的?跟我家乡的民居风格不大相同吧?"我很想让先生看看我出生的这所旧宅,却又不好意思让先生看到它。

我又独自回到了房子里,坐在自己房间的桌旁,一边看报,一边想象着遥远的东京的情景。我的想象集中在日本最大的城市在怎样的黑暗中,怎样运转着的画面上。在那漆黑的,又不能不运转的令人焦躁不安的喧嚣城市中，我看到了犹如一盏灯火的先生的家。那时我还没有意识到，自己将不由自主地被这盏灯火卷入那无声的旋涡之中；当然更没有意识到，自己面临的是，再过些时日，眼前的这盏灯火就会骤然消失的命运。

我拿起笔，想把家乡发生的这件事写信告诉先生。可是，只写了十来行便又放下了笔。我把信撕成碎片，扔进纸篓里。（因为我觉得给先生写这些东西也没用，根据上封信的经验，先生根本不会回信的。）我太寂寞了，所以才会写信，并且盼望着先生能回信。

六

八月中旬，我接到了一位朋友的来信。信里写的是，有一个去地方中学当教员的机会，问我是否想去。这位朋友由于经济上的原因，自己四处在寻求这样的职业。这个工作他本来是为自己找的，但后来又找到了更好的地方，所以特意来信告诉我，想把这个富余的机会让给我。我马上回信谢绝了。我告诉他，有个朋友正费尽周折地想要找个教员的工作，还是转让给他吧。

我回信之后便跟父母说了这件事，他们俩好像对我的拒绝都没有什么意见。

"不去那种地方，你也会有更合适的工作的，对吧？"

从这句话里，我听出他们对我寄予的希望过高了。迂腐的父母好像期望着刚刚毕业的我，会得到相当理想的地位和收入。

"合适的工作？近来，那么好的工作是很难找到的。况且哥哥和我的专业不同，时代也不同了，老拿我和哥哥相比，可有点难办。"

"既然你已经毕业了，至少应该能够养活自己，不能老靠着家里。要是别人问起来，你家老二大学毕业后做什么事啊？我回答不出来的话，这老脸往哪儿放啊？"

父亲脸色阴沉下来。父亲从不曾离开住惯了的农村，根本不知道外面是怎么回事。经常有乡下人问他,孩子大学毕业后拿多少薪水,或者问,能挣一百多块吧?所以,父亲为了名声好些,总是希望刚刚毕业的我赶紧有个着落。在父母的眼里,一向把大城市当作立身之地的我,无异于想要天马行空的异形人。其实我也常常觉得自己是这种怪人,尽管我很想说明自己的想法,但在思想差距过于悬殊的父母面前只好保持沉默。

"你可以去求求你常念叨的那位先生啊,现在正是时候。"

母亲除此之外,并不了解先生。那位先生正是劝我回家后,趁父亲还活着的时候,赶快分财产的人,而不是我毕业后,可以帮忙介绍工作的人。

"那位先生是干什么的?"父亲问。

"什么也不干。"我答道。

我觉得老早以前就告诉过他们先生没有出来做事,父亲也应该记得的。

"什么都没干,又是因为什么呢?既然是你那么尊敬的人,总该做点事吧。"

父亲故意这样讥讽我。在父亲的脑子里,凡是有能耐的人,大都应该在社会上有相当的地位。于是,父亲得出了结论,先生准是个无能之辈,所以才游手好闲的。

"就连我这样的人,也没有闲待着呀,虽说没有薪水。"父亲还这样说。尽管如此,我仍然一声不响。

"那位先生要是真像你说的那么了不起,肯定能给你找个工作的。拜托过他吗?"母亲问。

"没有。"我答道。

"那怎么能行啊。你为什么不求他帮个忙呀?给他写封信也行啊。"

"嗯。"

我含糊其词地答应着,站起身,走出了父亲的房间。

七

父亲显然很担心自己的病。但是,医生每次前来问诊,父亲都没有问什么难为医生的问题。医生也有所顾忌,从没说过什么。

父亲似乎在考虑他死后的事情,至少在想象自己去世后的这个家。

"让孩子去上大学也好也不好,好不容易供他大学毕了业,他就绝对不回家了。这不就像是为了让父子分离才送孩子去上大学的吗?"

哥哥上大学的结果,就是远走他乡。我也因为受了教育,而决心在东京生活。培养出这样的儿子,父亲发发牢骚当然不是没有道理。父亲想象着母亲孤孤单单地留在这座老旧的农舍里,会多么孤独。

父亲相信自己的家是不会发生变化的,住在这里的母亲只要还活着,也是不会离开的。父亲心里很矛盾,虽然为自己死后,剩下母亲孤零零地留在这所空寂的家中感到深深的不安,却又想让我在东京谋个好职位。我觉得他这矛盾心理很可笑,同时又为因此能去东京而感到高兴。

在父母面前,我不得不装出正在努力寻找这种好工作的样子。我给先生写了一封信,详细地说明了家中的情况,并拜托他,如果有什么适合我的工作,请帮忙介绍一下,不管做什么都可以。我虽然觉得先生是不会理睬我这一请托的,而且就算他愿意帮助我,以他那样狭窄的交际圈,终归是无济于事的。但我还是写了这封信,我总觉得先生一定会回信的。

我封好信,去寄信之前对母亲说:"给先生的信写好了,是按你说的意思写的,你看看吧。"

正如我预料的,母亲没有看。

"是吗?那就赶快发出去吧。这种事就算别人不督促,自己也该早点着手的。"

母亲似乎还把我当孩子看,我也觉得自己像个孩子。

"可是光寄信,是办不成事的。不管怎样,九月份我得去东京一趟。"

"也许你说得对吧。不过也说不定会碰上什么好工作呢,最好是早些拜托他。"

"是啊。反正先生一定会回信的,到时候再说吧。"

在这方面,我很相信一向守信用的先生。我天天盼着先生的回信,但是,我的期待终究落空了。过了一个星期,依然没有先生一点儿音讯。

"大概是到什么地方避暑去了吧。"

我不能不对母亲这么解释。这不仅是对母亲,也是对我自己的一种交代。如果不找个什么理由为先生辩白一下,便觉得不安。

我常常忘了父亲的病,想尽早去东京。连父亲也常常忘记自己的病,他担心未来,却又不对未来作出任何安排。我始终没有找到适当的机会,依照先生的忠告,向父亲提出分财产一事。

八

到了九月初,我又要到东京去了。我要求父亲暂时还像以前那样给我寄学费。

"老是待在家里,是找不到你所希望的那种好工作的。"

我说是为了寻找父亲所期待的那种职位才去东京的。我还说:"当然了,我找到工作以后,就不用寄钱了。"

其实我心里想的是,这种好事怎么会落到我头上来。可是,不了解外面情况的父亲,却一直固执己见。

"这是暂时的,我会给你汇钱的,但是长期这样可不行噢。找到好工作后,就得慢慢养活自己了。既然毕了业,按说第二天开始就不能再靠家里养活了。现在的年轻人,光知道花钱,压根儿不去想法子挣钱。"

除了这些,父亲还发了半天牢骚。其中有这样一句话:"从前是儿子养活老家,如今却是老家养活儿子。"对这些话我只有默默地听着。

感觉父亲的牢骚告一段落后，我刚想轻轻站起身离开房间时，父亲忽然问起我什么时候走，我当然是希望越早越好。

"让你妈定个日子吧。"

"好吧。"

那时我在父亲面前格外乖顺，我想尽量不跟他老人家闹别扭，顺利地离开故乡。父亲又叫住我，对我说道：

"你一去东京，家里又要冷清了，这个家里只有我和你妈。我的身子骨要是结实也就罢了，可是瞧这样子，说不准啥时候就交待了呢。"

我尽力安慰了父亲一番，回到自己房间。坐在散乱的书籍中间，我一遍遍回想着父亲那忧心忡忡的神情和话语。这时我又听到了蝉声，那蝉声与前几天不一样，是寒蝉的噪音。夏天，我回到故乡时，呆呆地听着此起彼伏的蝉鸣，常常陷入一种莫名的悲哀中。我感觉，我的哀愁总是与这昆虫的噪音一起沁入自己的心底。每当这个时候，我总是一动不动地凝视着自己。

今年夏天回家以后，我的哀愁渐渐有了变化。正如油蝉的声音变成寒蝉一样，我感觉我周围的人的命运，也仿佛正在这大轮回中缓慢地运转着。我反复回想着父亲寂寞的神情和言语，同时又想起一直没有给我回信的先生。先生和父亲给予我的是完全相反的印象，因而我动辄就想要将二者进行一番比较和联想。

我几乎知悉有关父亲的一切，倘若离开父亲，只会怀念父子之情。而先生的大部分经历，我还不了解，而且，始终没有机会倾听他答应告诉我的他自己的过去。总之，先生在我看来是模糊不清的。然而，不穿越这混沌，抵达光明之所，我便心有不甘。同先生断了联系，对我而言是莫大的痛苦。我请母亲看了日子，确定了去东京的日期。

九

就在我要动身的时候（记得是两天前的傍晚），父亲又突然晕倒了。那时我正在给装满书籍和衣物的行李打捆,父亲在洗澡。听到去给父亲搓澡的母亲大声喊我,我跑去一看,光着身子的父亲被母亲从后面抱着。可是回到堂屋后,父亲却说不要紧了。为了慎重起见,我坐在父亲枕边,用湿手巾冰着他的头。直到九点多钟,我才凑合吃了点晚饭。

没想到第二天,父亲的精神好多了。而且还不听劝,自己去上了厕所。

"已经不碍事了。"

父亲又重复了一遍去年年底摔倒时对我说过的话。那时候,的确像他说的那样,暂时不要紧了。我想,这回或许也没事吧。医生只是叮嘱我们,一定要多加注意,却不把话说清楚。我因此心神不定,到了出发的日子,也没有心思去东京了。

"要不我再待几天,没事了再走吧。"我跟母亲商量。

"最好这样。"母亲也希望我再待些日子。

母亲看到父亲有精神去院子或去后院的时候,丝毫不担心,可是一出现这种情况,她又过分地担忧。

"你今天不是去东京吗?"父亲问我。

"是啊,推迟了几天。"我答道。

"是为了我吗?"父亲又问。

我迟疑了一下,如果说是,就表明父亲的病情很严重似的,我不想让他太敏感。可是,他似乎看穿了我的心思。

"真是的,让你跟着着急。"他把脸转向了庭院。

我回到自己的房间,看到了地上的行李。行李打得很结实,随时可以走。我呆呆地站在行李前,犹豫着是否要把它打开。

在心神不宁之中,又过了三四天。这期间,父亲又突然摔倒了。医生命令他绝对要卧床休息。

"怎么个情况啊?"母亲小声问我,尽量不让父亲听见。母亲一副愁苦的样子。我打算给哥哥和妹妹拍电报,可又看不出卧床的父亲有多么痛苦。跟他说话时,感觉他就跟患了感冒差不多,而且比平时吃得更多了。家人劝他少吃一点,他也不听。

"反正也是要死了,当然要尽量吃点好的。"

父亲说什么吃点好的,在我听来又可笑又心酸。因为父亲没有住在能吃到好东西的大城市,只不过晚上让母亲给他烤几片年糕,咯吱咯吱地吃一点。

"他怎么老是这样渴呀?看来他精神还不错哪。"

母亲对于已经不抱希望的事,反而寄托了希望。然而,她却把只有生病的时候才使用的"渴"这个老词儿,用在了特别有食欲上。

伯父来探望父亲的时候,父亲总是一再挽留,不让他走。

"再坐一会儿吧,我闷得慌。"这好像是父亲的主要理由。而他向伯父诉苦,说母亲和我不给他想吃的东西,似乎也是他的目的之一。

十

父亲的病在这样的状态下持续了一个多星期。这期间,我给九州的哥哥寄出了一封长信,妹妹那边是母亲写的信。我心想,说不定这是写给他们的最后一封有关父亲病情的信了,所以在给他们的信中都写了,一旦父亲病危,就给他们打电报,要他们到时候尽量赶回来。

哥哥工作很忙,妹妹正怀着身孕。所以,父亲的病不到最后关头,是不好轻易叫他们回来的。虽说如此,倘若他们特意赶来,却没能见上父亲最后一面,落下埋怨也不好受。在该如何把握打电报的时机上,我深切感受到了旁人无法理解的责任。

"这个我也很难说得那么准确,不过你要知道,危险随时都有可能的。"

从车站所在的那条街请来的医生对我这样说。我同母亲商量后,决定托这位医生介绍,从镇医院请一位护士来。父亲看见一位穿白衣服的女人来到枕边,跟他说话,便露出诧异的神色。

父亲早就知道自己患了不治之症,可是他并没有想到死亡已迫在眼前。

"等过些日子，我的病好了，还要去东京玩一次。人不知道自己什么时候死，所以想做的事，要趁活着的时候做。"

母亲无可奈何地附和着说："那时候也带我一起去吧。"

有时候，父亲又非常凄凉地对我说："我要是死了，你可要多孝敬你妈啊。"

我对"我要是死了"这句话记忆犹新，就是我毕业的那天晚上，也就是快要离开东京的时候，先生对夫人重复了好几遍的那句话。我回想起了笑着这么说的先生和捂着耳朵不愿听这晦气话的夫人，那时先生说的"我要是死了"只是单纯的假设，而现在父亲说的，却是随时可能发生的事实。我模仿不了夫人对先生的那种神态，但是，也不能不说些好听的话来安慰父亲。

"你千万不要说这样气馁的话，你不是说病好了以后还要去东京一次吗？这回和我妈一起去吧。到时候，你一定会大吃一惊的，东京变化可大了，光是电车路线就新开通了好几条。电车一通，街道就会发生变化，加上市政也在进行改造。总之一句话，东京可以说是一天二十四小时都在变，没有一刻消停的。"

出于无奈，我不住嘴地说了好多可说可不说的话，父亲似乎还挺爱听。

家里有病人，出入的人自然也就多了起来。住在附近的亲戚们三天两头地轮番来探望父亲，其中也有些住得比较远、平时不大来往的亲戚。有的还说："我以为病得多严重呢，看样子，眼下还不要紧，说话这么清楚，脸上也一点没见瘦啊。"我刚回来时，家里那么冷清，现在由于前来探视的人，一下子热闹起来了。

这期间，一直卧床的父亲，病势越发沉重了。我跟母亲和伯父商量了一下，终于给哥哥和妹妹发了电报。哥哥回信说马上回来，妹夫也说即刻起程。妹夫前些日子曾告知我们，妹妹上次怀孕流了产，这回必须多加小心，以免变成习惯性流产，所以估摸着是他自己替妹妹来。

十一

在这段心神不宁的日子里，我仍有独自静坐的空闲，偶尔还能看上十几页书。已经打好的行李不知什么时候全解开了，我从里面取出各种要用的物件。我检查了一下离开东京之前，计划好的在这个暑假里复习的功课，实行的还不到计划的三分之一。虽说这种不愉快从前也有过多次，可还从来没有过过得这样不顺心的暑假。虽然我知道这是人世之常，却仍感到忧烦。

我心情郁闷地坐着，想着父亲的病情，想象着他死后的情景，同时，还想起了先生。我凝望着这两个构成郁闷心情两端的，地位、修养、性格都迥然不同的面影。

当我离开父亲的枕边，抱着胳膊独自坐在杂乱的书堆中想心事的时候，母亲来了。

"睡一会儿午觉吧，你也够累的了。"

母亲并不懂得我的心情，我也不再是对母亲抱有这样期待的孩子了。我只是回应了一句"不累"。母亲还是站在门口，没有进来。

"我爸怎样了?"我问。

"正睡着呢。"母亲答道。

母亲突然走进来，坐在我身旁，问道："先生还是没有回信吗?"

母亲很相信当时我说的话。那时，我向她保证过，先生一定会回信的。但是，我根本没有指望会收到父母所期望的那样的回信。其结果，就像我是故意要欺骗母亲似的。

"你再写一封信去吧。"母亲说。

倘若能使母亲感到安慰，写多少封没用的信，我也不嫌麻烦。但是一再向先生拜托这种事情，使我感到痛苦，比起挨父亲训斥、惹母亲生气来，我觉得被先生看不起要可怕得多。我也猜测过，至今没收到先生的回信，莫非就是这个原因?

"写封信很简单，可这种事儿，光靠写信是不会有什么结果的。我必须到东京去一趟，直接拜托人家才行。"

"可是你爸病成这样，你还不知什么时候能到东京去呢!"

"所以我没走嘛!我想，在爸的病还没有眉目之前，先不去东京了。"

"说的也是啊。怎么能放着这么重的病人不管，自己去东京呢。"

我开始暗暗可怜起了一无所知的母亲。但是，我不能理解母亲为什么偏偏在这样乱糟糟的时候提出这种问题。正如我竟然还有时间静静地读书，而把父亲的病放在一旁一样，我怀疑母亲恐怕心中也有着令她暂时忘却眼前的病人，思考别的事情的空隙吧。这时，母亲又说:"实际上……"

"实际上，我是想，你要是能在你爸活着的时候找到工作，他也就放心了。可是看这情形，他怕是看不到了。不过，他现在又能吃，脑袋也清醒，趁着这个时候，设法让他高兴高兴，尽尽你的孝心吧。"

然而，可怜的我的处境却不能尽这份孝心，终于连一行字也没有给先生写。

十二

哥哥回到家的时候，父亲正躺着看报纸。父亲素来有个习惯，什么事都可以不做，唯独报纸不能不读。由于卧床以后无事可干，就更爱看报了。母亲和我也尽量顺着病人的意愿，没有加以阻止。

"爸精神这么好，太好了。我还以为多重呢，这不是挺好的吗?"

哥哥这么说着，跟父亲聊了起来。他那兴高采烈的语调，我听着不大舒服。可是哥哥背着父亲，和我单独在一起时，反倒显得很忧郁。

"不让父亲看报不行吗?"

"我也这么想，可是他非要看，没办法。"

哥哥默默地听着我的辩白，然后问道:"他看得明白吗?"哥哥似乎觉得父亲因为患病，理解力比平时差得多了。

"哪里,脑子清楚着呢。刚才我在他枕边坐了二十来分钟,聊了好些事儿,一点儿都不糊涂。看这样子,兴许还能撑不少日子呢。"

跟哥哥前后脚到家的妹夫,比我们还要乐观。父亲向他一一询问了妹妹的情况后说:"她身子那么不方便,还是尽量不要坐火车瞎折腾的好。她要是非要来看我,我反倒不安。"父亲又说:"不要紧的,过两天,等我病好了,我就去你们那边看看小外孙,好久都没去了。"

乃木大将①殉死的消息,也是父亲看了报纸最先知道的。

"不得了! 不得了!"

我们都毫不知情,被他这突如其来的话吓了一跳。

"那时候,我还以为父亲的脑袋变得痴呆了,心里激灵一下。"事后哥哥对我说。"我也吓了一跳。"妹夫也附和道。

其实那时候的报纸上,登的全都是乡下人每天盼着看的那种新闻。我坐在父亲枕边,仔细地看那天的报纸,没工夫看的时候,就悄悄拿回自己房间,一字不漏地看一遍。一身戎装的乃木大将,和他那位身着宫中女官盛装的夫人的身影,深深地印在我眼里。

悲痛的风吹遍乡村的每个角落,在沉睡的草木都为之颤抖的极其悲痛的时刻,我突然接到一封先生的电报。在那种见到穿西装的人,狗就会叫的地方,连一封电报都是件不得了的大事。接到电报的母亲,果然很是吃惊,特意把我叫到没人的地方,问道:"信里写了什么呀?"还站在旁边等着我打开信封。

电报的内容很简单,说是想见我一面,问我能否去东京一下。我思忖起来。

"一定是你托他找工作的事有了眉目。"母亲猜道。

我也觉得有这个可能,可又觉得有些奇怪。好歹把哥哥和妹夫都叫回来了,我怎么能扔下病危的父亲不管,跑到东京去呢! 我跟母

---

① 乃木大将:即乃木希典(1849—1912),日本陆军大将。

78

亲商量之后，决定给先生回电，说现在回不去，还尽可能简要地说明了父亲现在病情很严重。但是仍然觉得不妥，我又写了一封详细说明为什么回不去东京的信，当天发了出去。母亲认定是关于我拜托先生找工作的事情，非常惋惜地说："真不是时候啊，没办法。"

十三

我写的那封信很长，母亲和我都以为先生这回肯定会回信的。果然，在信发出的第二天，我又收到一封电报，上面只有一句："不来京也可以。"我给母亲看了电报。

"大概他是想给你写信吧。"

母亲似乎认定了先生会为我介绍工作，我也觉得有这个可能，但若从先生的平日为人来看，便觉得不对头了。在我看来，先生为我找工作是不可能的事。

"我的信先生还没有接到，所以这封电报一定是在看到我的信之前打来的。"

我对母亲说了句不说也明白的话，母亲也煞有介事地想了想，回答："大概吧。"尽管我明知用这句话来为先生辩解，是起不了任何作用的。

那天是主治医生请镇医院的院长一起来给父亲诊治之日，所以我和母亲没有时间多谈这件事。两位医生进行了会诊，又给病人做了灌肠等等处置后，就回去了。

自从医生命令静卧以来，父亲大小便都是躺在床上，靠别人伺候的。特别爱干净的父亲，最初一段时间很不情愿，无奈身子不听使唤，也只好勉强这样了。而且由于病情日渐沉重，父亲的脑子好像也越来越迟钝，日子久了，就变得满不在乎了。有时弄脏了被褥，旁人见了都皱眉头，他反倒无所谓。不过，得了这种病，尿量特别少，医生也束手无策。父亲的食欲也渐渐减弱了，偶尔想吃什么，也只是嘴里头馋，根本咽不下去多少，连一向喜欢看的报纸都没有气力拿了。放在枕边的老花镜,也好久没有从黑眼镜盒里拿出来了。

父亲有个发小,名叫阿作,住在相隔七八里远的地方。他前来探望时,"哦,是阿作啊?"父亲睁开混浊的眼睛望着他说,"阿作,谢谢你来看我。看你这么结实,真叫人羡慕啊。我已经不行啦。"

"怎么会呢。老哥,你两个孩子都是大学毕业,就算得了点儿病,也没什么可埋怨的!你看看我,老婆子死了,又没个孩子,就这么孤单单地凑合活着,身子骨再结实,也没什么意思呀。"

灌肠是阿作来过两三天之后的事了。父亲高兴地说:"真是多亏了医生,现在舒服多了。"父亲对自己的寿命似乎有了些信心,心情也开朗了。在一旁的母亲,不知是受了父亲情绪的影响,还是为了鼓舞病人,把先生来电报的事告诉了他,说得就好像已经如父亲所愿,我在东京找到了工作似的。我在一旁急得抓耳挠腮,可又不能阻止母亲,只得默不作声地听着。病人脸上露出了笑容。

"那可太好了。"妹夫也高兴地笑着说。

"什么工作,还不知道吗?"哥哥问。

事已至此,我连否认的勇气也没有了,便含含糊糊地应对了几句,找借口离开了病人的房间。

十四

父亲的病似乎已经到了只等最后一击的关头,在鬼门关前徘徊着。全家人每天晚上都担着心上床,不知这命运的裁决会不会是今天。

看父亲的样子已经感觉不到任何痛苦了,这样一来,护理反倒变得轻松起来。为了以防万一,只留下一个人守在病人房间里,其他人可以轮流着回到自己的床铺上休息。一天夜里,我心里想事,还没睡着的时候,恍惚听见病人的呻吟声,放心不下,半夜起身到父亲枕边去看了看。那天轮到母亲值夜班,她趴在父亲身旁,枕着胳膊睡着了。父亲也像是在熟睡中被悄悄放在那里似的,静静地安睡着。我又蹑手蹑脚地回到了自己的铺上。

我和哥哥一起睡在一张蚊帐里。只有妹夫，大概因为是客人吧，独自睡在客厅里。

"关兄也真够受累的，拖了这么多天也回不去。"关是妹夫的姓。

"不过，他也不是忙得不得了的人，应该可以多住些日子吧。比起关兄来，倒是哥哥更难办，这么长时间拖下去的话。"

"难办也没法子，这不是别的事。"

我和哥哥的床铺是并排的，睡前这么聊几句。在哥哥的脑子里，在我的心里，都觉得父亲的病肯定没救了。甚至想到既然没救了的话，那么……就仿佛我们做儿子的在等着父亲死一样。可是做儿子的又不敢说穿，而且我们哥儿俩都很清楚对方在想什么。

"父亲还以为自己会好起来呢。"哥哥对我说。

事实上也的确如哥哥所说的那样。乡亲们一来探望，父亲就非要见见人家。见了面又总是念叨一通没有办成酒席，很是遗憾，并一再表示等自己病好了一定补办。

"你的毕业酒宴没办，挺好。我那时候可真是受罪啊。"哥哥的话勾起了我的回忆。我想起当时人们喝得一塌糊涂的情景，不由得苦笑起来，眼前浮现出父亲一桌桌劝酒的神情，心里很不是滋味。

我们兄弟间关系并不是那么好，小时候经常打架，最后被打哭的总是年幼的我。上大学后学的专业不同，也完全是我们性格的差异造成的。上了大学后，特别是接触先生之后，我远远观察哥哥，总觉得他是个很现实的人。我难得见到哥哥，相隔又那么遥远，因此，无论是时间还是距离，哥哥总是离我很远。然而这次久别重逢，天天生活在一起，却不知从哪儿涌出了一股兄弟之情，当然现在的特殊境况也是一个重要原因。就这样，在我们兄弟俩共同的父亲命悬一线的枕边，哥哥和我握手交好了。

"你以后打算干什么?"哥哥问我。

我却答非所问地反问他："咱家的财产到底怎么处理?"

"我不知道。到现在,爸一次也没提过。不过,说是财产,其实换成钱的话,也没有多少吧。"

而母亲到底是母亲,还惦记着先生的回信呢。总忘不了叮问我:"还没来信吗?"

十五

"你总是说先生先生的,到底是谁呀?"哥哥问我。

"前几天不是跟你说过了吗?"我回答。对哥哥老是这样,问过别人的话随后就忘掉的毛病,我心生不快。

"倒是听你说过的,可是……"

他的意思是,虽然听我说过,可还是不甚明了。我觉得没有必要非得让哥哥理解先生。可是哥哥竟生了我的气,我觉得哥哥的老毛病又犯了。

在哥哥看来,既然我那么尊敬地一口一个先生地叫,想必是个知名人士,至少也该是位大学教授吧。既没有名气,又什么都不做的人,有什么地方值得尊敬呢? 在这一点上,哥哥的心思同父亲完全一样。不同的是,父亲轻率地断定先生是因为没有本事才游手好闲的;相反,听哥哥的口气,似乎是说先生虽有才干,却游手好闲,因而不过是个没出息的人。

"这么 egoist① 可不好,无所事事地活着,是懒汉哲学。人活着,就一定要最大限度地发挥自己的才能。"

我真想反问哥哥一句,你懂不懂自己说的 egoist 这个词的意思啊?

"不过,如果你能靠他谋到个好差事,还算不错。爸爸不是也很高兴吗?"后来哥哥又这样说。

---

① Egoist:利己主义者。

只要没有接到先生的明确回复,我就不能这样去想,也自然没有勇气说什么。可是母亲一厢情愿地对大家这样吹了出来,事已至此,我也不好马上否认了。无须母亲催促,我一直在等候先生的回信。盼望着这封信能带来家人所期待的介绍工作的事,那就好了。在濒死的父亲面前,在一心祈祷着为父亲求得哪怕一点儿安宁的母亲面前,在认为不做事便枉为人的哥哥面前,在妹夫、叔叔、婶子等人面前,我不能不为自己不以为然的态度而自责。

当父亲呕吐出奇怪的黄色东西时,我想起了先生和夫人曾经说过的那种危险。

"躺了那么久,胃口还不变坏了。"母亲说。我望着母亲那懵懂无知的脸,眼里涌出了泪水。

哥哥在起居室遇到我时,问道:"你听见了吗?"他指的是医生临走时对他说的话。其实,用不着听医生说什么,我早就知道父亲那样呕吐意味着什么了。

"你有没有打算回老家来,打理家里这摊事?"哥哥回过头来望着我说。我什么也回答不了。

"这么多事,妈一个人哪成啊。"哥哥又说。哥哥似乎认为,我就是终老于家乡也毫不可惜。

"只是喜欢看书的话,在乡下也是一样的,而且又不用工作,不是正合适嘛。"

"按理说,倒是应该哥哥回来的。"我说。

"我怎么能待在这儿呢?"哥哥一口否定了。听哥哥的口气,他胸怀着在这世上干出一番事业的雄心壮志。

"你要是不愿意的话,那就请叔父帮着照料一下。但是,妈必须得跟着一个人过。"

"妈愿意不愿意离开这里,这还是个大问题哪。"

父亲还没有死,兄弟俩就商量起父亲死后的事情来。

十六

父亲开始说胡话了。

"我对不起乃木大将……真没脸见人……我这就跟着您老去……"

父亲不时地说出这样的怪话。母亲很害怕，想让大家尽量都守在父亲枕边。清醒的时候，感觉非常孤寂的病人，好像也希望看到大家。特别是当他四下张望，看不到母亲的时候，一定会问"阿光呢?"即便不问，他的眼神也在问。我常常起身去叫母亲。"有什么事吗?"母亲放下手中的活计，来到病房。父亲有时只是呆呆地盯着母亲的脸，什么话也不说，有时又会说些毫不相干的事情。还有的时候，他忽然说:"阿光，我也给你添了不少麻烦啊。"母亲每次听到这样温柔的话时，眼睛里便噙满了泪水。可随后，母亲必定会联想起身体健壮时的父亲。

"他说得多可怜哪，以前他可不是这样的。"

母亲讲起父亲拿笤帚抽打她后背等往事。这些事，以前我和哥哥听母亲说过好多次。可这回跟以往不同，我们感觉母亲的话听起来就像是对父亲的追忆。

父亲虽然凝视着自己眼前出现的死亡阴影，却还是没有说出算得上遗嘱的话来。

"趁着父亲还清醒，要不要问一问哪。"哥哥看着我说。

"是啊。"我答道。可我又一直觉得，我们主动提出这种事情，对病人是不是不太好。我们两人决定不了，便去跟叔父商量。叔父也觉得很难办，他说:

"若是有什么想说的，没说出来就死了，的确很遗憾，但是我们若是主动催他说，恐怕也不妥吧。"

这个事就这么拖延下来。不多久，病人陷入了昏睡状态。一向无知的母亲，仍然以为病人在安睡，反而高兴了，还说:"好了，他能这么平静地睡觉，大家也轻松了。"

父亲常常睁开眼睛，突然问起某人怎么了。被他问到的往往是刚才坐在他枕旁的人。在父亲的意识里，形成了混沌和明亮两部分，那明亮的部分犹如缝在黑幕上的白线，断断续续地连接着。也难怪母亲把父亲的昏睡状态误认为是在安睡了。

父亲说话也渐渐地含混不清了，说出的话总是越往后越听不清楚，所以往往最终还是不得要领。但是，父亲每次开口说话的时候，声音还挺大，完全不像是病入膏肓的人。我们要跟他说话，却要用比平时更高的声音，凑近他耳边说才行。

"给你冰着脑袋，觉得舒服些吗？"

"嗯。"

我和护士一起给父亲换了冰水枕，然后把装好新冰块的冰袋敷在他的额头上。我在父亲光秃的额头旁边，轻柔地用手按平装在冰袋里的尖利的碎冰。这时，哥哥从走廊进来，一声不吭地把一个邮件递给了我。我伸出闲着的左手接过这个邮件时，不禁觉得很奇怪。

这个邮件比一般的信要沉得多，它不是装在一般的信封里，况且也不是一般信封能装得下的。它是用半纸①包着的，封口用糨糊粘得很结实。我从哥哥手里接过来时，就发现这是一封挂号信。翻过来一看，背面字迹工整地写着先生的名字。由于手占着，不能马上拆开看信，我就把它先揣进了怀里。

十七

那天，病人的情况非常不好。我起身去上厕所时，在走廊上碰见了哥哥。"上哪儿去？"哥哥像个哨兵似的，喝住了我。然后叮嘱我说："今天的情况很不好，你可要尽量守在旁边啊。"

---

① 半纸：日本一种写信写字用的纸。

我也是这样想的。我又回到了病室,信仍然揣在怀里。父亲睁开眼睛问母亲,旁边的人都是谁。母亲一一告诉给他,这个是谁,那个是谁,每说一个人,父亲就点一点头。若是没有点头,母亲就大声重复一遍这是某某先生,并叮问一遍:"听见了吗?"

　　"真是让你们受累了。"

　　父亲说罢,又陷入了昏睡状态。围在枕边的人都静静地观察着父亲的状况。不一会儿,一个人起身到隔壁去了。随后又一个人出去了。之后,我也起身,回到了自己的房间。我是想看一直揣在怀里的信件才出来的。虽说在病人枕旁也可以看,无奈这封信的分量太重,不可能在那里一口气看完,所以我就趁着这个特殊时间来看信。

　　我撕开很结实的包装纸,拿出里面厚厚的一打字写得非常工整的稿纸。为便于封口,稿纸被叠成了四折。我把折出痕迹的洋纸反折了一下,展开弄平,好看信。

　　看到先生花费纸墨写了这么多页的信,我不禁甚为惊异,先生到底写了些什么呢?同时,我还时时留意着病房的动静。我预感到,在我没看完这封信之前,父亲一定会出什么事,至少我会被哥哥或者母亲,不然就是伯父叫去,无法踏踏实实地看完先生的信。我只是心不在焉地看了开头的一页,是这样写的:

　　"当你问起我的过去时,我没有勇气回答你。现在我相信,在你面前,我已经有了清楚地回答你的自由。然而这自由,不过是在等待你回京期间,又将失去的人世间的自由。因此,如果不在能够利用时加以利用的话,我就将永远失去把自己的过去作为间接经验告诉你的机会了。这样一来,我曾经那么坚决地许下的诺言就成了谎言。不得已,我才把应该亲口告诉你的事,用这封信来告诉你。"

　　读到这里,我才明白了先生为什么要给我写这么长的信。我一开始就知道,先生是不会为我的糊口问题写这样的信的。然而,一向讨厌动笔的先生,怎么会想起把那件事写得这么长,寄来给我看呢?为什么不能等我回京再对我说呢?

"因为自由了，便可以说了。但是这自由又将永远地失去。"

我在心里重复着这句话，却苦于不解其意。一阵不安突然袭来，我想要继续往下看，这时听见哥哥从病房那边大声喊我。我猛地一惊，赶紧站起身，快步穿过走廊，向众人守着的病房走去。我意识到父亲终于迎来了最后一刻。

十八

我来到病室，见医生不知什么时候也来了。为了尽可能让病人舒服一些，他正试着给父亲灌肠。由于劳累了一夜，护士正在别的房间睡觉，不懂护理常识的哥哥，正手忙脚乱地给医生打下手。一见我进来，就说了句"快来帮个忙"，说完便坐了下来。我把哥哥替下来，把油纸垫在父亲屁股底下。

父亲的样子显得舒服些了。医生在枕边坐了大约半个小时，看了灌肠的结果后，说了声"我回头再来"，便回去了。临走时又特意叮嘱说："如果有事，可随时叫我。"

我也想退出随时可能有事的病房，接着去看先生的信。但是，我的心情丝毫没有得到一点放松。刚在桌前坐下来，便觉得哥哥又会大声喊我似的。如果再喊我的话，那便是父亲最后的时刻了，恐惧使我的手颤抖起来。我茫然地一页一页翻着先生的信，看见的只是规规矩矩嵌在方格中的字。可是我没有心情仔细去看，连一目十行的心情也没有。我一直翻到最后一页，正准备按照原来的样子叠起来放在桌上时，快到结尾的一句话，突然进入了我的眼睛：

"当你接到这封信的时候，恐怕我已经离开这个世界，早已死了吧。"

我大吃一惊，一直躁动不安的心，仿佛一下子冻结了似的。于是我又一页页地往回翻起来，每页看一二句地倒着读了下去。我急于在最短的时间内弄清楚想要了解的事，一眼望穿这满篇的文字，那时，我最关心的只是先生的安危。先生的过去，他曾答应过要告诉我的那个灰暗的过去,对我来说已然毫无意义。我往回翻看了几页后,焦急地叠起了这封不肯轻易告诉我关键内容的长信。

我又去病房门口,看了看父亲的情况。病人的枕边格外安静,面带倦容、忧心忡忡的母亲坐在那里。我向她招招手,问:"情况怎么样了?"母亲答道:"现在稳定些了。"我走到父亲跟前,问道:"怎么样,灌肠后感觉好些了吗?"父亲点点头,声音清晰地说了声"谢谢"。没想到父亲的神志还不糊涂。

我退出病室,又回到自己的房间。我看着钟表,查看了火车时刻表。我霍地站起身,系好腰带,把先生的信塞进衣袖里,然后从后门走了出去。我飞快地跑到了医生家,我想问清楚,父亲还能不能再坚持两三天,请他想办法再维持几天,打针或其他什么办法都行。不巧,医生不在家。我没有时间在这里等他回来,心里很乱。我马上叫了人力车,赶往火车站。

我将信纸按在车站的墙上,用铅笔给母亲和哥哥写了一封信,信虽然很短,但总比不言语一声就走要好。我托车夫立刻把信送到家里,然后义无反顾地跳上了去东京的火车。在哐当作响的三等车厢里,我再次从衣袖中取出先生的信,终于从头看到了尾。

下　先生和遗书

一

"……这个夏天，我收到了你的两三封信。记得在第二封信里，你托我在东京寻个体面些的工作。看了信后，我很想帮你这个忙，至少打算给你回一封信，不然就太说不过去了。然而，坦白地说，对于你的请托我几乎不曾尽力。你也知道，我交际面狭窄，或者说，我过着遗世独立的孤寂生活更贴切，因此，即便我作出努力也是没有意义的。然而，这并非关键所在。说句实话，当时，我正为如何处置自己而深陷痛苦之中，就这样像个残留于世的木乃伊般地苟活下去，还是……那时的我，每当想到'还是'时，便不由得一阵哆嗦。我就如同飞奔到悬崖边，却愕然看见面前是深不见底的峡谷的人一般。我是个怯懦的人，和大多数怯懦的人一样，我感到痛苦不堪。很遗憾，毫不夸张地说，那时我心里，你这个人几乎是不存在的，具体说来，你找工作之事、你的糊口之资，这些东西于我而言，都是毫无意义，怎样都无所谓的。我哪里还顾得上考虑这些，把你的信往信袋里一插，我仍旧抱臂沉思。家里多少有些财产的人，何至于刚一毕业，就为了谋求职位而惶惶不可终日呢？我甚至怀着厌恶的心情，不屑地瞥了一眼远在家乡的你。我毫不掩饰地坦白这些，是为了说明本应给你回信，却没有回信的缘由。我不是为了激怒你，才说出这些冒犯的话。我相信只要你能看完这封信，便会明白我的本意。总之，原本我应该回封信，却没有那么做，所以愿在你面前，谢此怠慢之罪。

后来，我给你去了封电报。说实在的，那时，我想见你一面，并按照你的希望，把我的过去统统告诉你。你回电说，眼下不能来东京，我很失望，久久地凝视着电报。你似乎也觉得只打电报不妥，随后又给我写来一封长信，所以对于你不能来东京的原因，我已经很清楚了。我丝毫不认为你是个失礼的人，你怎么能不顾垂危的父亲，自己离开家呢？反倒是我不顾你父亲的生死，要你回京才是欠妥的。——其实我拍那封电报的时候，已经忘记了你父亲。尽管你在东京的时候，我还一再提醒你，你父亲得的是疑难病症，万不可大意。我就是这样一个矛盾的人！也许是我头脑混乱造成的，但更像是被我的过去压迫成了这样矛盾的人吧。在这方面，我有着清楚的自省，请你务必原谅我。

看到你的信——你的最后一封信时，我才发觉自己做了件错事。所以，我想回一封信向你道歉，可是拿起笔来，一行没写就放下了。因为倘若我要给你写信的话，就要写这封信，而写这封信还为时过早，所以就没有写信，又拍了一封简短的'不必特意回京'的电报给你。

二

“之后，我就开始写这封信。由于平时不常写东西，总是不能够随心所欲地表述事情的经过或想法，感到颇为痛苦。我险些就要放弃对你的这份义务了。但是，尽管几度停下笔来，都未能作罢。不到一个小时，又想写了。也许，你认为我是个很看重履行义务的人吧，我也不想予以否认。正如你知道的，我是个独往独来的孤僻之人，因此算得上是义务的义务，遍观我的周边，没有在任何角落扎下根。不知是有意还是无意，我过着尽量减少义务的生活。但是，并非对义务冷漠，我才变成这样的，反倒是敏感过头，没有精力忍受刺激，才变得如你所看到的那样,消极度日。因此,一旦答应了人家,却不能兑现承诺,我就会极其厌恶自己。即便是为了避开这种自我厌恶的心情,我也不能不再度拿起放下的笔,给你写这封信,以履行我对你的承诺。

而且,我自己也想要写一写的,即便没有义务这一说,我也想写写自己的过去。我的过去只是我个人的经历,所以也不妨说是属于我个人的,若不把它讲述给别人知道,就去死的话,别人会说很可惜吧。我多少也有这样的想法。只是我想,与其告诉那些不能理解我的人,还不如干脆把它同我的生命一起埋葬掉的好。说真的,如果现在我不认识你这样一个人,我的过去便终归只是我的过去,间接地成为别人的借鉴也是不可能的。在几千万日本人中,我只想对你讲出我的过去,因为你是认真的,因为你说过:'要认真获得人生中的活生生的教训。'

我要将黑暗的人世间的阴影无所顾忌地抛到你的头上,但是,你不要害怕。你凝视着那阴暗的东西,从中选择你可以借鉴的东西。我所说的阴暗的东西,当然是伦理道德层面上的。我是被旧的伦理道德孕育、熏陶而长大成人的,这种伦理道德上的思维,或许与当今年轻人的理念大相径庭,但无论怎样不同,却是我自身之物,它不是花钱租来的衣裳。因此我想,对于今后想出人头地的你来说,多少会有参考价值的吧。

你还记得吧,你常常跟我讨论一些现代思想的问题,你也很清楚我的态度吧。虽说我没有轻视过你的见解,但也绝对说不上敬佩。你的思想没有任何底蕴,而且你太年轻,不可能有什么阅历。我常常笑你,你时常流露出不满足的神色。最终,你逼迫我把我的过去展示给你,犹如展开一幅画卷一般。直到那时,我才从心底里开始尊敬你。因为我看到了你不顾一切地要从我的体内捕捉某种活生生的东西的决心,你要剖开我的心脏,吮吸那温乎乎地流动着的血。那时我还活着,还不愿意死,所以,就约定了以后告诉你,而拒绝了你的要求。现在,我要剖开自己的心脏,将鲜血洒到你的脸上,倘若在我的心脏停止跳动的时候,能在你胸中孕育新的生命,我就心满意足了。

三

　　"我失去父母的时候，还不到二十岁。记得妻子对你说过，我父母死于同一种疾病，而且几乎是前后脚去世的（妻子说你当时非常惊讶），实际上父亲得的是伤寒，传染给了看护他的母亲。

　　我是父母唯一的孩子，由于家境优裕，我从小到大可说是一帆风顺。回顾往昔，如果父母没有死，或一方还活着的话，那么，我自然会将那优越的心态保持到现在的。

　　父母双双去世后，留下了懵懂无知的我。我既无知识，又无经验，不谙世事。父亲死的时候，母亲没有能够陪在他身旁，母亲死的时候，连父亲的死讯也没有告诉她。不知母亲意识到了，还是没有相信别人所说的，父亲正在好起来，母亲只是把一切都委托给了叔叔，指着在场的我说："这孩子，就请你费心照顾照顾吧。"在那之前，我就得到过父母的许可，准备去东京求学。母亲似乎也有意提及此事，刚说到"去东京……"，叔叔马上接过来："好的，你就放心吧。"也许是母亲体质好，耐得住高烧吧，叔叔曾对我夸赞过母亲，说她"脑子很清醒"，但这是否就是母亲留下的遗言，现在想来仍不得而知。母亲当然知道父亲的病的可怕名字，也知道自己被传染上了，可她是否相信自己会被此病夺走生命，现在还是很值得怀疑的。而且，母亲发高烧时说出的话，纵然再明晰有条理，也经常说完就忘得一干二净，所以……不过问题不在这里。只是那时候，我就已经有了这个毛病，动不动就把事物大卸八块，翻来覆去，细细琢磨。这一点一开始我就应该跟你交代一下，在叙述里加入这种跟眼下的问题毫无关系的实例，反而会有些用处。你就这样看下去好了。因为我想，这种个性可能会影响一个人的所作所为，使得我日后越发怀疑起了他人的道义之心。毫无疑问，正是我的个性促使我走向了烦闷、苦恼的深渊。请你务必记住这一点。

话一走题,难免让人不明白,还是言归正传吧。我自认为,能够写这封长信,说明比起处境与我相同的人来,我多少还是比较淡然处之的。夜深人静后,电车的声响已停歇,不知何时,木板套窗外传来幽幽虫鸣,使人不觉想起眼下正值银露霜秋,一无所知的妻子在隔壁睡得香甜。我拿着毛笔,一笔一画地刷刷地写着,此时此刻,我的心情毋宁说是平静如水的,虽说笔尖会由于不常写字而滑出线外,但绝非头脑混乱,信笔胡写。

四

"总之,只剩下了我一个人,除了依照母亲的嘱咐,依靠这位叔叔之外,没有别的办法。叔叔也把所有的事都承担了下来,无比周到地关照我的生活,而且还为我安排去我向往已久的东京上学之事。

我来到东京,上了高中。那时候的高中生比现在要蛮横、粗野得多。我的一个朋友,一天晚上和工匠打架,竟用木屐打破了人家的脑袋。因为喝醉了酒,在胡乱打斗时,他的学生帽被对方抢去了,帽衬里的菱形白布片上清清楚楚地写着他本人的名字。这回可麻烦了,他险些被警方告到学校。幸而有朋友们多方周旋,事情总算未闹大。这么粗野、荒唐的事,你们这些成长在当今这样文明的社会风气中的年轻人听来,一定会觉得愚蠢之极吧。其实,我也觉得很愚蠢,然而,他们身上却有着如今的学生所没有的质朴。那时候,叔叔每月给我的钱,要比现在你父亲寄给你的学费少多了(当然物价跟那时候也不一样)。尽管很少,我也没有觉得不够用,而且在众多同学之中,我绝不至可怜到在经济上羡慕别人的地步。现在想来,也许自己倒是被别人羡慕的吧,因为,我除了每月固定的汇款外,还常常向叔叔要买书的钱(我从那时起就喜欢买书)和一些临时费用,能够随心所欲地开销。

年幼无知的我,不仅十分信任叔叔,还总是怀着感激之情,把叔叔当作了不起的人来尊敬。叔叔是个企业家,还做了县议会议员。

大概是这个缘故,记得叔叔与政党也有关系。从这一点来看,叔叔虽然是父亲的胞弟,性格却与父亲截然不同。父亲是个笃实本分的人,老老实实地守着继承的祖业。他嗜好品茶插花,还喜欢读些诗歌什么的,对于书画古董之类也颇有兴趣。我家在乡间,叔叔则住在相距大约二里①远的市②里。市里旧家具店的掌柜常常专程带些字画、香炉之类的古董,拿来给父亲看。简而言之,父亲可以说是个 man of means③,算是个比较喜欢附庸风雅的乡绅。因此,就性情而论,和好交际的叔叔很不一样。然而,两个人的感情却相当好,父亲经常称赞叔叔是个远比自己有作为、可信赖的人。还说像他自己这样继承了父母财产的人,天赋才干必然会迟钝。换言之,因为无须与人竞争,所以才这样碌碌无为的。这些话,母亲听到过,我也听到过。我想父亲显然是说给我听的,希望我不要像他那样。'你要好好记住啊。'这句话,当时父亲是看着我说的,所以我一直没有忘掉。我怎么能怀疑受到父亲如此信赖、称赞的叔叔呢?叔叔本来就是我引以为豪的人。对于父母去世后,一切都要仰仗其帮助的我来说,叔叔已不仅仅是让我感到自豪的人,而且已是我人生中不可缺少的人了。

五

"我第一次利用暑期回故乡的时候,叔叔婶婶已经住进了父母去世后空无一人的老宅中,成了新主人。这是在我去东京之前就说好的。因为,剩下我一个人,又不在家住,也只能如此了。

那时候,叔叔好像跟城里的许多公司都有业务关系。他曾经笑着说,若从去公司上班的角度来说,住在以前的住所,要比搬到相距

---

① 里:日本度量衡单位。一里相当于四千米。

② 市:日本行政区域名称。

③ man of means:指有财产的人。

七八里远的我家来,方便得多。这是父母死后,我跟叔叔商量如何处置房子,去东京求学时,叔叔流露出来的。我家的老宅很有年头了,因此在那一带颇为有名。你的家乡也是这样吧?在乡下,倘若有名望的宅子虽有继承人,却被拆掉或卖掉的话,可是件了不得的大事。要是搁现在,我当然不觉得有什么难办的,但那时我还是个孩子,已经去了东京求学,又要保留宅子,所以为此很是发愁。

叔叔只好同意搬进我空荡荡的家里。但是他说,如果不让他保留城里的住处,两边住着的话,会很不方便。我当然不会反对。我想的只是,不管什么条件,只要自己能去东京就行。

孩子气的我,虽然离开了故乡,心里仍旧希望故乡有个让我依恋的家。我是以游子之心渴望着,家乡还有自己可以回归的家园。无论多么喜欢东京而离开家乡,一放假就必须回家的心情依然非常强烈。在专心学习、愉快游玩之余,我常常梦见放假时就可以回去的故乡的家。

我不知道在我离家期间,叔叔是怎样两地跑的。我回到家的时候,他的家人全都住在这座宅子里。上学的孩子大概平时住在城里,放假后,为了也让他们到乡下来玩玩,才带回来的。

大家见到我都很高兴。我看到家里比父母在世时反而更加热闹,更有生气,也感到很快活。叔叔把占了我房间的大小子轰出去,让我住进去。家里的空房还有不少,我推让了一番,说自己住别的屋子也可以。但是叔叔不答应,说‘这是你的家呀’。

除了时常想念故去的父母外,我没有什么不愉快的。我和叔叔全家一起度过这个夏天之后,又回到东京去了。只是,这个夏天里发生的一件事,在我心中投下了一层淡淡的阴影,即叔叔夫妇一起劝我这个高中生结婚的事。而且,前前后后提了有三四回。由于事出突然,起初我只是感到十分惊愕。第二次提起时,我便干脆拒绝了。当他们第三次提起此事时,我终于忍不住反问,为什么这样做。他们的想法很简单,只是说,你早点儿娶媳妇,好回这个家来,继承亡父的家业。我那时觉得,自己只要放假回来就可以了。为继承父亲的家业,应该结婚,二者似乎都有道理。我熟知乡下的习俗,能够理解叔叔的提议,我也并非对此事特别反感。但是,对于刚刚到东京求学的我来说,那是很遥远的事,就仿佛从望远镜里看到的景物一般。我没有同意叔叔的安排,再次离开了我的家乡。

六

"关于提亲的事情,我就此忘掉了。我观察过身边的同学,没有一个人像是拖家带口的,他们貌似都过着自由自在的独身生活。若是深入了解,这群快活的年轻人中,或许也有人迫于家人压力已经娶妻的,然而天真单纯的我,没有发现这样的人。况且,这种有家累的人,也往往会顾忌别人的看法,尽量不去谈论那些跟学生生活无关的私事吧。后来我才意识到,自己已然属于这类人了,但当时竟没有丝毫觉察,仍然天真快活地行进在求学之道上。

到了学年末,我又打起行李,回到了父母长眠的乡间。于是,同去年一样,在我父母曾经生活的家中,又见到了叔叔夫妇和堂弟堂妹们迎接我的笑脸。在这里,我又一次闻到了故乡的气息。那气息对我而言依然亲切如故。当然,作为打破一个学年的单调生活的调剂,也是很宝贵的。

但是,在从小闻惯的熟悉气氛中,叔叔又突然将婚姻问题摆在了我的面前。他不过是把去年的劝说重复了一遍,理由也和去年完全一样,只是上回谈的时候没有说出具体对象,这次却明确地提出了候选人,因此我就更加为难了。那位姑娘就是叔叔的女儿,也就是我的堂妹。叔叔说:'你娶她对彼此都有好处,你父亲生前也这么说过,我也觉得这样做比较有利。'父亲对叔叔这样说过也不是不可能,但我是听叔叔这样说了之后才知道的,只是并不记得曾经有过这码事,因此颇感意外。虽说意外,但也知道叔叔的要求并没有什么不妥。也许我是个粗心大意的人吧,不过主要原因恐怕还是从来没有对堂妹留心过。我从孩提时起,就常常去住在市里的叔叔家玩耍,还常常留宿在叔叔家。所以,从那时候起,跟这位堂妹就很熟悉了。你也知道的,兄妹之间产生恋情,还没有先例。也许我是借用这一公认的事实来敷衍吧。我总觉得朝夕相处的男女之间,会失去相爱所需的刺激引发的清新感觉。正如在焚香的一瞬间才闻得到香味一样,品酒只有在刚入口的一刹那才最有味道。以此类推,爱情的冲动也只存在于顷刻之间,一旦没有感觉地度过那个瞬间,那么越熟悉就只会越亲密,只会使爱情的神经渐渐麻痹下来。我思来想去,无论如何也不想娶这位堂妹做妻子。

叔叔说,若是我坚持的话,推迟到我毕业前结婚也可以。他还说:俗话说'善宜从速',可以的话,趁现在先喝了交杯酒。堂妹并非我心仪的女子,无所谓早办还是晚办,我再次拒绝了。叔叔满脸不悦,堂妹也哭了。她并不是因为我不同意结婚才伤心的,而是因为一个女人遭到男方拒绝,很丢面子。我很明白,正如我不爱堂妹一样,堂妹也不爱我。我又到东京去了。

七

"我第三次回故乡,是那以后又过了一年的夏初。我总是焦急地盼着学年考试结束,好逃离东京,可见,故乡对我来说是多么亲切。你也有这种体验吧?故乡的空气清新宜人,泥土的气息也格外好闻,无处不弥漫着父母在世时的浓浓亲情。一年之中的七、八两个月,我就像入洞的蛇一般,一动不动地蜷缩在这温馨的氛围中,对我来说,这是莫大的享受。

单纯幼稚的我,觉得没有必要因为和堂妹结婚的问题而苦恼。我以为不愿意做的事情就拒绝,只要拒绝了就没事了。所以,尽管我没有违背自己的意志,服从叔叔的安排,却心理安理得。在过去的一年间,我从没有为此事烦恼过,仍旧高高兴兴地回到了故乡。

但是，回来后我发现叔叔的态度变了。他没有像以往那样，亲热地给我个拥抱。尽管如此，一向散漫的我，回家后四五天也没有觉察到，只是偶然一件什么事情，使我突然感觉有些异样。这种奇怪的变化不仅出现在叔叔身上，婶子、堂妹也变了，就连给我写信的叔叔的儿子——信里说打算中学毕业后投考东京高等商科，想跟我了解有关情况——也变了。

我的个性使我不得不琢磨起来，为什么我的心情会变成这样呢？不对，为什么他们变成这样了呢？我突然怀疑是不是死去的父母洗涤了我那迷糊的眼睛，让我一下子看清了社会呢？因为在我的内心深处，总是相信父母纵然离开了这个世界，也会像在世时一样爱我的。不过那时候，我绝不是不明事理的，只是祖宗遗传下来的迷信思想，依然强有力地潜伏在我的血液中，至今都没有消失吧。

我独自一人去了山上，跪在父母的墓前。我是怀着一半哀悼、一半感激的心情给他们下跪的，仿佛躺在这冰冷的墓石下面的父母手里，还掌握着我未来的幸福。我怀着这样的心情祈求他们护佑我。也许你会笑话我，随你嘲笑好了，我本来就是这样的人啊。

我的世界整个颠倒了。然而，对我来说，并不是第一次有这样的体验。大约在我十六七岁时吧，我初次发现人间竟然有那么美的东西的时候，曾经惊讶万分过。我不知怀疑过自己的眼睛多少次，不知把眼睛擦了多少次，我在心中呼喊：啊，太美了！说到十六七岁的年纪，无论男女都是人们说的情窦初开的时候。春情萌动的我，开始把女人看作人间美的代表了，我那从不曾注意过异性存在的盲人般的眼睛，突然对她们洞开了。从那以后，我的天地焕然一新了。

发觉叔叔的变化时，我的心情也与此相同，是突然觉悟的。没有任何预感或精神准备，是突如其来的。在我的眼里，叔叔和他的家人骤然间变得完全陌生了。异常震惊的我开始担心，倘若照这样子下去，自己今后的日子可怎么办。

八

"于是,我产生了一个念头,对于以前任由叔叔打理的家产,如果不彻底搞清楚的话,便对不起父母的在天之灵。而叔叔总是口口声声地说事务繁忙,事实也确如其所说。他每晚都居无定所,常常回家住两天,在市里住上三天,两头奔波,每天都过着忙得不可开交的日子,'太忙了'成了他的口头禅。在我还没起疑心的时候,也曾以为他真的很忙。而且,我还不无讥讽地理解为:若不忙碌,就跟不上潮流了。但是,当我想要就财产问题,跟他好好坐下来谈一谈的时候,再看他那副忙碌的样子,只能认为这不过是他故意躲避我的借口而已。总之,我很难找到跟叔叔摊牌的机会。

我听闻叔叔在市里养着个外宅,这是中学时的一个朋友告诉我的。纳妾这事本身,对于叔叔而言不足为奇,但在父亲活着的时候,我不曾听闻,因此不觉愕然。此外,这位朋友还告诉了我有关叔叔的许多传闻。其中一件是,有一个时期,人们都以为他的事业面临破产,然而这两三年又突然红火了起来。这个消息也加深了我的怀疑。

我终于和叔叔开始了谈判。使用'谈判'这个词也许不大妥当,但是从事情的发展来说,已经到了只有用这个词形容才自然的地步。叔叔总想把我当个孩子来糊弄,而我则是带着猜疑的眼光坐在谈判桌前的,因而,不可能平和地加以解决。

很遗憾,我现在急于往下交代,以至于无法把那次谈判的详细始末写在这里。说实在的,还有比这重要的事情等着我去写,我的笔尖跃跃欲试,想尽快奔向那里,我好容易才控制住它。永远失去了对你从容讲述的机会的我,不仅不习惯写字,而且从珍惜时间的意义上说,也必须略去一些想说的内容。

你还记得吧,我曾跟你说过,社会上并没有天生的坏人,很多好人会在关键时刻突然变成坏人,因此不可不提防。当时,你还说我情绪有点激动。后来，你又问我，好人在什么情况下会变成坏人。当时，我只回答了一个'钱'字。那时候，你显得不太高兴，我现在还记得你当时的样子。现在，我可以告诉你了，那时我想到的就是这位叔叔。我是怀着憎恶，把他作为正常人一见到钱就变成恶人的例子，作为世人皆不可信赖的例子联想起来的。我的回答对于要深入探索思想领域的你来说，也许是不能令你满足的，是陈腐不堪的，但是，从我的角度来说，却是活生生的回答。那时，我的确特别激动，我相信，用灼热的舌头叙述平凡的道理，要比用冷静的头脑分析新鲜事物更为生动。因为，人的身体全凭血液推动；因为，语言不仅能使空气产生波动，还能够更强烈地作用于更强之物。

九

"总归一句话，叔叔骗取了我的财产。他在我去东京的三年间，轻而易举就做到了。我漫不经心地把一切都委托给叔叔打理，从世俗的角度看，我简直是个大傻瓜。但是，若从脱离世俗的层面来说，或许也可以说，我是个纯洁可敬的人吧。每每回顾过去，我便为自己过分憨直的天性而懊悔不已，自己为什么没有脱胎为坏人？同时也想过，要是能够回到刚出生的纯洁无瑕之时，重新活一次该多好啊！请你记住，你所认识的我，是已经被红尘污染了的我。如果把几经污染的长辈称为前辈的话，我的确可以算是你的前辈吧。

倘若我按照叔叔的要求，和他的女儿结婚的话，在物质方面会对我有利吧，这是不言而喻的。叔叔是存心要把女儿强加给我的，他向我提出婚姻问题，不是为了两家的交好互利，而是受到卑鄙的贪念驱使。虽说我不爱堂妹，并不是厌恶她，但拒绝了婚事，我还是感觉愉快的。尽管被欺骗，无论怎么说都是这回事，但若站在被欺骗的我的立场上，从没娶堂妹，没任由他们摆布这一点来看，多少坚持了自己的意志。然而，这完全是不值一提的琐细之事，尤其是让你这个局外人评说的话，一定会说我这个人冥顽不灵吧。

其他亲戚介入了我和叔叔之间的谈判。对这些亲戚我也完全不信任，何止不信任，可以说是敌视的。我发觉叔叔欺骗我的同时，就认定其他亲戚也一定会加害于我。我的逻辑是，就连父亲那么称赞的叔叔尚且如此，何况他们乎！

即便如此，他们还是把我名下的所有财产给整理出来了。换算成钱的话，比我预想的数额要少得多。我只有两条路可以选：要么默默地忍了，要么和叔叔对簿公堂。我气愤极了，却又犹豫不决。我担心打官司要拖拖拉拉很长时间，再加上我正在求学期间，作为学生，失去宝贵的学习时间是非常痛苦的事情。我权衡再三后，请住在市里的中学时的朋友，把我继承的家产全部变卖，换成现金。老同学劝告我这样做不太划算，但是我没有听。因为那时，我下了决心，要永远离开故乡，发誓再也不跟叔叔见面。

离开故乡之前，我又去了父母的坟前。从那以后，我再也没有去看过他们，恐怕永远也没有机会再去看他们了。

老朋友照我的意思办妥了这件事。不过，那已经是我回到东京后，过了很久的事了。打算在乡下卖地，也不是那么容易卖掉的，而且一旦给人家摸了底，便会被买主狠狠杀价，所以我最终卖的价钱，比时价亏了许多。坦白地说，我的财产只有离家时身上带的若干公债和后来这位朋友汇来的这笔钱。不用说，父母的遗产自然是少得可怜。而且，这又不是我主动减少的，因此心情越发恶劣。但是，对于维持一个学生的生活来说，这些钱绰绰有余。说实在的，我连这些钱的利息的一半都没用完。正是这阔绰的学生生活，后来使我陷入了万万想不到的境况。

十

"既然不愁钱花，我就想要搬出嘈杂的寄宿住家，另找房子独住。

但是，如此一来，既要添置日用器具，还要雇个管家的婆子，而且，这婆子还得老实本分，即使我不在家，也无须担心才行。所以，这事似乎也不大容易。一天，我漫然想到，先找找房子看。于是一边散步，一边沿着本乡台往西走下去，顺着小石川的上坡路，一直往传通院①方向走去。通了电车之后，现在这一带已经完全改观了，但那时候，左边是炮兵工厂的土墙，右边是一片既非平原又非丘陵的空地，长满了荒草。我站在草丛中，漫不经心地眺望着前面的山脊，虽然现在依然很美，但当时还是西边的景致更入眼，光是那生机盎然的满目葱绿，就足以让人心旷神怡了。我忽然想到，这一带说不定会有合适的房子，便马上穿过荒草覆盖的空地，沿着小路向北走去。如今那里仍是个偏僻所在，那时候更是穷街陋巷，脏乱不堪。我穿过那片空地，拐进小巷，转来转去地溜达。最后，我向一家粗点心铺的老板娘打听，这一带是否有比较像样的出租屋。'这个嘛，'她歪着脑袋想了一下，说，'出租屋好像没有……'我失望地正准备往回走时，她又问道：'借宿人家行不行？'我一听，来了兴趣，心想，如果是自己一人寄居在清静的人家里，倒是省去了置办日用家具的麻烦，也蛮不错的。于是，便在这家点心铺里坐下来，向老板娘详细打听了那户人家的情况。

据老板娘说，那家人是军人的家属，或者说，是军人的遗属更恰当，听说男主人是在日清战争②时死去的。大约一年前，她们住在市谷的士官学校附近。由于挨着马厩，房子又太空旷，便把它卖掉，搬到这里来了。可是，家里人口少，觉得特别冷清，便托她打听着，若有合适的人，给介绍一下。我从老板娘那里还听说，那家人除了遗孀、独生女和女佣人之外，再没有别人。我暗自思忖，这么清静的地方真是太中意了。可是又担心，像我这样的人，贸然前去，对方会不会一

---

① 传通院：别称小石川传通院。佛教净土宗的寺院，1603 年德川家康将其母的遗骨
　埋葬于院内的墓地，成为德川将军家的菩提寺。
② 日清战争：即中日甲午战争(1894—1895)。

看是个不知来路的学生,就立刻拒绝呢?我甚至想放弃了。然而,我虽然是个学生,穿着却不寒酸,而且还戴着一顶大学生帽。你一定会笑话我吧,心说,戴大学生帽又怎么样?可那时候的大学生跟现在有所不同,在人们眼里是有信用的人。在那种场合,我居然从自己的四角帽中发现了某种自信。就这么着,我根据点心铺老板娘告诉我的信息,没经任何人牵线,便造访了那位军人家属的家。

我见到那位遗孀,说明了来意。她详细询问了我的身世、学校、专业等诸多问题之后,似乎觉得这就可以放心了,当即对我说,你什么时候搬来都可以。这位孀妇是个正派的人,也是个爽快的人。我钦佩地想:军人的妻子难道都是这样的?我对她很钦佩,同时也很吃惊,我不明白,这样秉性的人怎么还会感到寂寞呢?

十一

"我很快就搬进了这户人家,租住了初次来访时,孀妇接待我的那个客厅。这是宅子里最好的一间屋子。因为那时,本乡台一带正陆续盖起一些高级寄宿式住宅,所以我清楚地知道,作为一个学生所能住的最好房间是什么样的。我成为新主人的这个房间要比那些寄宿住宅还要漂亮。刚搬来时,我还觉得自己是个学生,未免太奢侈了些。

这是个八叠大的房间,壁龛旁边摆放着一个多宝格架子,对着檐廊有一个壁橱。虽然一扇窗子也没有,但是朝南的檐廊上总是洒满明媚的阳光。

我搬来的那天,看见房间里的壁龛前摆了一瓶插花,插花旁边立着一把古琴。花和琴我都看着不顺眼。我自幼是在嗜好诗书、品茶的父亲身边长大的,从小便受到了唐式风雅情趣的熏陶。也许是这个缘故吧,我不知不觉养成了轻视这种庸俗装饰的习性。

父亲在世时收集的古玩字画,已经被叔叔倒腾得差不多了。不过,多少还留下了一点儿,我离开故乡时,全寄存在中学时代的朋友那儿了。我从里面选了四五幅喜欢的，不用挂轴套盒，直接塞在行李箱的最下面，刚一搬来，我就打算把它们拿出来，挂在壁龛里欣赏。可是，一看见这把琴和插花，顿时兴致尽失。后来我才知道，这花是小姐特意为招待我而插的，只好心中苦笑。不过，那把琴是以前就放在这里的，大概是因为没有地方放，只好靠在这里吧。

听我这么一说，想必你的脑子里会掠过一个年轻女子的身影吧。其实我也如此，还没搬进来的时候，就已经有了这样的好奇心。不知是这种邪念影响了我的坦然态度，还是我不善交际，反正我初次见到这位小姐时，只是手足无措地问了个好。幸而，小姐也是一样的羞涩满面。

我原本是通过遗孀的风度和做派来想象这位小姐的。然而，我的想象对小姐来说并不太有利，既然军人的妻子一般是那样的，那么她的女儿也多半是这样的吧，我的推测按照这个逻辑逐渐展开。但是，见到小姐的一瞬间，这些猜想全都烟消云散了，一股迄今为止从未想象过的异性的清新芳香沁入我的脑中。从那以后，我对壁龛正中的插花不觉得讨厌了，同样，对壁龛旁靠着的琴也不觉得碍事了。

花快要凋谢的时候便会换成新的，琴也常常被小姐拿到走廊拐角斜对面的房间去弹。我在自己的屋子里，坐在桌前双手托腮，听着那琴声。我听不出琴弹得怎样，但从都是些简单的曲子来看，应该不算很好。跟她的插花水准差不了多少吧，因为，对于插花，我还是很在行的，小姐绝对算不得上乘。

尽管如此，各式各样的鲜花依然满不在乎地装饰着我的壁龛，只是插花的样式千篇一律，而且花瓶也从没有更换过。而说到小姐的弹奏水平，比插花就更无法恭维了。只听见琴弦嘣嘣地响着，从来没有听到过她唱什么曲子。虽说她也不是没有唱，但声音小得就跟说悄悄话一样，而且被母亲说两句，便再无声息了。

每天我都愉快地瞧着那拙劣的插花，听着那难听的琴声。

十二

"离开故乡时,我已经变得厌世了。那时,人皆不可信的观念已经嵌入了我的骨髓。我觉得我所敌视的叔叔、婶婶和其他亲戚,仿佛就是人类的代表,就连坐在火车上,我也有意无意地用这种眼光观察旁边的人。有时他们跟我搭话,我就更加戒备了。我的心是阴沉的,常常犹如吞了铅似的沉重不堪。然而,我的神经却如刚才所说,变得越发敏感了。

到东京后,我想搬出寄宿处,主要也是这个缘故。如果说是因为花钱随心所欲,才想自己单找住处,也并非不可,但依着我的性子,即便手里有闲钱,也懒得费这事。

我搬到小石川以后,这种紧张的心情也没能得到一点放松。我总是心神不宁地窥视四周,连自己都觉得惭愧。奇怪的是,不停活动的只是我的大脑和眼睛,嘴巴却与之相反,越来越沉默了。我每天都不言不语地坐在桌前,像只猫儿似的观察着这个家里的情况。我对她们时刻保持着高度警惕,自己都感觉过意不去,我觉得自己就像个不偷东西的小偷,甚至憎恶起自己来。

你一定会觉得不可思议吧,这样孤僻的我怎么会有闲心喜欢小姐呢?怎么还能有工夫愉快地欣赏她那蹩脚的插花呢?怎么还会有心情倾听她那单调的琴声呢?你若是这样问的话,我只能说这两方面都是事实。除了把事实告诉你之外,我没有别的办法。你是个有头脑的人,随你怎么去想。我在这里只想补充一句话:尽管在金钱上我怀疑人性,但在爱情方面却不怀疑人性。即便别人无法理解,自己也觉得自相矛盾,它们却在我胸中和平共处着。

我一直称呼遗孀为'夫人',下面也称她'夫人'吧。她说我是个安静而实在的人,还夸我很爱看书。然而,对于我那不安的眼神和四处窥视的样子,她却从来没有说过什么。不知是没有发觉,还是有所顾忌,反正看样子完全没有在意。不仅如此,有一次还以尊敬的口气,夸我这个人很大气。当时,实心眼的我有些脸红,赶忙对夫人的话加以否认。于是,夫人认真地告诉我:'你自己感觉不到,我才会这样说的。'其实,夫人原来并没打算找我这样的学生做房客,而是想把那间客厅租给在官府做事的人,并拜托街坊给介绍的。那些人是由于薪水低,才不得不寄居在非正式的借宿人家里的,这个想法大概已经在夫人脑子里扎了根。她把心中想象的这种房客拿来和我一比较,便夸我大方了。不错,同那些生活拮据的人相比,也许我在花钱方面算是大方的。但是,这与性格无关,就如同与我的内心世界毫不相干一样。只能说,夫人是凭着女人的直觉,想以这个评价来概括我这个人罢了。

十三

"夫人的态度自然影响了我的情绪,过了不久,我的眼神就不那么不安定了。我感觉自己的心回到了坐着看书的自己身上。总之,夫人和家人对我那乖僻的目光和充满猜忌的样子,并没有放在心上,这使我感到了莫大的幸福吧。我的神经由于没有受到别人的不良反应的刺激,而逐渐平静下来了。

我觉得夫人是个有教养的人,所以才会特意这样对待我,可又觉得或许像她所说的那样,真的认为我是个大方的人。此外,也不排除由于我的疑神疑鬼只限于我的脑子里,并没有显露出来的关系,因而夫人被我蒙蔽了的可能性。

随着心情逐渐平静,我开始和她们亲近起来。无论和夫人还是和小姐,我都可以谈笑风生了。有时候,我被叫到她们的房间喝茶,也有时候,我买来点心,晚上请她们来我房间坐坐。我突然感觉交际范围扩大了,也因此常常影响到了我宝贵的学习时间,奇怪的是,这些对我竟完全不构成干扰。夫人原本无事可干。小姐不但要上学,还正在学习插花和古琴,想必很忙,谁知,她也好像时间多得没处打发似的,结果,三个人只要一碰面,就凑在一起,聊天消遣。

一般都是小姐过来叫我。小姐有时拐过檐廊拐角,站在我房门外叫我,有时穿过茶室,从隔壁房间的拉门后面现身。每次小姐走到门外,都会停下来,然后叫一声我的名字,问一句'在学习吗?'我大抵在桌上摊开一本深奥的书,在专心研读,所以,在旁人看来,俨然在刻苦用功。其实,我并没有特别专心研读,眼睛虽然盯着书,心里却似乎在等着小姐来喊。若等不来小姐,我只好站起身,走到小姐的房间外面,这回轮到我问她:'在学习吗?'

小姐的房间挨着茶室,有六叠大小。夫人有时候待在茶室,有时候待在小姐房间里。即是说,这两个房间虽有隔扇,也跟没有差不多,母女俩你来我去的,不分彼此。我在拉门外一叫门,回应'请进'的大多是夫人,小姐即便在里面,也没有答应过。

后来,小姐偶尔有事来我房间,顺便坐下来聊个没完。每当这时,我的心里就会有异样的不安。而且,这并不仅仅因为和年轻女子面对面而感觉不安。不知什么缘故,我总觉得心神不宁,某种自己背叛自己般的不正常的心态折磨着我。可是,小姐却十分淡定,全无羞涩之态,以至于令人怀疑她是不是那个弹琴时连曲子都唱不成调的女子。有时候由于小姐待得太久,夫人便在客厅那边喊她,可她也只是应一声,并不马上离开。但小姐绝非幼稚女童,这一点我看得很明白,小姐的举止也明显表现出想让我明白这一点。

十四

"小姐离开后,我好歹松了一口气,同时又涌起一股或失落或歉疚的心情。也许我有些女人气,在你这个现代青年看来,恐怕更是如此。可我们那个时代的年轻人大都是这样的。

夫人很少外出,即便偶尔出门,也绝不会让小姐和我单独留在家里。我不知道这是偶然的,还是有意的。这话从我嘴里说出,虽然不太合适,可我仔细观察夫人的举止,似乎有心让小姐和我接近,可有的时候又似乎对我心怀戒备。我初次遇到这种情况,心情时常很糟糕。

我希望夫人能够明确一下态度,因为从大脑功能来看,这显然是互相矛盾的。然而,对受叔叔欺骗的事还记忆犹新的我,不能不抱有更深的猜忌。我猜测夫人的态度到底哪个是真,哪个是假,却又判断不了。不但判断不了,我还不理解夫人为什么做这么莫名其妙的事。我无论怎么想也想不出其理由,有时便将罪过统统归结于'女人',以此来说服自己。毕竟是个女人,所以才会这么做,女人就是这么愚蠢。每当我想不下去,便这样下结论。

这样看不起女人的我,却无论如何也不能看不起小姐,我的逻辑在她面前根本无用武之地。我对她怀着近乎崇拜的爱。我把这种只适用于宗教的词语用在年轻女人身上,可能会使你惊讶,但我至今仍然深信不疑。我坚信真正的爱与宗教信仰并没有什么不同。每当我看到小姐的面容,就会觉得自己也变得美好起来,每当想到小姐,不由得感觉自己顿时变得超凡脱俗。假如爱这个神奇的东西有两端,那高的一端是神圣感,低的一端是性欲在起作用的话,那么我的爱是立足于高的一端的。作为人,我原本是个脱离不了肉欲的凡胎,但我面对小姐时的眼睛、思念小姐时的心情,却丝毫没有肉欲的气息。

我对夫人抱有反感,同时对她的女儿的思念有增无减,因此,我们三人之间的关系比起我刚搬来时渐渐变得复杂起来。当然,这变化只限于我的内心,并没有表露在外。不久,一个偶然的机会,使我发觉以前恐怕是误会了夫人。我发觉夫人对我矛盾的态度都不是虚假的,而且两种态度并非交替占据着夫人的心,而是一直并存于夫人的心里。也就是说,我觉察到,夫人一方面想要让女儿尽量接近我,一方面对我加强戒备,看起来似乎很矛盾,但在加强戒备的同时,夫人并没有忘记或推翻相反的那个态度,依然想让我们接近。我觉得,夫人只是不想让我和小姐接触的程度超出她认可的范围。那时,我并未出于肉欲接近小姐,所以觉得夫人的担忧纯粹是多余的。不过,我对夫人的厌恶感很快就消失了。

十五

　　“综合分析夫人的态度后,我得出了结论,自己在这户人家里受到了充分的信任,甚至找出了从初次见面就受到信任的证据。这一发现,对于已经开始疑神疑鬼的我,是一个小小的震动。我想,和男人相比,女人恐怕更富于直觉。而女人之所以被男人欺骗,原因恐怕也在这里。这样观察夫人的我,对于小姐也怀有同样强烈的直觉。现在想来很好笑,虽然我在心里发誓不相信别人,却绝对相信小姐。可是,对信任我的夫人却满腹猜疑。

　　我不太愿意谈家乡的事,对那场变故更是只字未提,就连想起那些事都觉得不快。我尽可能听夫人说话,可夫人不答应,一有机会就想打听我老家的情况。终于,我全都说了,还说,我再也不想回故乡了,即使回去,也什么都没有了,只有父母的坟墓。夫人听了感动得不行,小姐也哭了。我觉得自己这么做是做对了,心里很愉快。

　　听我说出一切后,夫人脸上露出了果然不出所料的神情。从那以后,夫人对待我就像对自己的亲戚或某个小辈一样。我没有生气,甚至感到高兴,谁知,过了不久,我的疑心病又犯了。

　　我对夫人的怀疑,起初是一些小事引起的,然而随着这类琐屑之事的增多,怀疑也逐渐扎了根。不知怎么搞的,我忽然想到,夫人莫非也和叔叔一样,企图让小姐和我接近吧?一旦有了这个念头,原来觉得很热情的人,在我眼里立刻变成了狡黠的阴谋家,我痛苦地咬紧了嘴唇。

　　夫人一开始就说过,因为家里人口少,太冷清了,才托人介绍房客的。我也不认为她说的是假话,当我们渐渐熟悉起来,无话不谈之后,我仍觉得这一点是不会错的。但是,她们的经济状况说不上多富裕,所以,从实际利益来看,同我结成特殊关系,对她们来说绝不吃亏。

　　因此,我又产生了戒心。但是,正如刚才说过的,我对小姐有着强烈的爱,对她的母亲怀有多少戒心,又能怎么样呢?我嘲笑自己,有时还骂自己愚蠢。然而，如果仅仅是这点矛盾的话，那么无论怎么骂自己愚蠢，我也不会感觉有多痛苦。我的苦恼在于，我又开始疑心小姐是否也和夫人一样，是个阴谋家。一想到这一切有可能是她们母女二人暗地里合谋搞的，我便立刻痛苦难耐。已经不是不愉快的问题了，而是如同坠入了万劫不复的深渊一般。尽管如此，我仍然对小姐一往情深，坚信不疑。我在相信与怀疑之间一筹莫展，我觉得这两者都是自己的想象，又都是真实的。

十六

"我照旧每天去上学，但我总觉得老师站在讲台上讲课的声音离自己很远，学习也是如此。看到书上的字，还没渗到心底便烟霞般地消失不见了。而且，我变得越来越沉默寡言。两三个朋友见状，误以为我耽于冥想，还去告诉别的同学。我不想作什么解释，反而乐得他们给我戴上这么一副假面具。虽说如此，也许是心怀愧疚的关系吧，有时，我也会突然变得活跃异常，把他们吓一大跳。

我寄宿的这户人家很少有人来，亲戚好像也不多。虽然小姐的同学偶然来玩，也常常是轻声细语地说一会儿话就回去了，声音小得判断不出来了人。她们是怕吵到我，可我竟然没有意识到。相比之下，来找我的朋友，虽说不是多么粗鲁的人，却没有一个顾忌过会不会影响房东。如此一来，仿佛我这个房客成了主人，而小姐反倒沦为房客了。

不过，这些都是偶尔想到，顺便写下来的区区小事。只有一件事，不属于区区小事。记得有一次，大概是从客厅，要不就是从小姐的卧房那边，突然传来了男人说话的声音。那声音绝不是我的客人，声音很小，小得听不清他们在说些什么。而且越是听不清，就越是刺激着我的神经。人虽然坐着看书，心情却焦躁起来。我开始猜想，那个男人是她们的亲戚呢，还是一般的朋友。继而又猜测起那个人是年轻人呢，还是老年人。可是，在房间里坐着是不可能知道的，然而站起身,打开拉门看看是什么人,就更不可能了。与其说我的神经在战栗,不如说掀起了汹涌的波澜,折磨着我。客人走后,我自然没有忘记问那个人的名字。小姐和夫人的回答又非常简单。我在她们面前露出不满的神色,却没有追问下去的勇气,当然也没有这个权利。我将曾经受到的必须尊重自己人格的教育所培育的自尊心,与违背这种自尊心的欲望,同时袒露在了她们面前。她们笑了起来,她们的笑是善意的呢,还是故意让我感觉是善意的?我一时分辨不出,顿时失去了内心的平静。而且事情过后,我还是会翻来覆去地琢磨,我被她们嘲笑了,多半是被嘲笑了。

我是自由之身,也就是说,纵然我想要中途退学,或是去哪里,过怎样的生活,以至同什么人结婚,等等,都无须跟任何人商量。我曾经不止一次下过决心,干脆跟夫人说,请她把小姐许配给我。但是,每次我都犹豫不决,最终也没有说出口。我并非害怕遭到拒绝。倘若被夫人拒绝,我的命运不知会发生怎样的变化,但是,因此我就有机会站在与以前完全不同的角度,重新展望世界,所以说,要拿出这点勇气,也不是办不到。然而,我最厌恶的是被人诱导,最痛恨的是落入别人的圈套。叔叔的欺骗使我下定了决心,今后无论发生什么事,绝对不能让人蒙骗自己。

十七

"见我只知道买书,夫人就说,你也该置办些衣物。实际上,我也只有乡下人织的棉布衣裳,那时候的学生还不穿绸布衣服。有个同学家好像是在横滨经商的,家里生活很铺张。有一次家里给他寄来一件纯白纺绸小袄,大家见了,都笑了起来。同学觉得很不好意思,一味辩解,还把家里专门给他寄来的这件小袄塞进行李底下,不再穿了。可是,大家伙又起哄,非要他穿不可,没想到拿出来一看,那件小袄上竟爬满了虱子。那个同学大概是觉得有了合适的借口吧,把这件遭人取笑的小袄卷成一团，一起出去散步时，顺便扔进了根津的脏水沟里。我站在桥上，笑嘻嘻地看着他扔小袄，心里丝毫没有感到可惜。

那时我也算成年人了，竟然还不懂为自己添些像样的衣服。因为，我莫名地认为，等到毕了业，可以留胡子的时候，再考虑衣服之类的事也不迟。所以就对夫人说，我需要的是书籍，不需要衣服。她知道我买了很多书，问我买的书都看了吗。我买的书籍中有字典，当然也有些应该看的书，却连一页也没有翻开过，我理屈词穷了。我忽然意识到，假使要买什么不需要的东西的话，那么书籍啦，衣服啦，还不都一样。况且，我也正想以受到她们很多照顾为借口，给小姐买些她中意的腰带和布料什么的，于是便一并拜托夫人去买。

夫人不想自己一个人去买，硬要我也一起去，还说小姐也得跟着去。我们这代人是呼吸着旧时代的空气长大的，不习惯身为学生同年轻女人一起去逛街。比起现在来，当时的我，更是个因循守旧的人，所以多少有些踌躇，但还是硬着头皮出了门。

小姐精心地打扮了一番，她那本来就很白皙的脸上又擦了一层厚厚的白粉，所以更引人侧目了。街上的行人无不盯着小姐看，而且看过小姐之后，又必定将视线移到我的脸上，我不由尴尬万分。

我们三个人去日本桥，买了要买的东西。买东西的时候，她们还老是改主意，挑来拣去的，比我预想的多花了时间。夫人特意叫着我的名字，问我觉得怎么样。她总是把衣料搭在小姐的肩头，叫我后退几步瞧瞧好看不好看。每次我都煞有介事地说，这件不好看啦，那件很适合小姐等等。

就这样耽误了不少时间，回来时，已经到该吃晚饭的时候了。夫人说要对我表示谢意，请我在外面吃饭，领着我去了一家名叫木原店的饭馆。饭馆位于一条有寄席①的小巷里，不但巷子狭窄，饭馆的房

---

① 寄席：表演相声、曲艺、杂耍等民俗节目的剧场，盛行于江户时代。

间也很窄。我对这一带一向不熟，见夫人如此熟悉，很是惊奇。

我们很晚才回到家里。第二天是星期日，我一天没出门。星期一去上学时，有个同学一大早就跟我开起了玩笑。他一本正经地问我什么时候结的婚，然后又夸赞我的妻子是个大美人。看来我们三个人去日本桥时，不知在哪里被他看见了。

十八

"回家后，我跟夫人和小姐说了这件事。夫人笑了，看着我的脸，说：'一定让你为难了吧。'当时我暗想，男人就是这样被女人刺探心思的吗？因为夫人的眼神足以使我这样想。也许当时我直截了当地把自己的想法说出来就好了。但是，一些疑神疑鬼的念头已盘踞在我心里。我刚想说出来，又突然收住，故意岔开了话题。

我把自己这个关键的当事人从谈话中抽出，探问夫人对小姐婚姻问题的态度。夫人告诉我，来提亲的倒是有过两三个，但她又解释道，小姐还在上学，考虑此事尚早，所以她也不那么着急。虽然夫人嘴上没说，我却看得出她对小姐的容貌很有自信。她甚至还流露出，想要定亲的话，随时都可以定下来。再说，夫人只有小姐一个孩子，这也是不会随便把她嫁出去的原因之一。据我判断，就连是把小姐嫁出去，还是招婿进门，夫人都还在犹豫之中。

和夫人的谈话使我觉得增长了许多见识，而也因此错失了良机，我始终都没能开口提及自己的想法。估摸着告一段落的时候，我打住话头，准备回自己的房间。

刚才还在一旁笑嘻嘻地嘟囔着'说什么呢'的小姐，不知什么时候已走到房间的角落，背对着我们了。我转过身要走时，看见了小姐的背影，只看背影是看不出一个人的内心的，我猜不出小姐对这个问题是怎么想的。小姐坐在壁橱前，从开着一尺多宽的门里取出了什么东西，放在膝上看着。从打开的壁橱缝隙，我看见了前天买的衣料。我的衣服和小姐的一同叠放在壁橱里靠边角的地方。

　　我没说什么，正要离开时，夫人忽然换了郑重的语气，问我是怎么想的。由于她问得太突然，以至于我不得不反问一句：'什么怎么想的？'当我弄清她是问我，让小姐早点出嫁是否合适时，我回答'还是稳妥些好'。夫人说她也是这个意思。

　　就在夫人、小姐和我的关系到了这个程度的时候，另一个男人不可避免地插了进来。他成为这个家庭的一员后，给我的命运带来了巨大的变化。倘若没有他闯入我的生活轨道的话，恐怕就没有必要给你写这封长长的遗书了。这就好像我轻易站在魔鬼通过的路上，却没有意识到那瞬间的黑影将使我的一生变得暗淡无光。坦白地说，是我自己硬把他拉到这个家里来的。当然这需要夫人同意才行，所以一开始我就没有隐瞒他的情况，请夫人同意他搬进来，但是，夫人说'不好吧'。我觉得让他搬来的理由很充分，反倒是夫人完全没有不同意的道理。于是，我坚持自己的主张，自行其是地让他搬了进来。

十九

　　"在这里，我暂且称这位朋友为 K。我和这位 K 从小就很要好。这么一说，不用解释你也明白吧，我们俩是同乡。K 是信奉真宗①的和尚之子，但他不是长子，是次子。因此 K 被送到某个医生家做了养子。在我的故乡，本愿寺派的势力很大，所以真宗派和尚要比一般人生活优裕一些。举例来说，如果和尚的女儿到了出嫁年龄，施主们便会商量着把她嫁到某个体面人家去。当然花费是不会让和尚掏腰包的。从这种意义上说，信奉真宗的和尚大体是有福气的。

　　K 的亲生父母家生活也很宽裕，然而是否有能力把次子送到东

---

① 真宗：日本佛教派别之一，创于 13 世纪初，允许食肉、结婚。

京去上学，便不得而知了。抑或是由于能够被送出去学习，才谈成养子这事的，这个我也不大清楚。总之，K到医生家当了养子，还是我们上中学时的事情。至今我还记得很清楚，老师在教室点名时，我突然听到K改了姓，大吃一惊。

K的养父家也相当有钱。他就是由养父出资来东京上学的。我们并不是一起来的，可是到了东京后，就住进了同一个寄宿处。那时候，一间屋子里常常住两三个人，并排摆着各自的桌子。K和我也是两个人住在一起。我们两人就像被人从山里捉来的动物似的，在兽栏里紧紧依偎着，瞪着外面。我们俩害怕东京和东京人，但是，在六叠大的房间里，我们却纵论时弊，睥睨天下。

但是，我们是认真的。我们确实满怀凌云壮志，想要出人头地，特别是K，更是心性好强。出生于寺院的他，动辄口称'精进'。在我看来，他的行动坐卧几乎都可以用'精进'一词来形容。我常常暗自敬畏他。

从中学的时候起，K就经常问一些宗教、哲学之类玄而又玄的问题来为难我。我不知道这是他生父的影响，还是他出生的家庭，即寺院这种特殊建筑里的氛围的影响，总之，K给我的印象仿佛比一般和尚更具有和尚的特性。本来K的养父家是打算送他到东京学医的，可固执的K打定主意，来东京不当医生。我责问他：'你这不等于欺骗养父母吗？'他大胆地回答：'是的。但只要为了将来的路，这些也算不了什么。'他所说的'将来的路'是什么，他自己也未必很清楚，我当然就更不用说了。但是，对年轻幼稚的我们而言，这个概念模糊的词语却发出了神圣的回响。尽管不理解它的内容，但我们的内心却被一种崇高的情感所支配，根本不可能看到朝那个方向努力的满腔热血之中暗藏着卑鄙。我赞同K的说法，我也不知道我的赞同对于K有多大支持。因为我看得出，无论我怎样反对，一根筋的K也绝不会改变初衷。尽管我是个孩子，也知道由于自己支持过他，一旦有什么事，自己多少也要承担责任。纵然那时连这一点都不懂得，当有必要以成人的眼光回首往事的时候，我也必须说，当时自己是以'我的那份责任，理应由我来承担'的语气说那番话的。

二十

"K和我上了同一学科。他若无其事地花着养父家寄给他的钱，走着自己喜欢的路。K给我的感觉只能说是，养父不会知晓的淡定与被养父知道也无所谓的胆量在K胸中同时存在着。K比我还要坦然。

第一个暑假K没有回家。他说要在驹达的某寺院里借一间房子学习。我从家乡归来已是九月上旬，看到他果然把自己关在大观音旁的一座肮脏的寺院中。他住的是紧挨着正殿的一间狭窄的屋子。看样子，对于可以在那里随心所欲地学习，他很享受。我觉得他的生活越来越像个和尚了。那时他手腕上戴了一串念珠，我问他戴它做什么，他就用拇指一个两个地数着念珠给我看，他好像就是这样，每天数无数遍，可是我不明白这样做有什么意义。念珠是个圆串，一颗一颗地数，到什么时候算个完哪。那么，K每次是以怎样的心情，方才停下数念珠的呢？虽属不足挂齿之事，我却常常这样想。

我还在他的房间里发现了《圣经》，有点惊讶。记得以前常常听他说起一些佛经的名称，但是关于基督教，他从没有问过我，也没有回答过我什么。我禁不住问他为什么看这书，他说不为什么，只是说，既然是这么多人爱看的书，当然想读读啦。而且他还说，如果有机会还想看看《古兰经》呢。他好像对'穆罕默德'和'剑'这些词也颇有兴趣。

第二年的暑假，由于家里来信催他，他才回去了。不过，回去以后他好像也没对家人提及专业的事，而家人也没有问。你是个受过学校教育的人，这类事情是可以理解的，然而一般人对于学生生活和学校规章都惊人地无知。我们一般不会将无关紧要的事情对外人讲，而我们这些学生整天呼吸的又都是校园内的空气，总是喜欢多想，以为学校里的事情，不论大小都会传到外面去。在这方面，K也许比我更老练吧，他又若无其事地回来了。我是和他一起回东京的。

一上火车,我就问他家里说什么了,他回答没说什么。

第三年的暑假,就是我下决心永远告别父母的墓地的那一年。我劝K回家,可他不愿意。他说每年都回去有什么意思,看样子他还是打算留在东京学习。没办法,我只好一个人回了乡下。我在家乡度过的这两个月,给我的命运带来了怎样的波澜,前面已说过,不再重复了。九月,我满怀愤怒、阴郁和孤独回到东京,又见到了K。此时,他的命运同我一样,也发生了变化。原来我不在的这些日子,他给养父家写了一封信,主动坦白了自己的欺骗行为。看来他一开始就盘算好了,大概是想迫使养父承认既成事实,主动说出'既然已经这样了,你想学什么就学什么好了'这样的话来。总之,他似乎并没有打算一直到大学都欺瞒养父母。也许他认识到了,即便能欺瞒一时,也欺瞒不了一世。

二十一

"养父看了K的信大怒,立刻回了一封措辞严厉的信,声明再也不给这种欺骗父母的忤逆之子寄学费了。K给我看了信,又给我看了紧跟着收到的父亲的来信。父亲的信同样满篇严厉的训斥,不逊于养父。也可能是觉得于情于理都对不住养父母吧,父亲说自家这边也不再管他了。由于发生了这件事,K是恢复原户籍,还是作些让步继续留在养父家,这些是以后考虑的问题,当务之急是必须解决每月所需的学费。

我问K对此事有什么打算,他说想去夜校教书。那时候和现在比起来要好混得多,找个打零工的活儿并不像你想象的那样费劲。因此,我想K是能够靠自己打工生活下去的。但是,我有我应负的责任。当初K违背养父家的期望走自己选择的道路时,我是支持他的,所以,我不能袖手旁观。我马上提出要给他提供物质上的帮助,K非常干脆地拒绝了。以他的个性,大概是觉得自食其力要比依靠朋友的帮助愉快得多吧。他说，既然上了大学，如果连自己都养不活，还算什么男子汉！我不忍心为了尽自己的责任而伤害K的自尊心，便依了他不再提这事了。

不久，K就找到了满意的工作。可是，对于惜时如金的K来说，这个工作有多么辛苦是不难想象的。他一如既往地努力学习，同时又背上了新的重负，勇武向前。我很担心他的身体，而刚强的他只是一笑置之，全然不理会我的劝告。

与此同时，他和养父家的关系也变得越来越复杂了。时间很紧张的K，就连以前那样跟我说话的时间也被剥夺了，所以我一直没能了解事情的详细经过，只知道情况变得越来越复杂。我还听说有人居中进行了调解，那个人写信催促K回家，K却说回去没有用，不予理会。尽管K声称学习期间不能回去，没有办法，但在对方看来，是K太顽固吧。这样，事态变得更加严重了。他不但伤害了养父的感情，同时也惹恼了自己的父亲。当我感到不安，写信给他们想要进行调解的时候，已经不起任何作用了。我的信石沉大海，一句回音都没有。我也生气了，我原本就对K抱有同情，决意今后纵然蛮不讲理，也要站在K一方。

最后，K终于决定恢复原来的户籍。养父家提供的学费由父母来赔偿。但是父母表示今后也不会再负担他的学费，随他的便。老话说，这就是断绝父子关系。也许没有那么严重，不过他是这样理解的。K的生母早逝，可以说，他性格的某一方面是在继母抚养下长大的结果。我想，如果他的生母还活着，或许他和自家的人也不至于产生这么大的隔膜。他的父亲虽然是个僧侣，但在讲求人情这一点上，倒有点像个武士。

二十二

"K的事告一段落之后，我接到他姐夫的一封长信。K曾告诉过我,他的养父是这位姐夫的亲戚,所以无论当初介绍他去做养子的时候,还是让他恢复原籍的时候,这位姐夫的意见都起到了很大作用。

信里要我告知 K 后来的情况,并附上一句'他姐姐很不放心,希望他能尽快回信'。比起继承寺院的哥哥来,K 更喜欢这位嫁到外人家去的姐姐。他们虽然是同胞姐弟,但姐姐的岁数比 K 大得多,所以在 K 年幼的时候,比起继母来,反倒是这位姐姐更亲如母亲。

我把信给 K 看了。他没说什么,却告诉我已经收到姐姐寄来的两三封大意相同的信。K 每次回信,都告诉他们不必担心。这位姐姐运气不好,婆家生活并不富裕,所以无论怎样同情 K,在物质上也帮不了弟弟。

我给 K 的姐夫写了封大意和 K 相同的回信。在信中,我信誓旦旦地表示:倘若他有什么困难,我会全力相助的,请尽管放心。我本来就是这样考虑的。当然这里面含有让担忧 K 前途的姐姐放心的好意,同时也不无对蔑视我的 K 的父母家和养父家的抵触心态。

K 恢复原籍是在他一年级的时候,以后直到二年级上半学期,大约一年半的时间,他都是靠自己打工来维持生活的。然而,过度劳累显然已经渐渐影响了他的健康和精神。再加上离不离开养父家这一令人烦恼的问题,他渐渐变得感伤起来。有时他说,只有自己是独自背负着世上所有不幸的人。我若予以反驳,他立刻会激动起来。他还觉得自己一片光明的前途渐渐远去了,因此焦虑不安。开始做学问的时候,人们通常是胸怀远大抱负踏上新旅途的,然而过了一两年,临近毕业之时,突然发现自己前进的脚步太慢,多数人自然会在此时感到失望。K 也是如此,只不过他的焦虑比一般人要猛烈得多。我终于认识到,最重要的是让他尽快平静下来。

我劝他不要打那些零工了,还忠告他暂且放松一下身心,休养身体,方为长远之策。我早就料到倔强的 K 是不会轻易听从我的劝告的,可没想到比预想的还要费力,真是无计可施。K 一向主张,做学问不是自己的目的,而是为了培养自己的意志,成为坚强的人。他由此得出的结论是:为此必须尽量使自己处于困苦之境。在一般人看来,这简直是异想天开。而且,在困境中,他的意志丝毫没有得到增强,反而整个人像是得了神经衰弱症。我没有办法,只好装出极其同情他的样子,甚至告诉他,我也准备同他一起朝着那个目标奋斗下去。(其实,我这么说也不完全是随口胡编。耳濡目染之下,我也渐渐被 K 的主张吸引了,他是有这样的吸引力的。)最后,我提出要跟他住在一起,一起去攀登通往山峰的崎岖之路。为了使倔强的 K 同意,我竟跪在他的面前恳求他,这才好歹把他拉到我的住处来了。

二十三

"我的房间带了一间四叠大的会客室。从玄关进屋后,要到我的房间来必须经过那里,所以从实用的角度来看,那间小房极不方便,我就把 K 安置在那间小屋里了。起初,我本想在八张席的房间里放上两个人的桌子,把那间小屋作为公共房间。但是 K 说,即便狭窄一些,还是一个人住的好,就选了那间小房。

正如上面我说过的,开始夫人是不赞成我这样做的。她说,要是开客店的话,两个人自然比一个人好,三个人要比两个人更合算,可她家不是店家,还是尽量不要带进其他人为好。我说,您不用担心,他绝不会给别人添麻烦的。夫人又说,就算是这样,我也不喜欢不知秉性的人住进来。我反问夫人,当初我来租房时,不是也不了解吗?夫人争辩道,从一开始就很了解我的脾气,我露出了苦笑。于是夫人又换了个理由,说不让我带他来,是因为对我不利。当我问她为什么会对我不利时,轮到夫人苦笑了。

说实在的,我没有必要非和 K 住在一起。但是我认为,把每月的花费以钱的形式给他的话,他一定会十分为难。因为,他的自立心是如此强烈。把他安置在我的住处,便可以背着他,悄悄把两个人的饭费交给夫人。但是关于他的经济状况,我并不打算告诉夫人。

我只说了些有关 K 身体的情况,要是再这样孤独下去,他的性情会越发乖僻的。作为补充说明,我把他同养父家闹翻,同父母家脱离关系的情况也一一讲了一遍。我告诉夫人和小姐,我现在是抱着一个快要淹死的人,怀着将自己的热量传给他的决心带他来的,因此也拜托你们给予他温暖和关心。就这样,我终于说服了夫人。但是,我并没有告诉 K,他对这一经过毫不知情。我反而觉得很满足,若无其事地迎接慢吞吞地搬来的 K。

夫人和小姐热情地帮他收拾行李,忙前忙后。我心里暗暗高兴,觉得她们为 K 所做的这一切都是出于对我的好意,尽管 K 仍是一副阴沉的面孔。

我问 K 搬到新居后的心情如何时,他只说了句"不坏"。让我说的话,就不只是"不坏"了。以前他住的是阴湿、肮脏的北屋,饭食也同那房子一样难以下咽。他搬到我这里来,真可谓是出自幽谷,迁于乔木①。他之所以没有露出欣喜的神色,一是由于他性格倔强,二是由于他一贯的主张。他是在佛教教义的熏陶中成长起来的人,认为衣食住行上的铺张是非常不道德的。他只言片语地读过一些古代高僧、圣哲之类的传记,养成了动不动就想将精神与肉体分离开的习性。说不定,他甚至觉得鞭挞肉体能够增加灵魂的光辉。

我尽量凡事都顺从他,因为我在致力于把冰拿到向阳处融化。我相信,如果不久冰融化成了温暖的水,K 自我觉醒的时机就会到来。

二十四

"我就是在夫人的善待下才慢慢变得快活起来的,因此,我便想

---

① 出自幽谷,迁于乔木:出自《诗经·小雅·伐木》:"伐木丁丁,鸟鸣嘤嘤。出自幽谷,迁于乔木。"原指鸟儿从幽深的山谷迁移到高树上去,比喻乔迁新居。此处借喻由低处往高处走。

在 K 身上也尝试一下。经过长期交往，我深知 K 和我在性格上有很大差异。但是，正如自从我入住这个家庭之后，棱角多少磨掉了些，我想在这里，K 的心早晚也会平静下来吧。

比起我来，K 是个有着坚强意志的人，学习也比我更努力，而且天分也比我高得多。后来，上大学由于专业不同不好说，但无论是初中还是高中，在一个班里学习的时候，K 常常在我之上。所以，我一向都清楚自己不管干什么都不如他。但是，当我硬把他拉到我的住处来时，却自信我比他更明事理。我认为，他并不理解克制和忍耐的区别。这是特意为你补写的，请你留心一下。无论是肉体上还是精神上，我们的一切能力都会因外部条件的刺激而提高或受到破坏。当然，无论提高还是破坏，都必须逐渐加强刺激，所以，如果不仔细思考的话，便会朝着非常危险的方向滑下去，而没有人——更不用说自己了——能够察觉得到。听医生说，人的胃是最懒惰的，如果光喝粥，便会不知不觉失去消化比粥更硬的东西的能力。因此，医生嘱咐，尽量什么都吃。但是，我想医生的意思并不仅仅是指习惯吧，很可能还有随着逐渐加强刺激，营养机能的抵抗力也会慢慢加强的含意。相反，如果胃的消化能力逐渐衰弱，后果会如何不难想象。K 虽然是个比我有前途的人，却丝毫没有觉悟到这一层。他似乎认定，只要习惯了困难，最终就不觉得困难了。他似乎坚信一点：只要反复经受磨炼，那么凭借这一功德，就会迎来不惧怕任何艰难困苦的那一天。

我在劝说 K 的时候，总是想给他讲清楚这一点。可是只要我一开口，必遭到他的反驳，而且还搬出古人的事例加以佐证。于是，我又不得不明确地指出那些古人与 K 的不同之处。K 若是能虚心接受的人也就罢了，可是以他的脾气，一旦争论到了这个地步，是绝不肯退让的，甚至还会更进一步，将嘴上说的付诸行动。他就是这样一个可怕的人，也是一个了不起的人。他一边毁灭自己一边前进。从结果来看，他只不过是在成功地毁掉自己这一点上很了不起罢了。尽管如此，他也绝不是平凡的人。熟知他个性的我，最终也只有缄口不言了。而且，在我看来，正如前面说过的，他好像是患了神经衰弱症。即便我说服了他，他也必定会跟我争执一番。尽管我不怕跟他吵架，但一想起自己那不堪忍受的孤独处境，便不能忍受将我的朋友也置于同样的孤独境遇之中了。把他推入愈加孤独的境地，更是我不愿做的事。因此，在他搬来后的一段时间里，我暂时没有说过他什么，只是平和地观察着环境给他带来的影响。

二十五

"我私下里拜托夫人和小姐尽量多跟 K 说话。因为我相信，正是他迄今为止所过的沉默的生活才使他变成这样的，如同铁不用会生锈一样，我认为他的内心已经生了锈。

夫人笑着说他是个很难接近的人，小姐还特意给我举了个例子加以说明。有一回，小姐问他火盆里有没有火，K 回答'没有'。她说'那我给你端来吧'，K 说'不用'。小姐又问'不冷吗？'他却说'冷是冷，但不需要'，说到这里便不再说话。听了这样的对答，我也不能光是苦笑了。我觉得 K 很可怜，要是不说点什么为他辩护一下，便觉得过意不去。虽说已经到春天了，没有必要非烤火不可，但她们据此说 K 很难接近，也不是没有道理。

于是我尽量以自己为媒介，想方设法让两个女人和 K 多接近。每当 K 和我闲聊的时候，我就把母女俩请过来，当我同她们两人在一起的时候，也把 K 叫过来。总之，我千方百计地让 K 同她们接近。当然 K 是不大喜欢这种方式的，有时他会突然站起身走出去，也有时怎么叫他也不肯出来。他说这么闲聊有什么意思！我只是付之一笑，但心里很明白，K 因此而看不起我。

从某种意义上说，或许我真的应该被他看不起，也可以说他的志向比我更高吧。这一点我也不否认。然而只是眼高，却没有与之相应的本事也成不了大器。我觉得当下最最要紧的，是让他成为一个普通人。我发现，无论他怎样满脑子伟人形象，只要他本身不成器，就是毫无意义的。使他成为普通人的第一个步骤，就是让他坐在异性身旁，让他受到这里发散出的空气的熏染后，再设法更新他那快要生锈的血液。

这一尝试渐渐有了成效。起初看似很难融合，但慢慢便融为一体了，K仿佛一点点地发现了自己身外还有世界。有一天，他竟然对我说，不应该那么轻视女人。K以前似乎一直想要从女人那里获得同我谈话时一样多的知识和学问。没有获得的话，便产生轻蔑之念。以前他不懂得，因性别不同应该采取不同的态度，总是以同样的眼光不加区别地看待男人和女人是不对的。我对他说，如果只有我们两个男人永远地交谈下去，我们只能平行地向前发展。他回答'有道理'。我那时正迷恋着小姐，所以才会说出这样的话吧。但是，我内心的秘密却一句也没有向他吐露。

看到被禁锢在书籍筑起的城堡里的K内心渐渐敞开时，我心里别提多愉快了。因为我从一开始就是为了这个目的而付出这些努力的，所以无法不感到伴随着成功而来的喜悦。我没有对他本人说，而是把自己的感受告诉了夫人和小姐，她们也很欣喜。

二十六

"我和K虽然同属一系，但专业不同，离家和回家的时间自然也早晚不同。如果我回来得早，便穿过他的空屋子，回来得晚，便如往常一样跟他打声招呼，走进自己的房间。每次K总是放下书，朝拉开门的我看一眼，说一声：'刚回来？'有时我只是点点头，有时'嗯'一声，走过去。

有一天，我去神田办事，回来比平时晚了许多。我急步走到门前，'哗啦'一声拉开格子门。与此同时，听到了小姐的说话声。那声音肯定是从K的房间里传来的。这个宅子的布局是，进了玄关一直走，是客厅和小姐的卧房，然后向左拐，就是K和我的房间。住久了，我对这里已经很熟悉了,所以无论是谁,在哪个房间里发出声音,我一听就知道。我马上关上了格子门,小姐的说话声也立刻停了下来。我弯下腰解鞋带的时候——那时我为了赶时髦,穿的是那种费事的高腰系带皮鞋——K的房间里什么声音也没有了。我很纳闷,心想也许是我听错了吧。但是,当我像往常那样拉开隔扇要穿过K的房间时,却看见他们两个人就坐在房间里。K照例说了声:'刚回来?'小姐没有起身,也问候了一句:'您回来啦。'大概是心理作用吧,我觉得小姐这句简单的问候有点生硬,她的语调听起来不大自然。我问小姐:'夫人呢?'我这么问并没有什么特别的意思,只是发觉家里比平时安静了些随口问的。

夫人果然不在家,女佣也和夫人一起出去了,所以留在家里的只有K和小姐。我有些不解,因为我在这里已经住了很长时间,夫人还从来没有只把小姐和我单独留在家里自己出门过。于是我问小姐:'夫人有什么要紧事吗?'小姐只是嘻嘻地笑。我讨厌女人这种时候发笑。也许可以说这是年轻女子的共同点,小姐也是个动不动就爱笑的女子。不过,小姐看到我脸色不悦,便马上恢复了平时的神情,认真地答道,妈妈有点事出去了,不是什么急事。我是个房客,无权再追问下去,便不作声了。

我换了衣服,刚要坐下,夫人和女佣回来了。过了一会儿,就到了大家围着饭桌吃晚饭的时间。刚住进来那会儿,一切都按客人对待,所以晚饭一般都是由女佣送到我房间里来的。可是这个规矩不知什么时候改变了,吃饭时,我被请到她们那里去吃了。K刚搬来的时候,我也要求她们要像对我一样对待他。为此我还送给夫人一张薄板做的、可以折叠的漂亮饭桌。现在一般家庭都用这种桌子了,可那个时候,几乎没有几家围着这样的桌子吃饭的。我是特意去茶之水的家具店,让店家按照我设计的样子做出来的。

在这张饭桌前坐下来后,夫人对我解释说,因为那天店家没有按时送鱼来,所以不得不上街给我们买菜去了。我一想,说的也是,既

125

然有房客要照应,这也在情理之中。这时小姐又瞅着我笑了起来,但是夫人一呵斥,小姐马上就收住了笑。

二十七

"过了一个星期,我又遇到了一次同样的情况。当时,小姐一看见我就笑起来。我马上问她一句笑什么就好了,可我却默默地进了自己的房间。因此 K 也没机会像往常那样说声'刚回来?'而小姐也立刻拉开隔扇,回客厅去了。

吃晚饭的时候,小姐说我是个怪人。当时我也没有问小姐怪在哪里,只注意到夫人瞪了小姐一眼。

饭后,我叫 K 一起出去散步。我们两人从传通院后门去了植物园那条街,绕了一圈,又走下了富坂。散步的时间可不算短,但其间两个人很少说话。从性格来说,K 比我更不爱说话,而我也不是个健谈的人。但是,一边散步,我一边尽量主动跟他说话。我说的主要是有关我们寄宿的这户人家。因为,我很想知道他对夫人和小姐的看法。而他的回答总是云里雾里的,让人不得要领,而且甚为简单。比起这两个女人来,仿佛他更关心的是学业。况且面临着第二学年的考试,在一般人看来,他比我更像个学生。再加上他滔滔不绝地谈论斯威登堡①,使不学无术的我惊讶不已。

我们顺利地考完试后,夫人也为我们高兴,她说,你们俩只剩下最后一年了。而唯一令夫人自豪的小姐,不久也要毕业了。K 对我说,女人就是这样,什么都不懂就出了学校门。他似乎根本不把小姐在课外学习的缝纫、抚琴、插花等功课放在眼里。我笑他太迂腐,又在他面前老调重弹,宣称女人的价值并不在这里。他倒没有表示反

---

① 斯威登堡(1688—1772):瑞典科学家、神秘主义者、哲学家和神学家。

对,但也没露出赞成的意思。这让我很高兴,因为他那不以为然的口气说明他仍旧看不起女人,因为他不把我奉若女人之花的小姐当回事儿。现在回想起来,那时我对 K 的嫉妒心就已经萌芽了。

我和 K 商量暑假上哪儿去玩玩,他表示哪儿也不想去。当然他也并不是想去哪儿就可以去哪儿的身份。不过只要我邀请,他也是想去哪儿都可以拔腿就走的。我问他为什么不想去。他说也没什么理由,只是觉得在家里看书更自由自在。我提议去避暑胜地那样的凉爽地方学习更有益于身体,他却说,既然那样,你就一个人去好了。但是,我不想让他独自留在家里,看到他同家里人日渐亲近,我就已经感到不痛快了。如果有人说,你最初的愿望已经达到,为什么心里还这样不舒服呢? 我真是无言以对。我绝对是个大傻瓜。见我们两人商量个没完,夫人实在看不下去了,便过来劝解。最终,我们决定一起去房州①。

二十八

"K 很少出门旅行,我也是头一次去房州,我们俩糊里糊涂地在船停靠的第一个码头上了岸。记得那地方叫保田,现在不知道变成什么样了,那时是个肮脏不堪的渔村,到处散发着刺鼻的鱼腥味儿。而且一下海,就会被波浪冲倒,磨破手脚,因为拳头大小的石块总是随着涌动的海浪滚来滚去的。

我马上厌烦起来。可是 K 既不说好,也不说不好,至少看他的脸色是无所谓的,尽管他每次下海,没有一次不受点伤。我好歹说服了他,从那里去了富浦,又从富浦去了那古。那时候开始,这边沿岸一带就是学生们聚集的地方了,所以无论到哪里,都是正合我们口味的海滨浴场。K 和我常常坐在岸边的礁石上,眺望那遥远的海色和近处的海底。从礁

---

① 房州:日本古代安房国的别称,千叶县的古国名。

石上俯瞰海水，感觉别有一番美妙景致，能看到红色的、蓝色的，以及市场上见不到的奇异色彩的小鱼，在透明的海水中游来游去。

我常常坐在礁石上看书。K往往什么也不干，只是默默地坐着。我完全猜不透他是在沉思，还是在眺望美景，或是在描绘美好的未来。我不时抬起头问他在想什么，他只回答一句'没想什么'。我常常幻想，如果这样静静地坐在自己身旁的人，不是K而是小姐的话，那该多幸福啊！只是这样想想倒也没什么，可有时我又忽然心生猜疑，他是不是也怀着同我一样的期望坐在岩石上呢？于是，我突然对坐在这儿平静地看书厌烦起来。我猛地站起来，然后无所顾忌地大声喊叫起来，我哪里还有心情优雅地吟诵那些诗啦，和歌什么的，只是像野蛮人一般扯着嗓子乱叫唤。有一次，我突然从背后猛地揪住K的衣领，对他说道：'把你推到海里去，你怎么办？'K依旧一动不动地坐着，背对着我答道：'正合我意啊，推吧。'我立刻把揪着他衣领的手松开了。

看样子，K的神经衰弱到这个时候已经好多了。相反地，我倒渐渐变得神经质了。看见K比我还沉稳，我既羡慕又嫉妒。他总是摆出一副对我不理不睬的样子，在我看来，这似乎是一种自信。即便在他脸上看到这种自信，我也绝不感到安心。我的怀疑又加深了一步，想要弄明白他为什么自信。莫非他对于自己的学业或事业，又重新看到了值得他为之奋斗的光明前途？如果仅仅是这样的话，K当然不会同我发生什么利害冲突，我反而应该为自己对他的关照有了成果而感到欣喜。然而，倘若他的平静心态是因为小姐，我就绝不能原谅他了。奇怪的是，他好像丝毫没有觉察到我爱着小姐。当然，我也没有特意在K面前表现过这层意思，K对这种事情本来就很迟钝。当初，我正是因为K老实，可以让人放心，才特意把他带到这个家里来的。

二十九

"我打算向K表明自己的心思。不过，这个想法并不是那时才有的。虽然在这次旅行之前,我就有过这样的打算,只是以我的能耐,一直没能够找到坦白的机会,或者制造出这种机会来。现在回想起来,那时我周围的人都有点古怪,竟没有一个人愿意多谈及女人。当然大部分人是没有什么可谈的吧,不过即使有,一般也是避而不谈。你们生活在今天比较自由的空气中,一定觉得奇怪吧,这是道学的影响,还是因为羞于谈论,就只能靠你自己去判断了。

K和我是无话不谈的朋友,虽然偶尔也聊聊恋爱之类的话题,但总是流于抽象的理论,不过就连这样的谈论也是不多的。我们谈论的大多是有关读书和学问、未来的事业以及抱负和修养等等。无论怎样亲密,也不会突然间转换话题谈及情爱的。我们俩就是这样一对古板的朋友。自从我打算把小姐的事告诉K以来,不知多少次欲言又止,甚是苦恼。我真想在K的脑袋上凿开一个窟窿,给他灌输些温柔的空气进去。

你们现在的年轻人觉得十分可笑的事,那时对于我来说,则是天大的困难。即便在旅途中,我也和在家里时一样胆怯。尽管我一直在观察K,寻找合适的机会,可他那清高倨傲的神态,总是让我望而却步。我觉得他的心脏好似被涂了一层厚厚的黑漆一般,我试图注入的血液,一滴也没能渗进他的心脏,全都被弹了回来。

不过,K表现得异常刚强的时候,我反而放了心,并且后悔自己的多疑,在心里对K道歉。感到内疚的同时,又觉得自己就像个卑鄙小人,而突然厌恶起自己来。可是过了一阵子,曾经的疑心又凶猛地卷土重来。由于一切都是由疑心推论出来的,因而会觉得无论哪方面都对我不利。首先K的长相好像就比我讨女人喜欢,而且他那不像我那样小家子气的个性,对异性肯定更有吸引力。就连他那憨厚的样子,都透着值得信赖的男子气,把我比了下去。至于学业,虽然专业不同,但我也自知无法与K匹敌。总之,他所有的优点一下子都展现在我眼前,致使我那刚刚踏实点儿的心,又回到了不安之中。

K见我整天魂不守舍的样子,便说:'你要是烦了,咱们就回东京吧。'他这样一说,我忽然又不想回去了。其实,我可能是不想让K回

129

东京吧。我们绕过房州海角,去反方向的海边。我们头顶烈日,边走边向当地人问路,人家都说去上总①只有七八里路,可是走起来却没完没了。我简直不明白这样苦哈哈地走路,究竟有什么意义,就半开玩笑地问 K。K 答道:'人有脚,就是用来走路的嘛。'走热了,他就说一声'下海去泡泡吧',当即不管三七二十一,跳进海里。从海里出来后,又继续曝晒在烈日下,结果我们俩都累得吃不消了。

三十

"我们就这样走着,曝晒加上疲劳,身体状况自然有些不正常了。不过,这跟生病不一样,感觉自己的灵魂进入别人身体里去了似的。我虽然像平常那样跟 K 说话,却游离于平常的心情了,我对他的亲切和憎恶,仿佛都带着旅行中才会有的异样感觉。就是说,酷热、下海和步行,使我们之间形成了有别于以往的新关系吧。那时我们恰如结伴上路的行商,无论怎样聊天也不同于在家时那样,根本触及不到需要费脑筋思考的复杂问题。

就这样我们终于走到了铫子。途中只发生了一件事,令我至今无法忘记。没离开房州之前,我们到一个叫小凑的地方,游览了鲷鱼湾。由于那是多年前的事,而且我也没有太大兴趣,记不大清了,据说那地方是日莲②诞生的村子。传说日莲诞生的那天,有两条鲷鱼被海浪冲上了海滩,从此以后,村里的渔夫们就不敢捕鲷鱼了,这个习俗一直保留到今天,所以海湾里鲷鱼非常多。我们专门雇了一条小船,前去观赏鲷鱼。

那时,我专心致志地盯着荡漾的海水,水中游动着一群群略呈紫色的鲷鱼,别有情趣,令人百看不厌。然而,K 似乎并没有我那样高的

---

① 上总:古国名。相当于现在的千叶县中部。

② 日莲:日本佛教日莲宗的教祖,信奉《法华经》。

兴致,比起观看鲷鱼,他似乎更关心日莲。正好不远处有个叫诞生寺的寺院,多半是因为日莲诞生在这地方,才叫诞生寺的吧。那是一座很漂亮的寺院,K提议到寺院去拜访住持。说实在的,我们俩的穿着太不像样了。尤其是K,他的帽子被风刮到海里了,只好买了一顶斗笠戴在头上。我们的衣服本来就很脏,还散发着汗酸味。我劝他别去见和尚了,但他很固执,不听我的,还说你要不愿意去,就在外边等着好了。我只得跟他一起进了山门,心想一定会被人家拒绝的。谁知和尚却很客气,把我们让进了宽敞漂亮的客厅,住持马上会见了我们。那时,我的想法跟K相去甚远,所以没有心思听他和住持谈话。记得他一个劲儿地询问关于日莲的事迹,我还记得,当住持说到日莲被称为草日莲,是因为日莲写得一手漂亮的草书的时候,毛笔字很差劲的K,露出不以为然的表情。也许他是想了解比毛笔字之类的事更有意义的日莲吧。在这一点上,住持是否使他感到满足,我说不好,不过,一出寺院,他就跟我滔滔不绝地讲起了日莲。我又热又累,哪有心情听他讲这些,只是随口附和着,后来连应也懒得应,干脆不作声了。

大概是第二天的晚上,我们回到旅店,吃过饭,快要睡觉之前,突然争论起一个深奥的问题来。因为昨天他跟我谈论日莲时,我没有上心,他不太高兴。他说:'精神上没有上进心的人,都是蠢货。'大有把我贬低为轻薄之徒的架势。我心中正为小姐的事烦闷,自然不能对他这近乎侮辱之语一笑了之,便为自己辩解起来。

三十一

"那时我一再使用'有人情味'这个词,K说我就是将自己的一切弱点,隐藏在了'人情味'这个词中。后来想想,K说得也有道理。但我当时使用'有人情味'这个词,是为了让K承认他自己没有人情味,可见出发点已带有反抗性,自然不会反省自己了。所以我仍然坚持自己的说法。于是K就问我,他到底哪里没有人情味。我告诉他:

'你是很有人情味的,或者应该说人情味太多了。不过,你嘴上总是说没有人情味的话,而且还故意装出没有人情味的样子。'

我这样说的时候,他只回答自己的修养不够,所以给别人这样的印象,并没有反驳我。我不但不觉得扫兴,反而可怜起他来,并立刻停止了与他的争论。他的语调也渐渐低沉了下来,他神情惆怅地说道:'倘若你知道我所知道的古人,便不会这样攻击我了。'K所说的古人当然不是英雄,也不是伟人,而是为了灵魂虐待肉体,为了道义鞭挞身体的所谓艰苦修行的人。他明确地告诉我,我不了解他为此痛苦到了怎样的程度,实在太遗憾了。

说到这儿,我们便睡了。第二天,我们又恢复了行商般的心态,淌着汗水,呼哧呼哧地走起来。一路上,我不时想起那晚的事情,心中后悔不迭,对我来说这么千载难逢的机会,为什么轻易地放过去了呢?应该直截了当地对他说个清楚,何必用'人情味'这样抽象的词绕弯子呢。说实在的,我挖掘出这样的字眼,也是基于我对小姐的感情,所以对我来说,与其对他灌输那些筛除了事实的抽象理论,还不如把事情的本来面目摆在他面前对我更有利。在此,我可以坦白地告诉你,我之所以没能这样做,是由于以学问交往为基础的我们两人的友情带有一种与生俱来的惰性,而我恰恰缺乏突破它的勇气。说是太清高也好,虚荣心作怪也罢,总之是一回事。但我说的这种清高和虚荣心,跟一般意义上的略有不同,这一点只要你能明白,我就满足了。

我们俩晒得黑黝黝的回到了东京。回来后,我的心情又变了,什么有人情味没有人情味的,这套说辞在我脑子里已经踪影全无。K脸上那种教徒似的神情也完全消失不见了,那时他的头脑里恐怕已没有灵与肉问题的栖身之地。我们就像是外乡人似的左顾右盼地瞧着繁华的东京。之后我们去了两国①,不顾暑热天气,吃了一顿暹罗鸡。K趁着这个

---

① 两国:东京的地名。

势头,建议干脆走回小石川吧。论体力,我要比 K 强些,马上同意了。

到家的时候,夫人看到我们两个的模样大为吃惊。两个人不仅晒得黝黑,加上走了很多路,都瘦了不少。不过夫人还是称赞说,瞧着更结实了。小姐说夫人说话自相矛盾,真可笑,说完又吃吃地笑起来。去旅行之前,我常常为小姐无端发笑而生气,此时却觉得很愉快。大概是因为今天的场合不同,况且很久没听到这笑声的缘故吧。

三十二

"不仅如此,我还发觉小姐的态度有了稍许变化。我们出门旅行了这么长时间,要恢复到以往的日常生活状态,诸般事情都需要女人照应。姑且不说一直照料我们的夫人,我感觉小姐凡事总是先想到我,然后是 K。倘若小姐做得太露骨,我也会为难的,甚至会感觉不愉快。但是在这一点上,小姐做得很有分寸,我很高兴。就是说,小姐只让我一个人感受到她把自己的温情多分给了我一些。K 也没有显得不高兴,还是老样子。我心里暗暗地奏起战胜了他的凯歌。

转眼夏天过去了。从九月中旬开始,我们又要到学校去上课了。由于各人的课程不同,我和 K 回家的时间又有早有晚了。一个星期我有三天比 K 晚回来。不过,无论我什么时候回来,都没有在 K 的房间里见到过小姐了。K 还是跟以前一样抬起眼睛,对我机械地重复一声:'刚回来?'我也如同机械一般,简单而无意义地点点头。

大概是十月中旬的一天,我起晚了,穿着和服就急匆匆赶到学校去了。由于来不及系皮靴的鞋带,趿拉着草履就跑出去了。那天,按课程表,我应该比 K 先回家。所以,一回来,我就'哗啦'一声拉开了格子门,突然听到了以为还没回来的 K 的说话声,同时传来了小姐的笑声。因为那天我没穿那双费事儿的靴子,所以立刻走进去,打开了隔扇。我看见了一如往常坐在桌前的 K,但是小姐已经不在这里了,只是她那从 K 的房间里逃走似的背影从眼前闪过。我问 K,怎么回来得这么早。他说心情不好,没有去上课。我走进自己的房间,坐了下来。不一会儿,小姐送茶进来。直到这时,她才对我问候了一声'回来啦'。我不是那种讨巧的男人,不会笑着问她,刚才干吗逃跑呀,可心里总是惦记着这件事。小姐没坐多久,就离开我的房间,沿着走廊回自己房间去了。但是,她路过 K 的房间时停了下来,站在门口跟 K 说了两三句话,像是接着刚才没说完的话茬。我没听见前面的,也不知他们在说什么。

过了几天,小姐的神态渐渐变得坦然了。即使我和 K 都在家的时候,她也常常走到 K 房间的檐廊上,叫声他的名字,然后走进去,坐上好久。当然无非是送信件或洗好的衣服之类的事。在一个屋檐下住着,这些往来虽说也没什么可非议的,但是,对于一心想独占小姐的我来说,却总是觉得无法释然。有时,我甚至觉得小姐似乎在故意回避我,不到我房间来,只去 K 的房间。你可能会问,那你为什么不让 K 搬出去呢?如果这样做,我硬把 K 拉来一起住的初衷就被否定了,所以我不能那样做。

三十三

"那是十一月冷雨连绵的一天,我穿着淋湿的大衣,像往常那样穿过蒟蒻阁魔堂①,走上狭窄的坡路,回到了家里。K 的房间里没有人,可火盆里却暖烘烘地燃着新加的炭火。我也想赶快在红红的炭火上烤烤冰凉的手,便急忙打开自己房间的隔扇。可是,我的火盆里只有一堆冰冷的白灰,连火星儿都没有,我立刻感到不快。

这时候,夫人听到我的脚步声,来到我的房间。她见我默默地站在屋子中间,便心疼地帮我脱下大衣,换上和服。听我说冷,又赶忙从外间把 K 的火盆搬进来。我问:'K 已经回来了吗?'夫人说:'回来

---

① 蒟蒻阁魔堂:位于东京都文京区初音町的源觉寺内,因供奉蒟蒻(即魔芋)而得名。

又出去了。'按理说，那天 K 也应该比我晚回来，我不觉有些奇怪。夫人说他大概是有什么事儿吧。

我坐在屋里看了一会儿书。家里静悄悄的，听不到一点说话声，我渐渐觉得这初冬的寒冷和静寂侵袭了我的身体。我突然想到热闹的地方去转转，便扣上书站起来。雨终于停了，天空仍然像冰凉的铅一般沉重，我怕再下雨，便扛了把蛇目伞①，沿着炮兵工厂后面的土围墙，走下了朝东去的坡路。那时候还没有修路，坡度比现在陡得多，路面很窄，也没有现在这么直。而且走下坡后，南面有高楼阻挡，雨水排不出去，路面上泥泞不堪。特别是走过细石桥，到柳町的大马路之前的那段路，就更别提了。哪怕穿着高齿木屐或长筒靴也不能随意行走。行人都必须小心翼翼地沿着道路中央、泥浆自然流向两边的一条窄路上走。这条窄路只有一两尺宽，人们排成一队，慢慢地走过去，就如同踩在铺在马路上的一条窄带上往前走似的，我就是在这条窄带上突然遇到 K 的。只顾注意脚下的我，直到走了个照面，都没有发现他，我觉得前面突然被人挡住了，偶然抬起头，才看见站在面前的 K。我问他上哪儿去了，他只是说出来随便走走，他回答的语气跟往常一样简短。我和 K 在这条窄带上错身而过时，看见他身后站着一个年轻的女人。我眼睛近视，并没有看清楚是谁，可是让过 K 之后，一看那女人的脸，原来是房东家的小姐，我不禁吃了一惊。小姐有些脸红，向我问了声好。那时候女人的发型跟现在不同，还没有出现厢发②，而是把头发像蛇一样盘在头上。我呆呆地盯着小姐的头发，但马上意识到得有一方让路，便果断地一只脚踩在泥里，留出比较好走的地方，让小姐过去了。

随后我就来到了柳町大街，却不知去哪儿好了，只觉得去哪儿都没多大意思。于是，我也不管泥水会不会溅到身上，自暴自弃地在泥

① 蛇目伞：一种日本桐油纸伞，因伞面上的异色环状花纹，从上面看犹如蛇目而得名。
② 厢发：一种前发、鬓发连起的女西式发型。

汀中快走了一会儿，就回了家。

三十四

"我问 K 是不是和小姐一起出去的，K 说不是，说是在真砂町偶然遇到小姐，一起回来的。我不好再问下去了，但是吃饭的时候，我还是忍不住向小姐提出同样的问题。于是她又露出了我一向讨厌的笑容，然后才说：'上哪儿去了？你猜猜看。'那时候我是个急脾气，最烦年轻女人这样不正经回答问话，马上生气了。但是在饭桌上能察觉到我生气的，只有夫人一个人。K 仍是那副无所谓的样子，而小姐这样开玩笑到底是故意为之，还是由于天真，我分辨不出。要说小姐算是个有头脑的年轻女子，不过，我所讨厌的年轻女子的共同点，她也不能说没有。我意识到小姐这一点，却是从 K 来到这里之后。我有点茫然，搞不清这感觉应该归咎于我对 K 的嫉妒呢，还是应该看作小姐对我的挑逗。至今我也不想否认我那时的嫉妒心。正如我感受过多次的那样，我清醒地意识到了这种感情在爱情中起到的作用，而且在旁人来看，这种感情几乎总是在无足轻重的琐事上冒头的。虽说是另一个问题，可这种嫉妒心不正是爱的另一面吗？结婚以后，我觉得这种感觉日渐淡薄下来，而爱情也不如以前那样强烈了。

我开始考虑，要不要把自己一直犹豫不决的想法，统统告诉对方？我说的对方并非指小姐，而是夫人。我曾想过，是不是干脆跟夫人直截了当说，请你把小姐嫁给我吧。虽然这样下了决心，却又一天天拖延了下去。如此看来，我真是个优柔寡断的人。给人优柔寡断的感觉倒也罢了，真正使我犹豫不决的，并不是由于缺乏胆量。在 K 没搬来的时候，我是怕落入人家的圈套，因此一再压抑自己，一步也不能往前迈进。K 来了以后，我又怀疑小姐是否喜欢 K，这一疑心制约了我。因为我暗下决心，倘若小姐倾心的真是 K，而不是我的话，我就没有必要表达自己的爱慕之心了，这跟一般人说的害怕丢面子可不是一回事。无论我这边多么喜欢对方，如果对方心里想的是另外一个人的话，我也不愿意同那样的女人生活在一起。世上的确有那种不管人家是否愿意，非要把自己喜欢的那个女人娶回家，而且沾沾自喜的人。当时，我认为这种人不是比我们更世故的人，就是不懂得爱是何物的蠢人。我那时候年轻气盛，以至于连一旦娶回家，便一切都尘埃落定这么浅显的道理都不懂得。总之，我是个极为高尚的爱情理论家，同时又是个最最迂腐的爱情实践者。

　　长期生活在一个屋檐下，有很多机会直接向小姐本人表白自己的心意，我都故意回避了。那时候，我固执地认为，按照日本人的习惯，是不允许这样求爱的，但绝不能说只是这一观念束缚了我。因为我还认定，日本人，特别是日本年轻女子，在这种场合都是缺乏毫无顾忌地袒露自己内心的勇气的。

三十五

　　"这些原因使我一直在原地踏步，哪方面都毫无进展。身体不舒服的时候睡午觉醒来，常有这样的情况吧，周围的一切虽然看得清清楚楚，手脚就是不听使唤。我有时会品尝到这种旁人无法理解的苦楚。

　　冬去春来，一年又过去了。一天，夫人对 K 说：'今天想玩玩纸牌，你能不能找几个朋友来一起玩。'K 马上回答：'我一个朋友也没有。'夫人听了很惊讶。这倒是真的，K 没有一个能称得上朋友的人。在街上碰见打打招呼的朋友倒有几个，不过他们根本不属于能够一起玩纸牌那么熟的朋友。夫人又对我说：'要不你叫几个认识的人来，可以吗？'可是不巧的是，我也没有心思玩这种闹哄哄的游戏，只含糊其词地应了一声，便把这事给打发了。谁知到了晚上，K 和我还是被小姐拉出了房间。尽管没有邀请一个客人来，夫人还是说，那就家里这几个人玩吧，所以倒也没多大动静。而且一向不沾这类玩意的 K，就跟看热闹的人一样。我问 K，你到底知不知道'百人一首'①里的和歌,他回答说不大知道。小姐听了我的问话,大概是以为我看不起 K 吧,明显地帮起了 K。最后发展到两个人几乎联起手来对付我了。要是换了别人,我说不定会跟对方争吵起来。好在从开始起,K 的表情一直没变,我从他脸上没有看出一点得意的表情,这才平安无事地把这个游戏对付下来了。

大约又过了两三天,夫人和小姐一早就出门了,说是去住在市谷的亲戚家。那时 K 和我还没有开学,便留在了家里。我既不愿意看书,也不想出去散步,只是将两个胳膊肘支在火盆边上,托着腮帮子想心事。隔壁的 K 也悄无声息,屋子里静得互相不知对方是不是在房间里。这种情况在我们之间已不是什么稀罕事了,因此我也没有特别在意。

到了十点左右,K 突然拉开隔扇,盯着我看。他站在门槛上,问我在想什么。我本来也没想什么,如果说想了,那么多半也是像往常一样,在想小姐吧。想小姐自然会连带着想到夫人,而且近来 K 也像个无法分离的人一样,总是在我的脑子里转悠,使这个问题复杂化了。虽然以前一直朦胧地觉得他是个障碍,可当我这样同他四目相对时,却不能直言不讳地说出来。此时我依然望着他的脸,沉默不语。他索性走进屋来,在我正烤着的火盆跟前坐了下来。我赶忙从火盆上收回胳膊,将火盆往 K 那边稍微推了推。

K 开始问我一些他一向不会谈论的事情。他问夫人和小姐去了市谷的什么人家,我说大概是小姐的姑妈家。他又问那位姑妈是什么人,我告诉他,也是个军人的妻子。于是他又问,女人拜年大多是在正月十五之后,夫人她们怎么这么早就去了? 我只好回答,我也不知道为什么。

三十六

"K 没完没了地追问有关夫人和小姐的事情,甚至还问到一些我也

---

① 百人一首:从一百个著名和歌诗人的和歌中,每人选取一首编辑成的和歌集。

回答不了的问题。我感到厌烦,更觉得不可思议。一想到以前聊天时,我提起她们时K的表情,我就不能不注意到他的变化了。我终于忍不住问他,今天为什么老是谈这些事时,他突然沉默了。但是我注意到,他紧闭的嘴角似乎在颤动。他是个沉默寡言的人,而且他有个毛病,每当要说什么话的时候,嘴唇总是会不受控制地抽搐起来。他的嘴唇仿佛在故意反抗他的意志,不肯轻易打开,因此他说出来的话也加重了分量吧。一旦破口而出,他的声音会比一般人的声音有力一倍。

只需看一眼他的嘴唇,我便马上察觉到他又要说什么了,但他到底准备说出什么话来,我却没有一点预感。因此,听了以后,我惊呆了。请你想象一下,从他那沉重的嘴里,吐露出他对小姐的相思之苦时,我是怎样的表情吧。我就像是被他的魔棒打成了化石一般,连张嘴的能力都丧失了。

那时,我万分恐惧,或者说,万分痛苦,反正是呆若木鸡了。从头顶到脚底,我突然变得像石头或铁块那样坚硬了,坚硬得连呼吸的起伏都没有了。幸而这种状态没有持续多久,瞬间之后,我又恢复了常态。这时我突然意识到,完了,被他抢在前头了。

但是,我根本想不出以后该怎么办,大概也没有时间好好思考吧。我忍受着腋下难闻的汗液湿透了衬衣,一动也没有动。而在这段时间里,K仍然张开一如既往的沉重的嘴巴,断断续续地倾诉着自己的衷肠。我痛苦之极,我觉得自己那痛苦的表情,就像一大张文字清晰的广告贴在自己脸上似的。K即便再不敏感也不会看不到,但他此时把所有的注意力都集中在自己的心事上了,所以无暇顾及我的表情吧。他的告白从始至终贯穿着同样的语调,凝重而迟钝,给我一种不可轻易动摇的感觉。我的心一半在听他告白,另一半却一直焦虑地反复想着,我该怎么办,所以细微之处几乎没有听进耳朵里去。不过,他倾诉时的语调却强烈震撼着我,我不但感受到上面所说的那样的痛苦,还感受到了某种恐惧。也就是说,对方比自己强,这一恐怖的念头在我心里萌生了。

K 的倾诉告一段落时,我已经什么话也说不出来了。我的沉默并非因为在盘算利弊得失,譬如我现在也应该在他面前作同样的表白呢,还是先不表白比较明智等等。我只是什么也说不出,而且也不想说。

吃午饭的时候,K 和我相对而坐。在女佣的伺候下,我吃完了这顿有生以来最难吃的饭。吃饭时,两个人几乎没有说话,也不知夫人和小姐什么时候才会回来。

三十七

"我们回到各自的房间后,就没有再照面。K 同上午一样悄无声息,我也一直在思考这件事。

我想,应该向 K 表明自己的内心,可又觉得现在坦白,已经错过时机了。刚才我为什么不打断他的话,发起反击呢,这似乎是个很大的失策。至少在 K 说完之后,当场把自己的心事说出来,也许还好些。如今 K 已经表白完了,自己再去作同样的倾诉,怎么琢磨都觉得不妥。我找不到什么更顺理成章的办法可以克服眼下的状态,我被悔恨折磨得头昏脑涨。

我想,要是 K 再次打开隔扇,跑来找我说话就好了。其实,刚才我就等于是遭到了突然袭击,没有半点应付他这一招的精神准备。我暗下决心,要把上午失去的东西夺回来。所以不时抬起头去看隔扇。然而那隔扇却始终没有拉开,K 那边一直是静悄悄的。

我的心渐渐被这寂静扰乱了。一想到 K 正在隔扇那边想着什么,我便坐立不安。虽然平时我们总是这样隔着一道隔扇没有声息,但以往的常态是,K 越是安静,我就越是忘记他的存在,可见我当时已经失去了常态。尽管如此,我绝不会主动去打开隔扇。一旦错过了告白的时机,我就只有等待对方再来找我了。

到后来我竟坐不住了,勉强自己这样坐下去的话,说不定会按捺不住闯进 K 的房间去。我无可奈何地站起身走到檐廊上,从檐廊去了客厅，毫无目的地拿起铁壶，倒了一杯热水喝了下去，然后走出了家门。我就这样故意避开穿过 K 的房间，来到了大街上。我当然没有什么想去的地方。只是因为在家里实在待不住了，所以漫无目的地在正月期间的大街上随意走了起来。可是无论怎样走，我的脑袋里还是被 K 的事塞得满满的。其实我并非为了不去想 K 出来乱走的，而是想好好琢磨琢磨他这个人才出来走走的。

他是个难以琢磨的人，这是我的第一感觉。他为什么突然向我说出这种事？还有，他的恋情怎么会突然炽热到了非表白不可的程度？平时的他又跑到哪儿去了呢？这一切都令我无法理解。我知道他很倔强，也知道他是个很认真的人。我相信在我决定自己以后应采取的态度之前，应该有很多话要向他问清楚。同时，我一想到今后要与他成为情敌，便不寒而栗。我心事重重地在街头乱走着，眼前总是浮现出静坐在自己房间中的 K 的面影，耳边仿佛总是听到一个声音：不管你怎样走，也是撼动不了他的。这意思是说，对我而言，他就像是个魔鬼。我甚至忽然感觉，自己莫非已经被他施了魔咒，永无脱身之日了吧。

我疲惫不堪地回到家里的时候，K 的房间依然静得犹如无人一般。

三十八

"我到家后不大工夫，便传来人力车轱辘的响声。那时候还没有现今这样的胶皮车轮，所以那'嘎登嘎登'的吵人声音隔着很远都能听到。不一会儿，车子停在了门前。

我被叫出来吃晚饭，是约莫半小时之后。夫人和小姐换下的外出衣裳还没来得及收起，随便扔在隔壁房间里。她们说怕回来晚了，耽误我们吃晚饭，所以急匆匆赶在做晚饭之前回来的。然而，夫人的热心对于 K 和我来说，几乎没有一点效用。我坐在饭桌前，就像个不爱说话的人似的,只是淡淡地应付几句。K的话比我更少。难得结伴出一趟门的夫人和小姐,比平时要兴奋和开朗,相比之下,我们的神情就更加显眼了。夫人问我怎么了,我说心情不大好,我确实心情不好。小姐又问了K同样的问题,K只回答'不想说话'。小姐又追问K:'为什么不想说话?'这时我忽然抬起沉重的眼皮,望着K。因为受好奇心驱使,我很想听听他会怎么回答。K的嘴唇照例微微地颤抖起来,在不了解情况的人看来,只会以为他是不知怎么回答好。小姐咯咯笑着说:'你又在思考什么深奥的问题吧?'K的脸上泛起一层淡淡的红晕。

那天晚上,我睡得比平时早了些。夫人惦记着我吃晚饭时说的心情不好的事,十点钟给我端来一碗荞麦面汤。可是我的房间已经关了灯。'哟,已经睡啦。'夫人轻轻说道,把隔扇打开了一条窄缝。一道朦胧的煤油灯光,从K的桌上斜射到我的房间,K好像还没睡。夫人坐在我的枕边说:'你大概是感冒了,把这碗热面汤喝下去暖暖身子吧。'说着把碗递到我的嘴边。没有办法,我就在夫人面前,喝下了那碗稠糊糊的面汤。

我在黑暗中思索到很晚。当然只是围绕着一个问题思来想去,解决不了任何问题。突然我想到K在隔壁干什么呢,便下意识地'喂'了一声,于是他也'唉'了一声,K也没有睡。我隔着隔扇问:'还没睡吗?'他简短地回答:'这就睡。'我又问:'干什么呢?'这回K没有回答。可是大约过了五六分钟,清晰地听到'哗啦'一声打开橱柜,拿出被褥铺床的声音。我又问:'几点了?'K答道:'一点二十。'过了一会儿,只听'噗'的一声吹灭了油灯,整个房间都陷入了一片漆黑,寂静了下来。

然而,我的脑子却在这黑暗中越来越清楚了,我又在半无意识的状态下,对K'喂'了一声,K也像刚才一样'唉'了一声。我终于主动说出,很想跟他好好谈谈今天早上他对我说的事情,问他现在行不行,当然我也不愿意隔着隔扇跟他谈这件事,不过至少可以得到K的回答,可是K这次没有应声,不像刚才我叫他两次,他两次都很快答应了那样,只是含糊地小声说'是啊'。这又使我吃了一惊。

三十九

"K含含糊糊的回答,在第二天、第三天都明显地表现在他的神色中,看不出一点想主动谈论这个话题的样子。当然也是因为没有合适的机会。我心里很明白,如果夫人和小姐没有出门的话,我们俩是不可能有充裕的时间,仔细谈论这件事的。我虽然明白这个道理,却又莫名其妙地焦躁起来。其结果是我一改原本打算等着对方提起,我接招的态度,竟下决心只要有机会,就主动开口。

同时,我悄悄地观察着家里人的动静,夫人的神情和小姐的举止跟以往没有什么不同。在K向我倾吐对小姐的相思之前和之后,她们的表现没有发生什么变化的话,就说明他的表白对象仅限于我一个人,还没有跟小姐本人以及小姐的监护人夫人说起过。这样一想,我就踏实了些。于是,我又琢磨起来,与其勉强制造机会主动提起此事,不如抓住自然降临到我头上的机会更好一些。我决定暂时把这个问题搁置一下。

这些听起来简单,但是在我的内心,却好似潮起潮落一般,起伏不已。我见K一直没有动静,便又赋予其许多的含意。观察夫人和小姐的一举一动时,却又怀疑那不会是她们故意装出来的吧。而且,我还胡思乱想,人们胸腔里安装的复杂机器,是否能够像表针那样准确地走着刻盘上的数字呢?总之一句话,你要知道,我就是这样把同一件事情翻来覆去地从各个角度考虑之后,才好不容易得出这个结论的。说得更复杂些,也许在这种时候是不适合使用'得出结论'这类词的。

不久,学校又开学了。上课时间相同的时候,我们一起出门,赶巧的话,放学也一起回家。从表面上看,K和我又像以前那样亲密无间了。但是毫无疑问,各人心里都有着各自的打算。有一天,我在路上突然问了K几个问题。我先问的是他前几天的告白,是只对我一个人说的,还是也对夫人和小姐说了。因为我觉得,我今后要采取的做法,取决于他对这个问题的回答。这时,他明白地告诉我,除了我之外,没有对任何人说过。我暗自高兴,事情跟我预料的一样。我很清楚,K比我要霸道,而且胆量也在我之上,但另一方面,我又莫名地相信他。虽然在学费问题上,他欺骗了养父三年之久,可是我对他的信任却没有受到丝毫影响,反而因此更加相信他了。所以,尽管我这个人疑心很重,却怎么也无法怀疑他这一明确的回答。

我又问他打算如何处理自己的爱情,是仅限于告白呢,还是想要进一步达到实际的目的。可是对这个问题,他没有回答,默默地向坡下走去。我请求他不要隐瞒,把心里想的都告诉我,他清楚地回答,没有什么可瞒着你的。但是对于我刚才问到的事情,他却一句也没有回答。走在大街上,我也不好停下来打破砂锅问到底,也只好作罢了。

四十

"有一天,我走进好久没有去的学校图书馆,坐在长桌的一角,上身沐浴着窗外射进来的阳光,翻阅着新到的外国杂志。因为任课老师要我在下周之前,查阅一下某个专业方面的资料。但是我要查的东西总也找不到,所以我借了好几次杂志,最后好不容易找到了自己需要的论文,便专心致志地看了起来。这时,忽然听见宽大的长桌对面,有人小声叫着我的名字。我抬头一看,是K站在桌子对面。他俯下身,隔着桌子凑近我的脸。正如你知道的,图书馆里不能大声说话,以免妨碍别人。虽说K的这一举动极其平常,我却感觉自己的心情很异样。

K低声问我是在学习吗,我说查些资料。可是他并没有抬起身,低声说:'咱们去散散步吧。'我说:'稍等一下,可以去。'他说'我等你',立刻在我面前的空位上坐了下来。我的注意力被分散,杂志也看不下去了。不知怎么搞的,我总觉得K一定有心事,是专门来跟我摊牌的。我不得不把没看完的杂志合上了,准备站起来。K平静地问道：'看完了？''没关系。'我答道。我还了杂志，跟 K 一起走出了图书馆。

两个人也没有别的去处，就从龙岗町走到池端，进了上野公园。这时他突然主动谈起了那件事。从前前后后的情况综合考虑，我判断 K 是为此事特意拉我出来散步的。但是，他的态度依然没有朝着实质性的方向进展一步，只是笼统地问我：'你怎么想的？'这句问话的意思是，对于堕入情网的他，我是怎么看的。一句话，他想知道我对他现在的看法。我想，由此可以确认他与平时的不同之处了，我曾经说过多次，他的个性并不懦弱，不大在乎别人对自己的看法，他有胆有识，只要认定一点，就敢于一个人向前突进。在他和养父家的那件事上，就充分反映出他的个性，让我难以忘怀。因此，我敏锐地觉察到了他今天的反常表现，也是顺理成章的。

当我问他为什么现在来征求我的看法时，他说：'我是个懦夫，深感羞愧。'他的语气从未如此沮丧。他还说：'因为犹豫不决，怎么也拿不定主意，只好来征求一下你的意见。'我不失时机地追问他：'犹豫不决什么？'他说：'不知是应该前进还是后退。'我又追问道：'如果后退，你能做到吗？'结果他答不上来了，只是说：'很痛苦。'他的神情一看便知，确实是很痛苦。倘若对方不是小姐的话，我一定会让他久旱逢甘露一般，得到一个最渴求的回答。我相信，自己生来就是具有这般慈悲心的人，但是，那时的我却没有这样做。

四十一

"我就像那种和其他流派的人比武似的仔细观察着 K，将我的眼睛、我的心脏、我的身体等，所有属于我的部位都包裹得没有一丝缝隙地提防着他。单纯的 K 对人丝毫不加防备，不只是疏于防范，说他是在开门揖盗更恰如其分。这就好比，他把自己负责保管的要塞地图拱手相送，使我得以在他面前从容不迫地观看一般。

145

我发现 K 正在理想与现实之间犹豫彷徨，于是我着眼于只消一击便能将他打倒的要害之处，并急速乘虚而入。我突然对他摆出了一副严肃庄重的表情，这当然是一种策略，不过此时的紧张心情也恰巧与此神态相吻合，所以竟没有注意到自己的滑稽与可耻。我首先声称'在精神上没有上进心的人，是蠢货'。这是我们俩在房州旅行时，K 对我说过的话。现在我又将 K 对我说过的这句话，模仿他当时的口气回敬给了他。但这绝不是出于报复心理，坦白地说，我这样做的用意比报复更为残酷，因为，我要用这句话堵住 K 面前的爱情之路。

　　K 出生在真宗寺，但从中学时代起，他的观念就与生父所信奉的教义相去甚远。我不大懂得教义上的区别，自知没有资格这样说，我只是从男女情爱的角度这样判断他的。K 很早就喜欢把'精进'这个词挂在嘴上，所以我一直以为这个词也包含着禁欲的意思。但是后来问了他这个词的真正意义，才知道其含意比禁欲更为严苛，我惊讶万分。为了道义值得牺牲一切，乃是 K 的第一信条，因此，姑且不论摄欲或禁欲，即便是脱离了情欲的恋爱也是有碍修道的。他靠打工养活自己的那段时间，我常常听他对我发表这种见解，那时我已经爱上了小姐，势必对他的论点予以反驳。我一表示反对，他就露出怜悯的神情。他那神情中，轻蔑的成分更多于同情。

　　正因为我们之间有着这样的过往，所以'在精神上没有上进心的人，是蠢货'这句话，必然会深深地刺痛 K 的心。但是，正如我前面说过的，我并非企图通过这句话毁掉他多年来千辛万苦铸就的信念，相反，我是希望他像以前一样继续磨砺下去。无论他成就道义也好，出人头地也罢，我都不关心。我只是担心他突然改变生活轨道，与我的利益发生冲突。归根结底，我说这句话无非是私心在作怪。

　　'在精神上没有上进心的人，是蠢货。'

　　我又重复了一遍这句话，然后仔细观察这句话会对 K 产生怎样的影响。

'是蠢货,'少顷,他这样回答,'我是个蠢货。'

他忽然站住,不往前走了,他低头盯着地面。我不禁打了个冷战,恍惚感到 K 在那一瞬间,突然孤注一掷般强硬起来。但我还是听出他的声音有多么无力。我想再从他的眼睛里窥探点什么,可他一直没有正视我的眼睛。然后,他又步履沉重地走了起来。

四十二

"我和 K 并肩走着,心里却等着他接着说下去。或许说是'设下埋伏'更恰当些吧。那时候我甚至想,纵然给他设圈套,也在所不惜。不过,我也受过教育,多少有些良心,所以,假设此时有人走到我身边,对我悄悄说一句'你真卑鄙!'的话,我说不定会在那一瞬间幡然悔悟的。如果 K 是那个人的话,我也会在他面前羞愧万分的吧。遗憾的是,K 实在太正直、太单纯了,他的心地太善良了,因此他绝对不会责备我。昏了头的我,不但忘记了应该对他肃然起敬,反而乘虚而入,想要利用他的善良将他击垮。

过了一会儿,K 叫了声我的名字,望着我。这次是我不自觉地停下了脚步,于是 K 也停了下来。这时我才和他四目相对,他的个子比我高,我必须仰着脸看他。我的眼睛宛如一只凶恶的狼盯着无辜的羊一般盯着他。

'不说这事了。'他说道。他的眼神和声音里都隐含着哀痛。我一时竟无言以对。'别再说了。'他恳求般地又重复了一遍。我那时给了他一个残忍的回答,就如同狼瞅准机会咬住羊的喉管一样。

'不要再说了? 这又不是我要说的,本来就是你提起的啊。当然,你不想再提也可以,不过只停留在口头上是不行的,你必须从心里下决心,不再去想这件事。你究竟打算怎样坚持你一贯的信念呢?'

我这样说时,觉得他那高大的个头在我面前萎缩了,矮小了。正如我说过的那样,他虽然性格非常倔强,却是个极其正直的人,所以当别人严厉地指出他这一矛盾时，他绝不会无所谓。我看见他这副样子，才终于放下心来。这时，他突然问道：'下决心？'我还没来得及回答，他又接着说：'下决心，没什么不能下决心的。'他的口气像是自言自语，又像是在说梦话。

我们没有再说话，向小石川的住处走去。那一天虽然风和日丽，但毕竟是冬天，公园里冷冷清清的。尤其当我回身看到那些被霜打过，变成茶褐色的杉树树梢齐刷刷地伸向昏暗的天空时，只觉得一股寒气粘在后背上了似的。我们急步穿过暮色中的本乡台，走下通向对面山坡的小石川洼地。直到这时，我才渐渐感到外套里面的身子暖和了点。

也许走得太急了，我们在回家的路上几乎没有说话。回到家里吃饭的时候，夫人问我们怎么回来晚了。我说 K 叫我一起去了上野。'这大冷的天，还去上野？'夫人显得非常惊讶。小姐想知道我们为什么去上野，我只是回答，也没什么，就是去散散步。一向寡言少语的 K，比平时更沉默了。夫人跟他说话，小姐冲他笑，他都待答不理的。他三口两口吃完了饭，不等我吃完，就先回自己房间去了。

四十三

"那个年代还没有什么'觉醒'啦、'新生活'啦之类的新词儿。不过，K 之所以无法毅然决然地抛弃旧我，不顾一切地奔向新的目标，并非因为他缺乏现代人的观念，而是因为他有着不能够轻易抛弃的可贵经历。也可以说，他是因此而活到今天的。所以，即便他没有一往无前地冲向自己所爱的目标，也绝不能说明他爱得不够深，无论怎样激情燃烧，他也不会放任行事的。只要没有足以使他丧失理智、冲动妄为的契机，他就不能不停下来，回顾一下自己的过去。如此一来，他就势必沿着以前所走过的路继续走下去，而且，他具有现代人所不具备的倔强和隐忍的性格。我自信在这两点上，都已经看透了他的心。

从上野回来的那晚，我倒是睡得比较安稳。K 离席后，我紧跟着他回了屋,坐在他的桌旁,然后故意跟他东拉西扯地闲聊,他露出很烦的神色。我的眼睛里很可能闪烁着胜利之光,所以声音听起来也肯定是洋洋自得的。在K的火盆旁烤了一会儿手之后,我就回到了自己的房间。尽管无论哪方面,我都不及他,但只有那时,我觉得对他是不必惧怕的。

很快我就安心地睡着了。但是,突然听到有人叫我的名字,便惊醒了。睁眼一看,隔扇开了两尺左右,K黑乎乎的身影立在那里。因为他的房间依然像天刚黑时那样亮着灯。由于刚刚惊醒,我只是迷迷瞪瞪地望着眼前的景象,一时间说不出话来。

这时K问:'已经睡了?'K平时总是睡得很晚。我望着他那剪影般黑乎乎的身影,反问:'有什么事?'他只是说:'没什么要紧事,去上厕所回来,顺便看看你睡没睡。'他背朝着灯光,所以我一点也看不出他的脸色和神情,但他的声音倒比平日要沉稳得多。

然后,K'哗啦'一声关紧了隔扇,我的房间又回归了原来的黑暗。为了在黑暗中平静地进入梦乡,我又闭上了眼睛,很快便睡着了。但是第二天早上,一想起昨晚的事情,我总觉得有些蹊跷,说不定是自己做梦吧。于是吃饭的时候,我问了K,他说昨夜确实打开隔扇,叫过我的名字。我问他为什么叫我时,却没有得到明确的回答。可就在我已经没有心情说这事的时候,他却问我:'近来睡得可好?'我觉得他有点奇怪。

那天,恰好我们俩上课时间相同,吃完早饭,我们就一起出了门。从早上一起床,我就惦记着昨晚的事情,所以路上又追问了他。然而他仍没有给出使我满意的回答。我就试探着问道:'是不是关于那件事,你有什么话要跟我说?'他断然否定说:'不是。'他说话的口吻,听起来仿佛在提醒我,昨天在上野公园,不是说过'这件事不要再提了'吗!在这类事情上,K是个自尊心极强的人。突然觉察到这一点时,我想起了他说过的'下决心'这个词。于是乎,一直没有在意过的这个词,沉甸甸地压在了我的心头。

四十四

　　"我很清楚 K 的果断性格,也很了解唯独在这件事上,他如此优柔寡断的缘由。即是说,我自以为深谙其禀性,又彻底把握了其'出圈'的可能性,而暗自得意起来。但是,当我反复回味着他说过的'下决心'时,我那得意的心情便渐渐失了色,最后竟心神不安起来。因为我想到,很可能现在这种情况对他而言并不是'出圈'。因为我开始怀疑,他把一举解决所有疑虑、苦闷和懊恼的最后手段,都藏在心里了。我用这一新的光照再次去审视他那'下决心'之语时,顿时惊出一身冷汗。如果当时我以这种惊异的心情,再次公平地思考一遍他所说的'下决心'的含意就好了。可悲的是,我竟瞎了眼,我只把这个词理解为他要向小姐展开追求攻势的意思了,我以为 K 要在爱情上施展他那果断的性格,便是他的'决心'。

　　我仿佛听见一个声音:你也必须作出最后的决断。于是我马上鼓起勇气,响应那个声音。我一定要抢在 K 的前头,并且瞒着他做这件事情,我暗暗窥伺着机会。但是,两天过去了,三天过去了,我也没有找到机会。我是在等待 K 和小姐都不在家的时机,跟夫人单独谈这件事。可是,这个没在家,那个却在,反正总有一个在家,妨碍我的计划,就这么一天天地拖延下来,一直没能找到一个好时机。我渐渐焦急起来。

　　一个星期之后,我终于忍受不住,采用了装病这一招。早上,夫人、小姐和 K 都催我起床,我只是哼哼唧唧地躺在被窝里不起来,一直耗到十点左右。估摸着 K 和小姐都走了,家里安静下来的时候,我才起了床。夫人一看到我起来了,就问我哪儿不舒服,还关切地说:'我把饭送到你枕边来,你再睡一会儿的好。'我本来就没病,实在不想再睡了,洗了脸,就像平常那样在客厅吃饭。当时,夫人坐在长火盆对面给我盛饭。我手里端着说不上是早饭还是午饭的饭碗,心里一直琢磨着该怎样开这个口,所以在外人看来,也挺像是个不舒服的病人。

吃过饭,我点上支烟,抽起来。我没有起身,夫人也不好离开。她叫女佣撤掉了碗筷后,又是给铁壶灌满水,又是擦拭着火盆沿儿的,干这干那地陪着我。我问夫人有没有事要办,她说没有,然后反问我为什么问这个。我说:'有点事想跟您谈一谈。''什么事啊?'夫人望着我的脸问道。她说话的口气轻飘飘的,跟我此时的心情很不协调。所以,我把要说的话又咽了下去。

我只好绕起了圈子,最后才含糊其词地问夫人,近来 K 没跟您说过什么吗?夫人显得很意外,反问我:'说什么?'还没等我回答,她反而问起我来:'他跟你说过什么吗?'

四十五

"我根本没打算把 K 对我的表白告诉夫人。便回答:'没说什么。'随后又对自己这样撒谎感到不快,我只好又说:'K 没有托我跟夫人说什么,我要谈的不是关于 K 的事。''是吗。'夫人说道,等着我说下去。我无论如何必须开口了。'夫人,请把小姐嫁给我吧。'我突然这样说道。夫人虽然没有我想象的那么惊讶,但好一会儿也没有回答出话来,默默地望着我的脸。一旦开了口,我也就顾不上许多了,面对着夫人望着我的眼睛,恳求道:'把小姐嫁给我吧,请您一定要答应我!'还说:'求求您,让小姐做我的妻子吧。'夫人毕竟上了年岁,比我冷静得多,问道:'嫁给你是可以的,不过也太急了些吧?'我赶紧答道:'我是突然想要娶小姐的。'夫人听了笑了起来,然后问了一句:'你是认真考虑过的吗?'我不容置疑地辩称:'虽然是突然提出来,但不是突然这么想的。'

夫人又问了两三个问题,我全都不记得了。夫人像男子一样性格爽快,不同于一般的女人,跟夫人谈这种事情的时候,感觉格外痛快顺畅。最后夫人对我说:'好吧,就许配给你吧。'然后,夫人转而又

拜托我：'我们这样的小户人家，或许够不上说什么许配给你的身份，请你娶了她吧。你也知道，她是个没有父亲的可怜孩子。'

这件事就这么三言两语地谈妥了，从开始到结束恐怕都不到十五分钟。夫人没有提出任何条件，还说也不必同亲戚们商量，回头知会他们一声就可以了，甚至说连小姐本人的意思也不用问。在这个问题上，我这个有知识的人，反倒显得拘泥于形式了。我提醒夫人，亲戚的意见单说，还是应该先问小姐本人的想法，她答应了再说。夫人说：'放心吧。她本人不愿意的话，我是不会把她嫁给你的。'

我回到自己的房间后，想到事情进行得如此顺风顺水，心里反倒打起鼓来。脑子里甚至冒出疑问：我真的可以放心吗？但是，大体上说，我未来的命运已经就此定了下来，这个念头刷新了我的一切。

中午时分，我又到客厅去找夫人，问她打算什么时候把今天上午说的事情告诉小姐。夫人说：'只要她本人乐意，什么时候说都无所谓吧。'看起来，夫人似乎比我更像个男子汉。我正准备离开，夫人叫住我说：'如果你觉得早点说好，今天也可以。她学琴回来，我就告诉她。'我回答说：'这样太好了。'说完，我又回到自己房中。然而，当我想到自己坐在桌前远远地听着她们两个窃窃私语的情形时，不知怎的，心里就扑通扑通乱跳。我终于坐不住了，戴上帽子出了家门。谁知走到坡下时，遇见了回家的小姐。一无所知的小姐看见我，好像有点惊讶。我摘下帽子打了个招呼：'回来啦？'小姐颇感意外地问道：'你病好了？''好了，好了。'我回答，然后快步向水道桥那边拐过去了。

四十六

"我从猿乐町走到神保町大街，又拐向了小川町。我到这一带来，一向是为了逛旧书店，可是那天，我却怎么也提不起劲头去看那些破旧的书了。我一边走，一边不停地琢磨着家里发生的事情，回想着刚才夫人的举止，猜想着小姐回家后的情景，仿佛这二者在催着我走路似的。我不自觉地停下来，呆呆地站在大街上，想着这会儿夫人大概正跟小姐谈那个事吧，过了一会儿又想，现在差不多说完了。

就这样，我过了万世桥，走上明神坡路，来到本乡台，然后又走下菊坂路，最后回到了小石川低洼地。我走的距离，可以说横跨这三个区域，画了一个大大的椭圆形。但是，在这么长距离的散步过程中，我几乎一次也没想到 K。现在回想起来，连我自己也不知是怎么回事，只觉得奇怪。我之所以会把 K 忘掉，虽然也可以说是由于太紧张了，但也说明了我的良心无法宽恕自己。

我重拾对于 K 的良知，是在我打开大门，走进客厅时，也就是像往常那样穿过他的房间的那个瞬间。他一如既往地正在伏案看书，一如既往地抬起头来望着我。但是，他并没像平时那样说：'回来啦？'却问了句：'病好了？看过医生了？'那一瞬间，我真想跪在他面前，求他饶恕自己。而且，我当时的那股冲动，绝不是出于软弱。我想，倘若只有 K 和我两个人站在旷野里的话，我一定会遵从良心的命令，向他谢罪。可是隔壁房间里有人，我的那股冲动便被压制住了。并且很可悲的是，再也没有能够恢复。

吃饭的时候，K 和我又见面了。还蒙在鼓里的 K 一直沉默着，并没有对我表露出丝毫怀疑。不知内情的夫人显得比平时高兴，只有我知道所有的一切。这顿饭我实在是难以下咽。那天晚饭，小姐没有像往常那样，跟我们同桌吃饭。夫人叫她来吃饭，小姐只是在隔壁答应'马上就来'。K 在旁边听着，感觉很纳闷，终于忍不住问夫人是怎么回事。夫人回答说：'大概是有点害羞吧。'说着瞅了我一眼。K 仍是不解，追问道：'为什么害羞啊？'夫人微笑着又瞧了我一眼。

在饭桌旁一坐下，我就从夫人的表情大致推测到了事情的进展。但我担心夫人会当着我的面把这件事情的经过一五一十地告诉 K，那我可就难堪了，而且对这类事夫人一向是满不在乎的。我的心提到了嗓子眼儿，幸而 K 又恢复了往日的沉默。心情比平时显得愉快的夫人，也终于没有把我所担心的事讲出来。我这才松了一口气，回到自己房中。但是,我不能不考虑今后该如何面对 K 的问题。我在心里设想了好多为自己辩解的理由,但是任何辩解都不足以使我坦然地面对 K。卑怯的我,无论如何也不愿自己去向 K 作出解释。

四十七

"就这样过了两三天。不用说,在这两三天中,对 K 的担心萦绕在我的心头,沉重不堪。我心想,自己若不想法做点什么,便对不起他。而且看夫人的样子和小姐的神情,又像是刺激着我这么做似的,使我愈加坐卧不宁。男人般性情爽快的夫人说不定什么时候就会在饭桌上把这件事捅给 K,而且也不能断言,从那以来小姐对我日渐明显起来的亲昵态度,不会成为使 K 心生疑窦的原因。眼下的处境使我必须想个办法,把我和这个家庭之间结成的新关系告诉 K。可是由于自己在伦理道德上有理亏之处,对于一向自负的我而言,更是难上加难的事。

无奈之下,我打算请夫人正式对 K 说一下,当然是趁我不在家的时候。不过,若是对他实话实说,那么只有直接与间接的区别,在丢脸上没有什么不同。然而,若要夫人编假话,夫人必定会追问我为什么要这样了。如果把一切都告诉夫人,我就必须主动把自己的弱点暴露在自己的爱人和她母亲面前。一向正直本分的我,认为这关乎我未来的信誉,在结婚之前就失去爱人的信任的话,哪怕是一丝一毫,对我而言也无异于无法忍受的不幸。

总之,我是个本想走正直的路,却不慎走偏的蠢货,或者说是个狡猾的男人。而知道这一点的,现在只有老天爷和我的心。但是,倘若我想要修正方向,重新向前迈步的话,便会陷入不得不把走偏的原委告知众人的窘境。我想将此事隐瞒到底,同时又不能不继续往前走,我被困其间,进退不得。

过了五六天之后,夫人突然问我,那件事你跟 K 说了吗?我说还没有,夫人便追问我为什么不告诉 K。面对夫人的诘问,我无言以对。当时,夫人说了句令我震惊的话,至今我都忘不了。夫人说:'怪不得我告诉他的时候,他的脸色很不好呢。你也不应该呀,你们平时那么要好,却不告诉他,若无其事的。'

我问夫人,K 当时说了些什么。夫人回答,也没说什么。我自然想知道详细情况,便追问下去。夫人原本也不必隐瞒什么,便说其实也没说什么,并把 K 当时的表现一五一十地告诉了我。

根据夫人的讲述,我猜想,K 似乎以最沉静的震惊承受了这最后的打击。当 K 知道我和小姐之间结成的新关系时,最初说了句,'是吗?'但是当夫人说'你也为我们高兴高兴啊'的时候,他才望着夫人的脸,露出微笑,说:'恭喜您了。'说完就站起身来。在打开茶室的隔扇门之前,他又回过头来问夫人:'他们什么时候结婚?'然后又道:'我本想送些贺礼,可是没有钱,只好作罢了。'我坐在夫人面前,听了这番话,觉得胸口发闷,非常难受。

四十八

"算起来,从夫人告诉 K 之后已经过去两天多了。这期间,由于 K 对我丝毫没有表现出不同于以往的样子,所以我完全没有意识到他已经知晓。我觉得他这超然的姿态,即便只是外表上的,也令人敬佩。我把他和自己作了个比较,显然他远比我要高尚。'虽然我靠计谋取胜了,但在人格上却失败了。'这一感受在我心中涌动起来。我一想到当时 K 一定很蔑视我,惭愧得脸都红了。但是事到如今,要我到 K 面前去自取其辱,会极大地伤害我的自尊心。

无论该怎样去面对 K,我都打算等到第二天再说,这一天是星期六的晚上。但是,就在那天晚上,K 自杀了。至今我一想起那晚的光景,仍是毛骨悚然。我平时睡觉总是枕头朝东,可只有那晚是偶然枕头朝西睡的觉,这或许是什么兆头吧。我感觉枕边寒风嗖嗖,突然醒来,睁眼一看,K和我的屋子之间一向关得很紧的隔扇,同几天前那个晚上一样开着,然而K那黑乎乎的身影,并没有像那天那样站在门口。我仿佛得到某种暗示似的,在地铺上用胳膊肘撑起身子,凝神朝K的房间望去,昏暗的油灯还点着,被褥也铺着。但是被子好像掀起来堆在脚底下,K头朝那边趴在被褥上。

我'喂'了一声,没有回音。'喂,你怎么啦?'我又叫了一声,K还是一动不动地趴着。我马上站起来,走到门槛旁,借着昏暗的油灯,看了看他的房间。

当时给我的第一感觉,就和突然听到K坦白他的爱情时差不多。刚看了他屋内一眼,我的眼睛便犹如玻璃做的假眼一般失去了转动的能力。我木呆呆地伫立着,惊悚之感像一阵疾风穿透我的身体,我才意识到,完了,又铸成大错了。在这一瞬间,无法挽回的黑色之光,射向了我的未来,可怕地照出了我的整个生涯,我止不住地颤抖起来。

尽管如此,我还是未能忘记自己。我立刻发现桌上放着一封信,信上果然写着我的名字。我不顾一切地拆开信封,但信中并没有提及一句我所害怕的事。我原以为信上一定会写很多谴责我的不堪入耳的话,我害怕若是夫人和小姐看到了,不知会怎样蔑视我呢。我大致看了一遍,便松了口气(当然只是自己的脸面保住了,但脸面对当时的我来说,是非常重要的)。

信的内容很简单,或者说是抽象的。K只说自己是因为意志薄弱、怯懦无能、感到前途无望而自杀的,然后简短地对我一直以来给予他的帮助表示了感谢,并请我顺带料理一下他死后的丧葬事宜。还提到自己给夫人惹了麻烦,很过意不去,让我代他向夫人表示歉意,并拜托我通知一下他的家人。总之,拜托之事都非常简要地写上了,唯独不见小姐的名字。看到最后,我马上意识到K是有意回避。但是,最使我痛彻心扉的,是他用剩余的墨在最后添补的一句话:'本应该早些死的,却不知为何活到今天。'

我用颤抖的手把信叠好，重新装入信封。我把信按照原样放在桌子上，以便大家都能看到它。然后我回过身来，这才看到了飞溅到隔扇上的斑斑血迹。

四十九

"我突然双手抱住 K 的头，稍稍抬起，想看看 K 死后的面容。可是，当我从下面去看他那朝下的面孔时，立刻放开了手。不仅是害怕，还感觉他的头异常沉重。我俯看着刚才触摸到的他那冰冷的耳朵和他那头一如平时的浓密头发。我一点也没想哭，只是觉得恐怖。这种恐怖的感觉，不仅仅是眼前的情景刺激感官而产生的单纯的恐怖，我深深预感到了，这位身体突然变得冰冷的朋友所暗示的命运的恐怖。

我的脑子里一片空白，又返回自己房中，在这间八叠大的屋子里转悠起来，大概是我的头脑命令自己姑且这样瞎转悠一阵子的。我觉得必须做什么，同时又觉得自己什么也做不了，所以只能在这屋子里转圈，犹如关在笼子里的熊那样无计可施。

我几次想到里面去叫醒夫人，可是不应该让女人看到这可怕情景的念头又立刻阻止了我。夫人还好说，万万不可惊吓到小姐，这一强烈的意志阻止了我。于是，我又转起圈来。

我点上了自己房里的油灯，然后不时地看表。我感觉再没有比那时走得更缓慢的表了。虽然记不清自己醒来的时间，但可以肯定天快要亮了。我一边转圈，一边焦急地等着天亮，恍惚觉得自己身处永无尽头的漫漫长夜。

我们平时七点钟之前起床，因为学校大多是八点钟上课，不然就会迟到，所以女佣会在六点钟起床。但是，那天我去叫女佣起来时，还不到六点钟。这时夫人提醒我今天是星期日，夫人是听见我的脚步声醒来的。我对夫人说：'您要是醒了的话，请到我的房间里来一

157

下.'夫人在睡衣外面披了一件平时穿的外褂,跟在我后面,来到我的房间。我一进屋就立刻拉上了刚才还开着的隔扇,然后小声告诉夫人:'出大事了。'夫人问:'出了什么事?'我抬起下巴朝隔壁指了指,说:'您可得有个心理准备。'夫人的脸变得煞白。'夫人,K自杀了。'我又说道。夫人吓得瑟缩着,盯着我的脸,半天没有说话。我突然匍匐在夫人面前,低下头向她谢罪:'对不起,都是我不好。我对不起您,也对不起小姐。'在见到夫人之前,我根本没想这样说的,但是,一见到夫人,便情不自禁地脱口而出。你这样想好了,不能够向K谢罪的我,只能这样向夫人和小姐道歉了。就是说,本真的我,骗过了平时清醒时的我,迷迷糊糊地作出了忏悔。好在夫人并没有理解得那么深,对我来说真是幸运。她面色苍白,却以安慰的口吻说:'这种事任凭谁也想不到的,没办法。'然而夫人的表情僵硬,仿佛惊慌和恐怖雕塑了她的面部肌肉一般。

五十

"我虽然很同情夫人,但还是起身打开了刚刚关上的隔扇门。此时K房间的灯油似乎已经燃尽,室内一团漆黑。我回屋拿来自己的油灯,站在门口回头示意夫人。夫人躲在我身后,朝四叠的屋里窥探,但不想进去。她嘱咐我,屋里要保持原样,打开木板套窗。

真不愧是军人的妻子,接下来的事情夫人处理得有条不紊。我去请了医生,跑了警察署,也都是按照夫人的吩咐做的。在这些程序做完之前,夫人不准任何人进入K的房间。

K是用小刀割断颈动脉,迅疾毙命的,除此之外没有发现其他创伤。这时我才知道,刚才在恍如梦境般昏暗的灯光下所看到的隔扇上的血迹,是从他的脖颈里喷射出来的。在白天的光线下,我再次清楚地看到了那些血迹,我惊骇于人的血流竟会这般迅猛。

夫人和我想尽办法,干脆利落地把K的房间打扫干净。幸好他流出的血大都被他的被褥吸收了,所以叠上没有多少血,清理起来没有费太大劲。我们俩把他的尸体抬到我的房间,让他像平时睡觉那样躺在那里,然后我出去给他的家人打电报去了。

我回来时,K 的枕边已经点上了香。刚一进屋,立刻闻到一股佛堂般的熏香味,只见夫人和小姐坐在缭绕的烟雾中。从昨晚到现在,我还是第一次见到小姐。小姐在哭泣,夫人的眼睛也是红红的。从事情发生到现在,竟忘却了哭泣的我,直到此时才终于被勾起了伤悲。我不知这痛哭流涕使自己的心情得到了多少宽慰。但是,给予我那被痛苦和恐怖紧紧攫住的心灵一滴甘露的,正是那时的悲哀。

我默默地在她们身旁坐了下来。夫人要我也上线香,我上过香,又默默地坐下来。小姐没有对我说什么,虽偶尔同夫人交谈一两句,也是有关眼下的一些事情,小姐此时还没有心情去谈论 K 生前的事。我心中暗想:没让她看见昨晚那可怕的情景,真是做对了。我担心年轻美貌的女人看到那幅可怕的景象,会伤其美色。即便我恐惧得已经毛发倒竖之时,也不能将这种念头置之度外去行事。因为对我而言,这就仿佛无缘无故地鞭挞一朵娇艳的鲜花一般,无法忍受。

K 的父兄从家乡赶来时,对于把 K 埋在哪里,我谈了自己的意见。K 生前,我们常常一起在杂司谷一带散步,他很喜欢那一带,记得我还半开玩笑地对他说过,既然你这么喜欢这里,死后就把你埋在这里吧。我现在还想,即便按那时的约定,把 K 埋在杂司谷,也算不上积多少功德。但是,我想在我有生之年,每个月都跪在 K 的墓前,重新忏悔一遍。也许是考虑到一直以来都是我在关照被他们抛弃的 K 的情分吧,K 的父兄都采纳了我的意见。

五十一

"为 K 出殡回来的路上,K 的一位朋友问我,K 为什么自杀?自事件发生以来,我不知多少次因这个问题而倍感折磨了。从夫人和小姐、故乡赶来的 K 的父兄，到接到讣告的朋友们，乃至和 K 毫无干系的报社记者，全都向我提出过同样的问题。我的良心每次都像针扎一般刺痛难耐，因为透过这一提问，我听到了一个声音：'赶快坦白是你杀死的吧！'

我的回答是千篇一律的，我只是重复一遍他留给我的遗书，此外一句多余的话也不说。在葬礼的归途，提出同样问题，又得到同样回答的 K 的朋友，从怀里拿出一份报纸给我看。我一边走，一边看他指点的地方，上面写道：'K 是因为被父兄从家里赶出来，产生了厌世的念头而自杀的。'我一句话也没有说，把报纸叠好，还给了那个人。他还告诉我，也有的报纸说，K 是由于神经错乱而自杀的。因忙于丧事，近来我几乎没有工夫看报纸，所以这方面的消息一点也不知道，其实心里一直在担忧。我最担心报上登出那些给小姐一家添堵的消息，特别是小姐，即便只是提及小姐的名字，也是令我不堪忍受的。我问那位朋友，此外还登了什么？他说他看到的只有这两种。

我搬到现在这所住宅，是在那以后不久。夫人和小姐都忌讳以前那所房子，我也是每晚都重复着那夜的回忆，不堪其苦，所以大家商量后，便决定搬家。

搬过去约莫过了两个月，我顺利地从大学毕业了。毕业后还不到半年，我终于跟小姐结了婚。从表面上看，一切都如愿以偿，自然可喜可贺。无论夫人还是小姐，都沉浸在幸福中，我也觉得很幸福。但是，我的幸福却伴随着一道阴影，我想，这幸福莫非就是最终把我引向那悲剧命运的导火索吧。

结婚的时候，小姐——已经不是小姐了，应该称为妻子——妻子不知怎么突然说：'我们去给 K 扫扫墓吧。'我不由心头一惊，问她怎么忽然想起这个来了。妻说：'我们一起去扫墓，K 一定会高兴的。'我直勾勾地盯着一无所知的妻子的脸，直到妻子问我怎么了，才清醒过来。

我答应了妻子的要求，两个人一同到杂司谷去了。我在 K 的新墓上洒了洗尘水，妻子在墓碑前供上线香和鲜花。我们低下头合掌

祈祷。妻子想必是在报告和我结婚的前后经过，想让 K 也高兴高兴吧，我只是在心里一遍遍重复着：'是我对不起你。'

那时，妻子抚摸着 K 的墓石说：'真气派。'其实那个墓并没有多么奢华，大概是因为我亲自到石料铺挑选碑石的缘故，妻子才这样说的吧。我望着这座新坟墓和我的新婚妻子，再联想到刚刚埋入地下的 K 的'新'白骨，不能不感到命运的嘲讽。从那以后，我就绝不和妻子一起去给 K 扫墓了。

五十二

"我一直无法摆脱对亡友的这份愧疚，其实我从一开始就害怕会是这样的，就连这些年来所期望的结婚，也不能不说是在心神不宁中举行的。然而，人是无法预见自己的未来的，我也以为结婚说不定会成为使自己心情一转，步入新生涯的开端。但是，作为丈夫，同妻子朝夕相处后，我那虚幻的希望，便在严酷的现实面前脆弱地破灭了。我和妻子在一起时，会突然感受到 K 的威胁，仿佛妻子站在我和 K 的中间，将我们连接在一起，无时无刻都不能分离。我对妻子没有任何不满，只是因为这种感觉，而想避开她。妻子很快便察觉到了，虽然察觉了，却不知是什么缘故。于是，我常常受到她的诘问：'你为什么老是心事重重的？有什么不满意的吗？'若能够付之笑谈，敷衍过去，倒还无事，但有时妻子会不依不饶，以至于说出'你不会是厌弃我了吧？''你一定有什么事情瞒着我'等等怨言，每每都使我痛苦万分。

有好几次，我都想干脆向妻子彻底坦白，可是，一旦到了向她倾诉的时候，就会有一股外来的力量突然跑来阻止我。你是理解我的，没有必要多解释，然而有必要交代清楚来龙去脉，因此还是在这里啰唆一下。那时候，我完全无意对妻子掩饰自己，假如我以对待亡友同样的善良之心向妻子忏悔的话，她一定会流下悲喜交加的眼泪，原谅我的过错。我之所以没有那么做，并非出于利己的考量，我只是不忍心给妻子的回忆留下一丝黑暗的印记才没有坦白的。请你这样理解，给妻子纯洁无瑕的感情冷酷地留下哪怕一滴黑渍，对我来说都是莫大的痛楚。

过了一年，我仍无法把 K 忘掉，心里常常惴惴不安。为了驱逐这种不安的心情，我曾经尝试过沉溺于读书。我一头扎进书堆开始学习，盼望着有朝一日能够出人头地。然而，勉强制造出一个目标，并且勉为其难地期待着实现这个目标，纯粹是虚妄，使我心里不快。我再也无法埋头于书堆了。于是，我又抱着胳膊观望起社会来了。

妻子以为我这样子是因为生活无忧，从而放松了对自己的要求，妻家有些财产，足以维持她们母女俩的生活开销，而我的境况也是不用出去工作亦可度日，所以妻子这么想也很自然。虽说我也不无被骄纵之感，但是，我不做事的主要原因根本不在这里。当初受到叔叔的欺骗后，我深切感到人是不可信赖的，但正因为认为别人是恶的，才觉得自己还是清醒的。我总是怀有一种信念，不管世人如何，本人必定要洁身自好。但是当我意识到，这种信念已由于 K 的自杀而幻灭，自己也和叔叔是一样的人时，我突然感到困惑了。一向厌恶别人的我，对自己也厌恶起来，从而陷入了绝望。

五十三

"既然没能使自己沉溺于书堆中，有一段时间，我又试图让心灵浸泡在酒精里，以求忘却自我。我本不爱喝酒，却是天生能喝酒，因此我就想借酒量来灌醉自己的灵魂。这种浅薄的权宜之法，没过多久就使我变得更加厌世了。当我喝得烂醉的时候，会突然意识到自己的处境。自己这般借酒浇愁，无异于自我欺瞒的蠢货。于是，我战栗了，眼睛和心灵也随之清醒了。有时候无论怎么喝，都装不出佯狂之态来，只是一味地消沉下去。即便用这些手段换来一时的愉快，而后必然会陷入更严重的忧郁之中。因为在自己最心爱的妻和她母亲面前，我必须时刻这样表现,而她们则是从女人的角度来解释我的所作所为。

岳母常常对妻子说些对我不满的话,妻子都没有告诉我。但是,妻子也觉得不说我几句,自己便受不了似的。说是责备,语气并不严厉,所以无论妻子说我什么,我都没有生气过。她常常恳求我,有什么不顺心就痛痛快快地告诉她。她还劝我,为了自己的前途,赶快把酒戒了。有时还哭哭啼啼地说:'你最近好像变了个人。'如果只说这些倒也罢了,她还说:'倘若K活着,你也不会变成这样子的吧。''也许吧。'然而,我回答的意思同她理解的意思完全不同,因此我心里愈发悲伤。尽管如此,我仍然不想对妻子作任何解释。

我常常向妻子道歉,大多是喝醉了,很晚回家的次日早上,妻子有时只是笑笑,有时默默不语,也有时眼泪涟涟。无论妻子是什么反应,我都非常痛苦,所以我向她认错,即是向自己认错。后来我到底戒了酒,与其说是由于听了妻子的劝,不如说是自己感到厌恶更恰当。

酒虽然戒了,我却什么也不想做。没有办法,我只好又开始读书,但看不了几页,就放下了。妻常问我为什么读书,我只能报以苦笑。当我想到,连这世上自己最亲近的人都不能理解自己时,便悲伤起来,一想到尽管有办法使她理解自己,却又拿不出那份勇气时,就越发悲伤。我感到异常孤独,常常觉得只有我一个人住在这荒无人烟的世界上。

同时,我反复思索着K的死因,也许当时我的头脑只被一个情字所支配的关系吧,我的看法可以说是简单而直接的。我马上认定K是因为失恋而死。然而,当我的心情渐渐平静下来,再面对同一现象时,便发觉事情并非那么简单。那么是由于现实与理想的冲突?这个解释仍不足以说明问题。最后我产生了这样的疑问,莫非K也和我一样,是由于孑然一身,孤独无助,才突然选择死的?我不禁一阵战栗。因为有种预感已经不时地像风一般掠过我的心头——我也和K一样,正走在他所走过的那条不归路上。

五十四

　　"不久,岳母病倒了。请来医生检查后,下了无法治愈的诊断。我尽心竭力地护理岳母,这样做既是为了病人,也是为了我的爱妻,但从更高的意义上来说,乃是为了人。迄今为止,我一直想要尽力做点什么,可是由于什么也干不成,才不得不袖手旁观的。与社会隔绝的我,就是从这时候开始,第一次产生了想主动做一点好事的念头,我是被所谓赎罪的心情支配着这么做的。

　　妻子的母亲死了,家里只剩下了我和妻子两个人。妻子对我说:'从今往后,我在这世上可以依赖的就只有你一个人了。'连自己都不能信赖的我,望着妻子的脸不由得热泪盈眶。心里想,你真是个不幸的女人,甚至还把这句话说了出来。妻问我为什么这么说,她不理解我的意思,我也不能给她作出解释。妻子哭了,她误会我平时一向用乖戾的眼光看她,所以才会这么说。

　　岳母去世以后,我尽量温柔地对待妻子。这不仅仅是出于对她的爱,在我的温情中,似乎还有着超越某个人的更为广阔的背景。同看护岳母时的心情一样,我的心有了活力,妻子看起来很满足。但是,那满足之中似乎又隐含着因不能理解我而形成的淡淡阴影。即便妻子理解了我,这种不满足的情绪也不会减少多少,因为,我认为比起来自伟大的人道立场上的爱来,即便稍稍不合情理,女人也喜欢只专注于自己的温柔之情,这种天性女人比男人似乎更强一些。

　　一次,妻子说,男人的心和女人的心难道就不能紧紧贴在一起吗?我模棱两可地答道,只有年轻的时候才可能吧。妻子像是在回想自己年轻的时候,然后发出了一声轻轻的叹息。

　　从那时起,我心中常常闪过一个可怕的影子,起初是偶然从外面袭来的。我惊骇了,战栗了。可是不多久,我的心仿佛与那可怕的影子呼应起来。后来,即使没有来自外界,我也觉得它从自己一出生,就潜伏在自己内心深处了。每逢这样感觉时,我就怀疑自己的大脑是不是出了什么毛病。但是,我并不想请医生或其他什么人来给我诊断。

我深深感到,人是罪孽深重的。这种负罪感驱使我每月都去为K扫墓,使我精心护理妻的母亲,并且命令我温柔地对待妻子。由于这种负罪感,我甚至恨不得让不相识的路人鞭挞我一顿。这样度日如年地苟活时,又觉得与其让别人鞭挞,应该自己鞭挞自己,进而又产生了与其自己鞭挞自己,还不如自己杀死自己的念头。没有办法,我只好下决心让自己心如死灰地活下去。

我下了这样的决心,至今不知多少年了,我和妻子一直恩恩爱爱地生活到现在。我们绝不是不幸的一对,而是很幸福的。但我内心的这一隐痛,这一重负,又似乎总是给妻子造成某种阴暗的感觉。一想到这里,我就觉得很对不起妻子。

五十五

"抱着已死之心苟活于世的我,时常由于外界的刺激而跳动起来。但是,每当我决心朝某个方向冲去的时候,便有一股可怕的力量从某处钻出来,紧紧地攥住我的心,使我丝毫动弹不得。而且,那个奇怪的力量似乎在对我说:你是个没有资格做任何事情的人。因这一句话,我顿时就泄了气。过一段时间,我重新振作时,又被它死死地拖住了,我咬牙切齿地怒喝道:你为什么总是挡着我?那奇怪的力量冷笑着说:装什么蒜,你心里明白得很!我便又泄了气。

我想让你知道,多年来,我一直过着波澜不惊、平淡无奇的单调生活,而内心却经受着这样痛苦的战争,不等妻对我感到不满,我自己已不知苛责过自己多少次了。当我在这间牢房里无论如何得不到安宁,又无论如何也冲不出去的时候,便发觉对懦弱的我来说,最容易办到的事,就只有自杀了。也许你会瞪大眼睛问我为什么这么说,因为那股常常来揪住我的心的神秘而可怕的力量，尽管封住了我的各个方面的出路，却为我敞开了一条通往死亡的路。我若是一直蜷缩不动，另当别论，但只要想动一动，那么除了走这条路，我是没有别的路可选择的。

时至今日，我已经有两三次想要在命运的指引下，走向极乐世界。但是，每次都割舍不下妻子。当然，我没有把妻子一同带走的勇气，连向妻子坦白真相我都做不到，更何况夺走妻子的天年，让她为我的命运殉葬这样残忍的事情，想想都心惊肉跳。正如我有我的宿命一样，妻也有妻的命运，把两个人绑在一起去火化，于情于理都只能使我觉得残忍之极。

同时，一想到我死之后妻子的境况，实在可怜。岳母死时，妻曾对我诉说过，从今往后，这世上她可依赖的只有我一个人了。这句话让我刻骨铭心。这让我一直犹豫不决，有时望着妻子的脸，也想过幸好没有走绝路，于是又放弃了这个打算。因此妻子常常以不满的眼光望着我。

我就是这样生活过来的，在镰仓同你初次相遇时，和你一起在郊外散步时，我的心情都没有多大变化，我的身后总跟着一条黑影。我仿佛是为了妻子才苟延残喘地活在世上似的，你毕业后回家乡的时候，也是如此。我跟你约定在九月相见，并没有说谎，那时真的想再见到你。我想秋天过去，还有冬天，就是冬天过去了，我也是想见到你的。

在炎热的盛夏，明治天皇驾崩了，那时我觉得，明治精神始于天皇，也终于天皇。我强烈地感到，受明治精神影响最深的我们这代人，即便继续活下去，也毕竟是落后于时代的。我照直对妻这样说了。她笑了笑，没有回答，然后不知想起了什么，突然调侃般地对我说：'那你可以去殉死呀。'

五十六

  "我几乎忘记了'殉死'这个词。因为平时用不上,所以沉淀在记忆的底层,似乎快要腐烂了,听到妻的调侃,我才想起它来。我回答妻子,倘若真能殉死的话,我就准备为明治精神殉死。当然,我的回答也不过是个玩笑,但那时,我似乎感觉到这个陈腐不堪的词,被赋予了新的含意。

  过了一个月左右,在天皇大葬之夜,我像往常一样坐在书房中,聆听着丧礼的炮声。我觉得那炮声,犹如在宣布明治时代一去不复返了。后来才想到,这炮声也成了乃木大将永辞人世的讣告。我拿着号外,忍不住对妻子说:'殉死吧! 殉死吧!'

  我在报上读到了乃木大将临死前写下的遗书,其中有一段话大致意思是:自从西南战争①时被敌人夺去军旗以来,一直想要以死谢罪,却苟活到了今天。读到这段时,我不由得屈指算了算乃木先生决心一死却活到今天是多少年。西南战争爆发在明治十年,所以到明治四十五年时,相隔了三十五年之久。由此看来,在这三十五年当中,乃木先生一直等待着死的时机。我想,对他来说,是活三十五年痛苦呢,还是把刀刺入胸中的一刹那间痛苦呢?

  又过了两三天,我终于下决心自杀,正如我不理解乃木先生为什么自杀一样,也许你也不会真正理解我自杀的道理。倘若如此,便是由时代变迁造成的人与人的差异,亦是无可奈何。或许说成是个人的天性不同更确切些吧。总之,为了让你能够理解我这个不可思议的人,我已经尽我所能把一切都告诉你了。

  我要留下妻子走了。幸运的是,我死之后,妻子也不会生活无

---

① 西南战争:发生于1877年,是以明治维新功臣之一的西乡隆盛为代表的封建势力发动的反明治维新的叛乱,当年失败。

着。我不想让她经受恐怖的惊吓，不想让她目睹死亡的血腥。为此，我打算在她不知道的时候，悄然离开这个世界。我希望她以为我是突然死亡的，哪怕她认为我疯了，我也心满意足。

我下决心去死之后，已过去十多天了，但是你要知道，这大部分时间是用于给你写这篇长长自传的一部分。起初我想同你见面再谈的，但动笔之后，反而觉得这样更能清晰地描绘出自己，感觉心情很愉快。我并非心血来潮随笔一写，我想把造就了我这个人的，只有我才能讲出来的经历，作为人类经验的一部分，毫无虚饰地记录下来。我的这番努力，对于认识人性，对于你，对于其他的人，都不会是徒劳吧。前几天，我刚刚听到一个关于渡边华山①的故事，他为了画完《黄梁一炊图》②这幅画，将自杀时间推迟了一个星期。在一般人看来，也许会说这是多余的，而对他本人来说，自有他对自己的要求，也可以说是不得已的吧。我所作出的这些努力，也不仅仅是为了履行对你的承诺，一多半还是对自身的要求导致的结果。

现在我完成了自身的这个要求，再也没有什么要做的事情了。这封信到达你手里的时候，我大概已经不在这个世上，早已死去了。大约十天前，妻子去了住在市谷的婶母家，是我劝她去的，妻子说婶母生病，需要人去照应。妻子不在家的时候，我写了这封长信的大部分内容。每当妻子隔三岔五回来时，我就马上把信藏起来。

我打算把我的过去，无论是善还是恶，全都提供给人们作为参考。但是，你需明白，只有我妻一个人例外，我什么都不想让她知道。因为，让妻子对我的过去尽量保有一份纯洁的回忆，是我唯一的愿望。所以，我要拜托你，即使在我死后，只要我妻还活着，你就把它们作为我只告诉你一个人的秘密，全部埋藏在你的心底吧。"

---

① 渡边华山(1793—1841)：日本学者、政治家、画家，幕末藩士。

② 《黄梁一炊图》：华山按照邯郸之梦的故事，画了此图，并留下五封遗书后，于1841年10月11日自杀。此画可以说表现了华山临死前的心境。

小少爷

一

　　从老子那里继承来的莽撞个性，让我打小就没少吃亏。

　　记得上小学时，我从校舍的二楼跳下来，摔伤了腰，整整一个礼拜都爬不起来。也许有人会问，怎么会干出这种不要命的事来？说来也没什么特别的由头，只不过闲来无事，从新建的校舍二楼窗户探出头去，有个同学瞎起哄："臭显摆什么呀，量你也不敢从二楼跳下来。胆小鬼！"

　　当我被校工背回家时，父亲吃惊地瞪大眼睛，说了句："从二楼跳下来，居然会摔伤？哪有这么笨的。"我回嘴："下次跳个不摔伤腰的，给你瞧瞧。"

　　亲戚给了我一把西洋小刀，我在同学面前，对着阳光炫耀闪闪发光的刀锋时，一个小子挑衅道："亮倒是亮，切不了东西。"

　　"没有的事，切什么都不在话下。"我下了断言。

　　"那就切你的手指头试试。"对方又叫板。

　　"这难得住谁呀。不就是切手指头嘛，你瞧着。"

　　我当即朝着自己的右手大拇指背斜切了一刀。幸亏是把小刀，加上大拇指骨头硬，所以至今它还留在我的手上，可那道疤痕却要跟我一辈子了。

从我家院子往东边走二十步的南边坡地上,有一小片菜园子,正中有棵栗子树。对这棵栗树,我看得比命还金贵。栗子熟了时,早上一爬起来,我就从后门跑出去,捡些掉在地上的栗子,带到学校去吃。

这片菜园子西边与一家叫"山城屋"的当铺的院子连接着,当铺的老板有个十三四岁的男孩,名叫勘太郎。勘太郎虽胆小如鼠,却经常翻过篱笆来偷栗子。

一天傍晚,我躲在折门背后,终于抓住了正在偷栗子的勘太郎。勘太郎见逃不掉了,便一头朝我撞来。他比我大两岁,胆子虽小,却很有蛮力。勘太郎冲着我胸前不顾一切顶过来时,脑袋一滑,顶进了我的夹袄袖筒里。这么一来,我的胳膊使不上劲,只好胡乱挥舞着,袖筒里的勘太郎的脑袋也跟着来回晃荡。他不堪其苦,一口咬住了我手臂上的肉,疼得我猛地将他推到篱笆根儿,同时脚底下使了个绊,将他翻到篱笆那边的自家院子里去了。山城屋的地面比菜园子低了约莫六尺,勘太郎压倒了半截子篱笆,一个倒栽葱摔进了自家院子。在勘太郎栽倒的同时,我的一只袖子也被扯去了,那只胳膊顿时松快了。那天晚上,母亲去山城屋赔礼道歉,顺便拿回了我那只袄袖。

除此之外,这类混账事我还干了不少。有一次,我带着木匠的儿子兼公和鱼店的儿子角,把茂作家的胡萝卜地毁得一塌糊涂。胡萝卜苗还没出齐,上面覆盖着一层稻草,我们三个就在那层稻草上面玩了半天的相扑,结果那些胡萝卜苗全都被我们踩烂了。

还有一次,我填了古川家田里的水井,惹得人家找上门来。这水井是用打通了竹节的粗毛竹,深深插入地下汲水的,用于灌溉稻田的装置。可是当时我不知道那是什么玩意儿,便把石头、木棍等一股脑儿塞进毛竹管里,直到它不再出水了才罢手。当我回家吃饭的时候,古川气得涨红了脸,骂骂咧咧地闯了进来,记得最后赔了人家钱才了事。

父亲一点都不待见我,母亲只知道偏向哥哥。我这个哥哥皮肤奇白,酷爱扮演戏剧里的旦角儿玩。父亲回回见到我,必定数落:"这小子,横竖出息不了。"母亲说我:"这孩子整天胡闹,没个正形,将来可怎么办啊。"果然如二老所料，我确实没什么出息。也难怪二老对我这么担心，我也就是凑合活着，没有犯事罢了。

母亲病死之前两三天，我在厨房里翻跟头，肋骨撞在锅台上，疼得我嗷嗷直叫。母亲气得要死，说不想再看见我。这么着，我便去了亲戚家，没几天就传来了母亲去世的消息。我没想到母亲死得这样快，早知道她患这样重的病，多少再老实些就好了。一回到家里，哥哥就训我不孝，说什么"都是因为你不成器，母亲才早死的"。我悔恨交加，扇了哥哥一个耳光，被父亲臭骂了一顿。

母亲死后，我和父亲、哥哥一起生活。父亲一向无所事事，只要一看见我就叨咕："你小子，完蛋了，你小子，完蛋了。"这话已成了他的口头禅。究竟什么完蛋了，至今我也搞不明白，真是个莫名其妙的老子。哥哥说要当实业家，拼命地学习英语。他生性原本就像女子，又特别滑头，我们兄弟间一向不睦，差不多十天就得吵一回架。一天，我俩下将棋，他卑鄙地下了一手埋伏棋，致使我的大王无处可逃，看我急得抓耳挠腮，他却得意地讥笑我。我气不过，将手中的"飞车"对准他的眉间掷去，哥哥的眉心被棋子划破了，流了一点儿血。哥哥向父亲告了状，父亲一气之下，发话要和我断绝父子关系。

当时我想，这回可没救了，只等他们将我逐出家门了。谁知十年来一直在我家帮工的名叫阿清的女佣，哭着向父亲求情，好容易父亲才息了怒。尽管如此，我并不觉得父亲有多么可怕，反倒是对这位叫阿清的女佣有些过意不去。听说这女佣原是大户人家出身，江户幕府瓦解时，家道中落，最终沦落到侍候人的境地，因此她已是个老婆婆了。不知什么缘故，这位老婆婆非常疼爱我，真是奇怪得很。母亲去世前三天对我断了念——父亲一年到头地烦我——街坊四邻都把我看作惹是生非的浑小子，只有阿清婆把我当个宝。我自知生性不招人喜欢，所以即使被人当成异类也不以为意。反倒是阿清婆对我这般宠爱，使我困惑不解。阿清婆时常在厨房里趁旁边没人的时候夸赞我："少爷天性率直，人品好。"可是我不明白她这话是什么意思。

如果说人品好，那么除了阿清婆，别人也该对我好些啊。每逢阿清婆这么夸赞时，我总是不屑地说："我不喜欢听奉承话。"于是，阿清婆便说："所以我才说少爷人品好啊。"说罢，总是笑眯眯地看着我，就像是凭一己之力把我造就出来而无比自豪似的，叫我颇有些不自在。

母亲死后，阿清婆越发疼爱我了。年幼的我常常纳闷：她为什么这般疼爱我？我只觉得很烦，还是不疼的好，同时也不无愧疚。可是阿清婆依然对我疼爱有加，经常用自己的零钱买来油烤豆包和梅花烤饼给我吃。冬天的夜晚，她背着家人买来荞麦面，做成汤面，悄悄送到我的枕头旁边，有时还给我买砂锅面条。不光是吃的，她还送给我鞋袜、铅笔和笔记本，甚至还借给我三元钱，这是后来的事了。并非我向她借的，是她到我房间来，对我说："没有零花钱，特别不方便吧，拿去花吧。"我当然说不需要，可她说请少爷一定要收下，便借下了。我心中很高兴，把这三元钱塞进钱包，装在内袋里就去了厕所，结果不小心把钱包掉进粪坑里了。没办法，我只好垂头丧气地从厕所出来，把这事告诉了阿清婆。她很快找来一根竹竿，说是把钱包给少爷捞上来。过了一会儿，水井那边传来"哗哗"的水声，我走过去一看，阿清婆正用水冲洗挑在竹竿上的钱包呢。接着，她打开钱包，掏出一元钱的钞票来一看，全变成了褐色，上面的图案也模糊不清了。阿清婆将钞票放在火盆上烘干，"这回可以了吧。"说着递给了我。我闻了闻，说："真臭！"阿清婆说："那么，少爷给我吧，我去换一下。"也不知她去哪里，怎么糊弄人家的，把那三元钞票换成了银圆，拿了回来。这三元钱是怎么花的，我忘记了。当时只是对她说"马上就还你"，却一直没有还。如今，即使想十倍地返还她，也办不到了。

每次阿清婆给我东西，必定是趁父亲和哥哥都不在家的时候。要说我最讨厌什么，那就是不愿背着别人自己占便宜。我虽然和哥哥关系不睦，也不愿瞒着哥哥接受阿清婆给我的点心和彩色铅笔。我问阿清婆："为什么只给我，不给哥哥？"阿清婆不以为然地说："你哥哥自有你父亲给他买，不用管他。"这是不公平的，父亲虽然固执，却不偏心。然而,在阿清婆眼里,父亲就是那样的人吧。阿清婆完全迷失在对我的疼爱之中,她虽出身世家,却未受过教育,也无可奈何。阿清婆对我的偏爱还不只这些。偏心是很可怕的,阿清婆认定我将来会成了不起的大人物,反而自负地认为,用功读书的哥哥只长着一副白净的面孔,根本不会有多大的出息。碰到这样的阿婆,实在令人奈何不得。她坚信:自己喜欢的人,将来一定能出人头地;自己讨厌的人,必然一事无成,穷困潦倒。我那时并没有想过要成为什么样的人,但是听到阿清婆总是说我将来一定会如何如何,自己也觉得,说不定我会成为那样的人吧。现在想想,真是愚蠢之极。有时,我问阿清婆:"你看我会成为怎样的人呢?"阿清婆似乎也没有什么具体的想法,她只是说,少爷将来准会出入坐包车,盖一座漂亮的高门大院。

此外,阿清婆打算等我有了家,能独立生活之后,同我住在一起。她再三恳求我,一定要收留她。我也仿佛已经成家立业了似的,一口答应了她的要求。不料,这个女人联想力超强,追问我:"你喜欢住哪里? 麹町还是麻布①? 在庭院里置个秋千吧。西式房间有一间就足够啦……"竟一个人想入非非起来了。那时候,我根本不想要什么大房子之类,所以每次我都这样回答阿清婆:"洋房和日式房子都没有用处,我不想要那些。"于是,阿清婆又夸我:"少爷不贪心,真是心地善良。"不管我说些什么,阿清婆都会夸赞一番。

母亲死后的五六年间,我都是这样生活的。经常挨父亲的骂,跟哥哥干架,从阿清婆那里得到点心和夸奖。那时,我对前途并不抱什么希望,对现状很是知足。我想,别的孩子恐怕也都跟我差不多吧,只是阿清婆动不动就说:"少爷好可怜,真是不幸的孩子啊。"于是我想,自己也许真是可怜而不幸的孩子吧。除此之外,再无痛苦可言,只是父亲不给我零花钱,颇叫我困窘。

---

① 麹町、麻布:都是东京的地名,富人聚居的地带。

母亲去世后第六年的新年，父亲也得中风死了。这年四月，我从某私立中学毕了业。六月，哥哥也从商业学校毕业了。哥哥在某某公司的九州分公司里找了个事由，要去那边工作。我则需继续在东京求学。哥哥说，打算把房子卖了，把财产处置完再去赴任。我说："怎么都可以，我无所谓。"反正我不想成为哥哥的累赘。即便受到他照顾，哥俩还是要吵架，早晚他还是会赶我走人的。倘若领受哥哥所谓的照顾，就得向其俯首称臣，我宁愿去做送奶工，怎样都可以养活自己的。后来哥哥找来一个收购旧家具的，把老祖宗传下来的家什杂物胡乱卖掉了，经中人介绍，房子卖给了一个大户人家。听说卖了一大笔钱，可到底卖了多少钱，我也不知道。一个月前，我已经搬到了神田小川町，打算暂时在那里住一段时间，考虑一下今后的去向。阿清婆对于自己住了十多年的房屋一朝变成了别人的，感到非常可惜。但终究不是自己的财产，也无话可说。阿清婆一个劲儿地对我念叨："少爷要是再大几岁，就可以继承这房子啦。"倘若年龄大几岁就可以继承的话，那么现在也可以继承啊，无知的老婆婆以为只要年龄大一些，就能得到哥哥的家产。

　　就这样，哥哥和我天各一方了。不好办的是阿清婆的去处，哥哥当然不方便带她走，而阿清婆也压根儿不想跟在哥哥屁股后边到遥远的九州去。可是，此时的我住在四叠半的廉价寄宿屋里，即便是这样的地方也说不定什么时候就住不起了呢，一点也帮不上她。我问阿清婆："可否想去人家里做女佣?"阿清婆这才下了决心，告诉我："在少爷置了房子娶了夫人之前，我只好暂时去投靠外甥了。"这位外甥在法院当书记员，眼下生活无忧，因此也曾多次提过，阿清婆要是愿意去他家里住，尽管去住。阿清婆却没有同意："虽说是给人家当佣人，这么多年，也住习惯了，还是想继续当下去。"可是，这回她改了主意，恐怕是考虑到与其去陌生人家做帮工，处处小心翼翼的，还不如投靠外甥的好。尽管如此，她还是说："少爷尽早盖个房子，娶个夫人吧，到时候，我一定过来伺候少爷。"看样子，比起自己的亲外甥来，她更喜欢非亲非故的我吧。

哥哥动身去九州前两天,来到我的住处,拿出六百元钱给我,对我说:"这笔钱用作做买卖的本钱也好,做学费去读书也罢,随你支配吧。不过以后我就不再管你啦。"对于哥哥来说,这样已经很难得了。虽然我心里想,这区区六百元钱,不要又如何,难不住我,然而,哥哥这种一反常态的大度让我很满意,道了谢后收下了。接着,哥哥又掏出五十元,叫我顺便转交给阿清婆,我也痛快地收下了。两天后,我和哥哥在新桥车站分了手,至今哥俩再也没有相见过。

晚上,我躺在床上,琢磨这六百元能派什么用场。做生意吧,太劳神累心,我又没那个本事,再说这区区六百元的本儿也做不了什么像样的买卖。即使勉强做起来,也不能像现在这样在别人面前炫耀自己受过教育了,总之还是不上算。什么买卖不买卖的,干脆用它交学费读三年书得了。将六百元一分为三,每年交二百元,可以读三年书,这三年要是用功学习的话,肯定会学有所成。然后我又考虑进什么学校好。我天生就对做学问不感兴趣,尤其是语言文学之类,更是一窍不通。譬如新体诗、二十行诗我连一行也看不懂。既然哪一门都不喜欢,学什么还不都一样。幸好我偶然路过物理学校①的门前,看到贴着招生广告。我想,这就叫有缘,当即要了份表格,办了入学手续。现在回想起来,这也是老子遗传给自己的鲁莽性子造成的失策。

三年间,虽说我和其他人一样学习,但由于算不得有天分,所以名次一向是倒着数要方便得多。不过,奇妙的是,三年后,竟然稀里糊涂地毕业了。连自己都觉得好笑,但也没什么可抱怨的,顺其自然地毕业了事。

毕业后第八天,校长派人叫我去见他,我想大概有什么事找我,便去见校长。校长说,四国那边有所中学需要数学教师,月薪四十

---

① 物理学校:东京理科大学的旧称。

元,你想不想去。我虽然做了三年学问,可说实在的,既不想当教师,也不想到乡下去。当然,不想当教师,也没有什么其他的志向,所以校长这么一说,我当即回答"我去"。这又是老子给的鲁莽性子作怪。

既然答应了,就得赴任。这三年来,我蛰居在四叠半的小屋子里,不曾听到一次责骂,也没有跟人吵过架,是我一生中比较自由惬意的时光。不过,要去赴任的话,就得搬出这四叠半的房间了。长这么大,我只是和同班同学到镰仓远足那一回出过东京,这回可不是去镰仓,而是要到非常遥远的地方去。从地图上看,那个地方是在海滨,就像针尖儿那么小,想必不是什么好地方。不知那里的街道什么样,住着什么样的人。不知道也不要紧,不足挂虑,我只管去赴任就是了,只不过得折腾一回。

我家的房子卖掉以后,我时常到阿清婆那里去。想不到阿清婆的外甥是个极好的人。我每次去,他只要在家,总是热情招待一番。阿清婆有时当着我的面,不住嘴地向外甥夸赞我,甚至吹嘘说,等我毕业后,会在麴町买座宅子,去政府里做事。她想当然地唠叨个不停,弄得我怪不好意思的,脸都红了。这样的事不止一两次,有时,她甚至把我小时候尿床的事也抖搂出来,真叫人害臊。我不知道这位外甥是以怎样的心情听着阿清婆的炫耀的。阿清婆是旧时代的女人,把自己同我的关系看作主仆关系,所以自以为是地认为,自己的主子当然也是外甥的主子了,这位外甥可真是够倒霉的。

赴任之事成了定局。动身前三天,我去看望阿清婆时,她正患感冒,躺在朝北的三叠房间里。见我来了,赶紧坐起来,开口就问:"少爷,少爷,什么时候成家呀?"她以为只要一毕业,口袋里自然就会有钱。朝着这样了不起的人,还在叫什么"少爷",愈发好笑了。我简略地告诉她:"眼下还不能成家,我要到乡下去了。"阿清婆听了非常失望,不停地捋着散乱的花白鬓发。我实在看不下去,便安慰她:"去是要去的,但很快就会回来的,明年暑假我肯定回来。"见阿清婆依然是一副难过的表情,我就问:"给你买点什么土产回来好呢?你想要什么?"她说:"想吃越后①的竹叶糖。"我根本没听说过什么越后的竹叶糖。首先,方向就搞错了。我告诉她:"我要去的乡下好像没有竹叶糖。"于是她反问:"那么少爷是去哪个方向?"我说:"是西边。"她又问:"是箱根的那边还是这边?"简直让人没法应对。

出发当天,阿清婆一早就来到我的住处,帮我干这干那。她把顺路从杂货店买来的牙刷、牙签和毛巾等等,一股脑塞进我的帆布提包里。我说不需要这些东西,可她就是不听。我们叫了两辆人力车,坐车来到火车站。我上了车后,阿清婆站在月台上,目不转睛地望着我的面孔,压低声音说:"说不定以后再也见不到少爷啦,少爷请多多保重啊!"她眼泪汪汪的,我没有哭,不过差一点就哭出来了。火车开动之后,过了好一会儿,我想她大概已经走了吧,就从车窗探出头向后一望,谁知阿清婆依然站在那儿。不知怎么,她的身影显得非常瘦小。

二

"呜——"随着汽笛声,轮船停下了,舢板从岸边划了过来。船夫赤条条的,只系着红兜裆。真是个不开化的地方。也难怪,天气热成这样,哪里穿得住衣服。火辣辣的日头,照得水面波光粼粼,亮得晃眼。一问船上的人,我应该在这个地方下船,看上去,这里就跟大森那样的渔村差不离。这不是耍人玩吗,这种地方我怎么受得了啊?心里虽愤愤不平,却也无计可施。我兴冲冲地第一个跳进舢板,随后又上来五六个人。此外,还装载了四只大箱子。"红兜裆"把船划回岸边。一靠岸,我又是头一个跳上岸来,揪住一个站在沙滩上流鼻涕的小男孩,问他中学在哪儿。小男孩傻乎乎地回答:"不知道。"真是呆头呆脑的乡巴佬,这么个巴掌大的小镇子,居然不知道中学在什么

---

① 越后:新潟县的旧称。

地方！这时,走过来一个身穿奇怪的窄袖和服的男子,说了声"跟我来",我便跟在他后头走,来到一家名叫"港屋"的旅店。只听得女人们嗲声嗲气地齐声招呼"您来了",我便不想进去了,只站在门口,不客气地问了句"去中学怎么走",她们说从这里到中学有十五六里路,得坐火车去。我一听,更没心情住店了。我从那个穿窄袖和服的男人手里拽回我的两个箱子,慢吞吞地走了起来,旅店里的人都一脸诧异。

我很快找到了车站,还顺利地买了车票。上车一看,车厢就像火柴盒似的,"哐当哐当"晃荡了五分钟左右,就下车了。怪不得车票这么便宜呢,只花了三分钱。我雇了个人力车,到了中学时,已经放学了,看不见一个人。校工告诉我:"值班的教师有事外出了。"这个值班的还真够自在的。我本想见一见校长,可是实在累了,就上了车,吩咐车夫把我拉到旅店去。车夫一气跑到一家名叫"山城屋"的旅店外停下了,这个山城屋竟然和勘太郎家的当铺一个名号,我觉得怪有趣的。

我被领到楼梯下面一间昏暗的房间里,里面热得简直没法待下去。我说:"我不喜欢这间。"答曰:"现在没有空房间了。"说完扔下行李箱就走了。我只好进了房间,流着大汗忍耐。片刻,有人来招呼说,可以去洗澡,我"扑通"跳下浴池,胡乱洗了两把就出来了。回房间的路上,瞧见许多凉爽的房间都空着,心想,这无礼的店家居然敢骗我!这时女佣送来了饭菜。房间虽热,饭菜却比原来住的寄宿人家的要好得多。女佣一边伺候我吃饭,一边问我从哪里来,我告诉她从东京来。她问:"东京是个好地方吧?"我说:"那当然了。"女佣收拾了碗筷回到厨房后,从那边传来一阵哄笑。我觉得无聊,倒头便睡,可怎么也睡不着。不光闷热,外面还特别喧闹,其噪音足足高过寄宿屋五倍。我迷迷糊糊地梦见了阿清婆,阿清婆连竹叶一起大嚼着竹叶糖。我说:"竹叶有毒,最好不要吃。"她说:"不对,这竹叶可是药啊。"竟然吃得津津有味。我十分惊讶,张开大嘴哈哈地笑醒了,看见女佣正打开窗户遮板,外面依然是万里无云的大晴天。

听人说,出门旅行要给小费,不给的话,会遭到怠慢。我被安排在这个昏暗的小屋子,就是因为没有给小费吧,要不就是看我衣着寒酸,拎着帆布箱和混纺布伞的缘故吧,没想到乡巴佬还这么势利眼哪。那我就给他们一笔小费,让他们开开眼。别看我这模样,从东京来赴任,怀里揣着交学费余下的三十元钱呢,除去购买车船票和零用,大概还剩下十四元,哪怕全都给他们也不要紧,反正以后会领薪水的。乡下人没见过世面,给他们五元钱,就得吓傻了。"等着瞧吧。"我若无其事地出去洗了脸,回到房里等着女佣。这时,昨晚那个女佣又送饭来了。她端着托盘一边伺候,一边嘻嘻地笑。没规矩!我脸上又没有表演戏法,我这模样再怎么说,也比这女佣好看得多。我本想吃完饭再说,可实在气不过,吃到一半就掏出五元票子来,对她说:"回头把这钱拿到账房去!"女佣十分惊讶。我吃罢饭,立刻到学校去了,连皮鞋都没来得及擦。

　　昨天坐车到学校去过,所以知道大致的方向。拐过两三个十字路口,就到了校门前。从大门到校舍入口的路上铺着花岗石。昨天,车轮在这石头路面上压过时,发出"嘎啦嘎啦"的响声,真让我受不了。路上碰到许多身穿小仓①制服的学生,都从这大门进去了,有的学生比我还高大强壮。一想到自己要教这些家伙,心里就很不舒服。我递了名片后,被人引入校长室。校长是个留着稀疏胡子、皮肤黝黑、有着一双大眼睛的狸猫模样的男人。他摆出一副做作的表情,对我说:"好好努力吧。"把盖有大印的委任书恭恭敬敬交给了我(我回东京时,这张委任书被我揉成一团扔进了大海)。校长说:"现在要把你介绍给各位教员,你要把委任书给他们每个人过目。"真是多此一举!与其费这道手,还不如把这委任书在教员室贴上三天。

　　教员们都到教员室来,须等第一堂课下课的喇叭吹响,此时离下课还有好长时间。校长掏出表来看了看,说:"详细情况以后有时间

---

① 小仓:福冈县小仓一带所产的棉布。

慢慢介绍吧,先请你了解一下大致的情况。"接下来,便絮絮叨叨地给我讲了一通关于教育精神的大道理。我当然是心不在焉地听着,暗自思忖:完了,这地方可不是人待的,校长说的那套我根本做不到。对我这么个鲁莽的人,居然大谈什么要做学生的榜样啦,要成为一校师表啦,除教学之外,还需以个人之德行教化之,否则无以成为教育家……要求简直高得离谱。那样了不起的人物,怎么会为了四十元月薪,千里迢迢跑到乡下来呢?我以为人都是一样的,生起气来任谁都会不管不顾地吵一架,可是看这架势,我既不能随便讲话,也不能外出散步了。这么难做的差事,应当事先讲清楚才对。我一向讨厌撒谎,可有什么法子,既然已经被骗来,只好认倒霉了。我打算干脆推了这差事回东京去,无奈已经付了店家五元小费,口袋里只剩下九元了。这点钱是回不了东京的。要是刚才不多事给什么小费就好了,真是后悔莫及。不过,哪怕是九元钱,多少也能管点用,不够做盘缠,也比说谎要强。"您所要求的,我实在做不到,现将委任书奉还。"校长听罢,眨巴着狸猫眼睛盯着我。过一会儿,他嘿嘿笑着说:"刚才说的只是希望而已,我很清楚你做不到我希望的那样,放宽心吧。"既然很清楚,又何必来这套唬人玩呢?

　　正说着喇叭响了,教室那边顿时喧闹起来。校长说:"教员大概已经都到教员室了。"于是,我跟着校长走进教员室。这是一间狭长的大房间,四周摆着桌子,大家都坐在桌前,一看见我进来,都不约而同地瞧着我的脸。我又不是要猴儿的,有什么好看的。于是我就按照校长的吩咐,依次走到每个人面前,出示委任书,行见面礼。大多数人只是站起来弯弯腰,认真的人则接过委任书看一眼,再恭恭敬敬还回来,这套动作简直就像在跳大神。到了第十五位的体育教员时,由于同样的动作重复了好多遍,我有些不耐烦了。别人只做一次,我却要做十五次,多少也该体谅体谅人家才是!

　　行过见面礼的教师中有个某某教务主任,据说是个文学士。既然是文学士,自然是大学毕业生了,按理应该是个了不起的人物,可他说起话来竟女里女气的。尤其令人吃惊的是，大热天竟穿着法兰绒衬衫，料子再怎么薄也必定很热。不愧是文学士，宁愿活受罪也穿得这么体面，而且是红衬衫，也太张狂了些。后来我才知道，此人一年到头都穿红衬衫，真是什么怪癖的人都有。据他本人说，红色有益健康，为了养生特地定做了红衬衫。这纯粹是多余，倘若真在意健康的话，那么浑身上下、里里外外全换成红色的岂不更好。英语教员中有一个名叫古贺的，此人的脸色非常难看。大凡脸色苍白的人都是干巴瘦的，然而这位却苍白而虚胖。记得读小学时，有个同学叫浅井民的，他的父亲也是这种脸色。浅井是乡下人，我问阿清婆乡下人是不是都这副模样，阿清婆说不是。她告诉我，那人常吃老秧南瓜，才会长得苍白虚胖。打那以后，只要见到苍白虚胖的人，我就断定这是吃老秧南瓜的结果。这位英语教员肯定是常年吃老秧南瓜，不过，这老秧是怎么回事，我至今也没搞明白。我问阿清婆，阿清婆却只是笑，不作回答，想必阿清婆也不知道吧。还有一位是我的同行，数学教员堀田，此人身材魁梧，剃了个光头，那模样活像睿山的恶僧。人家郑重地给他呈上委任书，他却连看都不看一眼，说："噢，你就是新来的？有空来我家玩吧，啊哈哈哈！"有什么可啊哈哈哈的，这种不懂礼貌的家伙，谁稀罕去你家玩。于是，我当即给这个光头起了个豪猪的绰号。国文老师果然学究气，出口成章道："昨日才到，想必旅途疲惫，却欲登讲坛，堪称热心教育……"像个慈祥的老爷子。图画教员一副艺人做派，穿着轻飘飘的透纱外褂，哗啦哗啦摇着扇子，操着京都腔问道："何方人士？啊，东京？哟，幸会呀，终于遇到同乡了……其实我也是个江户哥儿①呢。"我暗自思忖，这家伙要是江户哥儿，我还真不愿生在江户呢。如此这般，一一描述下去没个完，就此打住吧。

所有人都见过面后，校长说："今天你可以回去了，不过关于上课

---

① 江户哥儿：江户，东京的旧称。"江户哥儿"意为地道的东京人。

的事,先和数学主任商量一下,后天开始上课吧。"我问谁是数学主任,才知就是那位豪猪。真倒霉!一想到要在这个家伙手下干事,不免失望。豪猪说:"喂,你住在哪儿? 山城屋? 嗯,回头我去找你商量。"说罢,拿起粉笔到教室去了。身为主任,却主动上门来跟我商量,太没见识了。不过,总比叫我到他那儿去要好。

出了校门,我打算直接回旅店,可回去也无事可干,就想去街上走走,于是信步前行,胡乱溜达起来。看到了县公所,还是上个世纪的老旧建筑;看到了兵营,不如麻布的联队①漂亮;还看到了大马路,只有神乐坂②的一半宽,市面自然也无法相比。这个当年二十五万石俸禄的小藩城堡,规模可想而知。那些住在这弹丸小城里却以城池自居的人们,想来真是可怜可叹! 这样边走边想着,不觉已来到山城屋门前。这地方貌似很大,实则很小,估摸走这一圈,就差不多转遍了。我走进旅店大门吃午饭,坐在柜台里的老板娘一看见我,赶紧跑过来,匍匐在地问候道:"您回来啦……"我脱了鞋,走进去时,女佣又对我说:"房间给您腾出来了。"领我上了二楼。这是一间朝向好的十五叠大的房间,还有一个大壁龛。我平生从未住过这样气派的房间,今后也不知何时才能住上。我脱去西服,换上浴衣,在房间中央躺成一个"大"字,好不舒坦!

吃罢午饭,立即给阿清婆写了封信。我写文章差劲,且大字不识几个,所以最讨厌写信,再说也没有可寄信的对象。不过,阿清婆一定很惦念我吧,她要是以为我遭遇翻船淹死了就麻烦了,只得硬着头皮写了一封长信寄给她。信是这样写的:

"昨日到了这里。这地方不怎么样。我住在十五叠的房间里。给了旅店五元小费,老板娘趴在地上磕头道谢。昨夜没有睡着觉,梦见你吃竹叶糖时,连竹叶一起吞下去。明年夏天回去。今天去了学校,给大家

① 麻布的联队:驻扎在麻布区的陆军部队,相当于团的编制。

② 神乐坂:东京地名。

起了外号,校长是狸猫,教务主任是红衬衫,英语教员是老秧瓜,数学教员是豪猪,图画教员是马屁精……以后经常写信给你。再见。”

写完信后,心情畅快,就犯起困来,于是又像刚才那样,在房间正中,伸开四肢,躺成个“大”字。这回没有做梦,睡得很香甜。“是这个房间吗?”这声响亮的问话声把我吵醒了,我看见豪猪走了进来。他开口就说:“失敬失敬,你担任的课是……”人家刚睡醒,他就谈事,弄得我狼狈不堪。听了我担任的课程,似乎也没有多难,便答应下来,这种难度的课别说后天,就是叫我明天上课,也毫不慌张。商量好课程之后,他自作主张地说:“你不会打算一直住旅店吧,我给你介绍个不错的寄宿人家,赶快搬过去吧。换了别人介绍,房主不会答应的,我一说就成。事不宜迟,今天看房子,明天搬家,后天到学校上课,正好。”也是,这十五叠的房间,总不是长久之计,一个月的薪水都用来付房钱或许都不够。刚刚摆阔给了店家五元小费,这就搬走着实可惜。可既然要搬,还是早些搬去早些安定的好。这么想着,我便拜托豪猪给介绍一下。豪猪说:“那就先跟我去看看房子吧。”我就跟着他去了。那户人家位于城郊的山坡上,环境十分清静。房东做古董买卖,名叫伊贺银,老婆比房东年长四岁。中学时曾经学过“巫婆”这个洋词儿,这女人就像个巫婆。反正她是人家的老婆,与我何干。最终谈妥明天搬过来。回来的路上,豪猪在大街上请我吃了一碗刨冰。那天在学校初次见面时,觉得此人是个傲慢无礼的家伙,可现在看他如此多方关照我,倒不像是坏人,只是和我一样脾气暴躁,后来听说他在学生中是最有威望的老师。

三

次日,正式去学校上班了。当我第一天走进教室登上讲坛时,颇有些不自在。我一边讲课一边想,就我这样的,也能当老师?学生们没有安静的时候,时不时扯着嗓子大喊“老师”,被别人叫老师,我还真不习惯。过去在物理学校上学时，每天都"老师、老师"地叫着，看来喊别人老师和别人喊自己老师简直是天壤之别，我总觉得脚心痒得不行。我不是一个卑怯的人，也不是胆小的人，只是缺少些胆识。每当听到学生大声叫我老师，就仿佛正饿得慌时突然听到丸之内那边的皇宫放报时午炮一般惊骇。第一堂课好歹应付过去了，学生没有提出太难回答的问题。回到教员室，豪猪问："怎么样？"我只"嗯"了一声，他似乎放下心来。

　　第二堂课，我拿着粉笔走出教员室时，颇有即将杀入敌阵般的紧张感。走进教室一看，这班学生普遍比刚才那班学生个头高。我是江户哥儿，生得瘦小，即便在讲台上，也压不住台。倘若打架，我倒可以凭借相扑技巧取胜，可是面对这四十几个半大小子，只靠这张嘴，如何镇得住他们？然而，如果在这帮乡下小子面前示弱，往后的日子可就不好过了。于是我尽量提高嗓门，操着卷舌腔①讲课。起初，学生们如堕五里雾中，呆呆地瞧着我。嘿，这招挺灵，我越发得意忘形，干脆用起了东京的市井粗话。这时，坐在最前边正中央的一个身体最壮实的家伙霍地站起来，喊了声："老师！"要坏事！我问他什么事，他说："老师讲得太快了，听不懂，能不能讲得稍微慢一点喔？"什么"稍微慢一点喔"，说话跟老娘们似的。于是我不客气地回答他："要是嫌快，我就放慢一些。不过，我是江户哥儿，不会说你们这儿的土话，听不懂，以后慢慢就懂了。"就这样，第二堂课比预想的要顺利，只是我刚要离开教室，一个学生追着我问了一道我根本不会的几何题，慌得我出了一身冷汗。没办法，我只得说："这题我不知道怎么解，下次上课再讲吧。"赶紧走出了教室。学生们"噢"的一声哄了起来，我听到其中有人喊："老师不会，老师不会！"混蛋，真是少见多怪，老师当然也有不会做的题呀。不会就说不会，有什么稀奇的？要是那么

---

① 卷舌腔：此处特指东京腔，略带卷舌。

186

难的题都会做,我何苦为了四十元钱跑到这个穷乡僻壤来呢?我这么想着,回到了教员室。豪猪又问:"怎么样?"我又"嗯"了一声。但光是"嗯"觉得不够,又补上一句:"这个学校的学生真是不听话!"豪猪听了露出一副惊讶的神色。

第三、四堂课和下午第一堂,也都大同小异。第一天上课的这几个班级,多多少少都有些不足。我想,看来只有当了教师,才知道教书的不易啊。上完了课还不能走,必须在学校巴巴地待到三点钟。据说到了三点,授课年级的学生打扫完本班教室,前来向老师汇报,老师需检查一下是否打扫干净,还要确认学生出席名簿,然后方能离开。即便学校用月薪把我买下了,可没课时也必须待在学校里,两眼瞪着桌子发呆,哪有这样的规矩?然而,别人都老老实实地守规矩,只有我这个新来的耍性子也不太好,便忍了下来。回来的路上,我对豪猪说:"真是,不管有课无课,让老师在学校里耗到三点,太愚蠢啦!""是啊!"豪猪啊哈哈哈地笑了,然后一本正经地劝告我:"你可不能老是说学校的不好,要讲就对我一个人讲,这个学校里居心不良的人可不少呢。"说话间到了十字路口,我们就分了手,所以没来得及细问。

刚回到住处,房东就进来说:"泡壶茶吧。"我以为他要请我喝茶呢,谁知他毫不客气地泡了我的茶叶,自己喝起来。看样子,我不在时,他也经常这样擅自进来享用我的茶叶吧。房东对我说:"我喜欢古董字画,后来就私下里做起这个买卖来。我看你也是个风雅的人,不妨也试着玩玩怎么样?"这位劝人也不看对象!两年前,我去帝国饭店替别人办事儿,曾经被人当成了修锁匠;还有一次,我披着毛毯看镰仓大佛时,竟然被车夫唤作"老板";直到现在,虽然经常被人看错,却还从未有人夸我风雅过。从穿着、举止上也看得出来,大凡文人雅士,都像画儿上画的那样,头戴方巾或手执书卷,这家伙居然一本正经说我是风雅之人,看来不是一般的奸猾之人。我说:"这些都是无所事事的老爷们玩的,我不喜欢。"房东嘿嘿地笑道:"哪里,没有人一下子就喜欢上的,可一旦入了此道,就乐不知返啦。"说着便自斟自饮起来,他喝茶的动作煞是奇特。其实这茶叶是昨晚我托他买来的,可是沏出的茶又苦又浓,我不喜欢喝,只喝一杯,胃里就不舒服。我告诉他,以后要买清淡些的来,他答应着,又喝了一杯。这个混账,逮住别人的茶就喝个没完。房东走后,我备好第二天的课便睡了。

此后,我每天按时按点到学校上课,每天一回来,房东就过来提议"泡壶茶吧"。一周过后,学校的情况大致熟悉了,对房东夫妇的为人也有数了。问了别的教员,他们说在得到委任书的一周到一个月间,都非常在乎大家对自己的反应是好还是坏,我却向来不操那份心。有时上课出了点丑,当时虽有些不快,但过了三十分钟就烟消云散了。我这个人,不论什么事,即使自己想长久地惦记,也是做不到的。课堂上出的差子,给学生造成了什么影响,校长和教务主任对这影响又如何反应,我全然不放在心上。正如前面交代过的,我虽是个没多大胆识的人,却想得很开。我已打定主意,这个学校待不下去,就马上到别的地方去,因此,管他什么狸猫还是红衬衫,我压根儿就不惧怕,更何况课堂上的那帮毛头小子,别想让我去娇惯、取悦他们。学校这边还将就对付,住处这头却难缠得很。房东若只是过来喝壶茶倒也罢了,他还向我推销各种各样的东西,起初拿来的是印石,摆了足有十来块儿,说:"这些一共只要三元钱,多便宜啊,请务必买下吧。"我说:"我又不是巡游乡间的蹩脚画师,不要这些玩意儿。"下次他又拿来了什么华山的花鸟挂轴,自己把它挂在壁龛里,说:"这画儿不错吧?""是啊。"我随口附和了一句,于是乎他又絮絮叨叨地讲解了一通:"名叫华山的人有两个①,一个叫某某华山,另一个叫某某华山,这幅画就是那个叫某某华山画的……怎么样?若是你想要,就按十五元给你,请买下吧。"我一口回绝:"没有钱。"他还不死心:"钱什么时候给都行啊。"我又说:"有钱也不买。"把他赶走了。过不多久,他

---

① 渡边华山(1793—1841),横山华山(1784—1837):均为江户末期的画家。

又搬来一块像兽头瓦那样大的砚台,反复说:"这是端砚,端砚。"我半开玩笑地问他:"端砚是什么东西?"他迫不及待地解释说:"端砚有上、中、下三层,现在市面上的都是上层的,不过这一块千真万确是中层的。你瞧这眼儿,有三个眼儿的很稀罕,研出的墨极佳,你试试看。"说罢,把大砚台推到我面前。我问他卖多少钱,他说:"卖主是从支那①带回来的,想早一点脱手,价钱便宜一些给你,就三十元吧。"这家伙脑子多半不好使。学校那边我好歹还能对付着,可赶上这么个要命的古董奸商房东,真是没法住下去了。

没过多久,学校也令我厌恶起来。一天晚上,我在一处叫作大町的地方溜达,看到挨着邮局有一家挂着"荞麦面"招牌的面馆,"荞麦面"下面还注明"东京"。荞麦面是我的最爱,在东京时,每次打面馆前面走过,一闻到荞麦面汤的香味,就忍不住会掀开门帘去吃一顿。这些日子,为应付数学课和推销古董的房东,竟连吃荞麦面条都忘在脑后了,此时看到这招牌,自然不能过门不入。心想,既然是路过,顺便饱餐一顿也无妨,便走了进去。谁知,店内满不是那么回事。既然号称"东京",应当多少再干净一些才是,可不知是不了解东京,还是本钱不够,店里脏得不成样子。叠都变了颜色,而且净是沙子,走着脚底下硌得慌,墙壁被油烟熏得墨黑,顶棚不仅被煤油灯熏烤得黑乎乎的,而且十分低矮,一进去便禁不住缩起脖颈,只有那醒目的荞麦面价目表是新的。这家店肯定是盘来的旧店,才开张两三天,价目表上第一道面品是天妇罗面。我大声喊道:"喂,来一碗天妇罗面!"这时,角落里正哧溜哧溜吃面的三个人,一齐朝我看来。刚才因店里昏暗,不曾留意,现在仔细一看才发现他们是本校的学生。他们先跟我打了招呼,我也回应了一下。好久没吃荞麦面了,倍觉可口,那晚一连干掉四碗天妇罗面,一饱口福。

---

① 支那:古代天竺(印度)对中国的音译,也是近代日本侵略者对中国的蔑称。

第二天，我一如平日地走进教室，看到黑板上写着"天妇罗面老师"几个大字，占满了整块黑板。学生们一看到我，便哄堂大笑起来。真是无聊透顶！我质问他们："吃天妇罗面有那么可笑吗？"一个学生回答："不过吃掉四碗也太多了噢。""吃四碗还是吃五碗，都是我自己掏的钱，干你们什么事？"我对付着上完课回到教员室。过了十分钟，走进另一个教室，去上下一堂课时，只见黑板上写了一句："纵然一顿四碗天妇罗面，亦不许嘲笑！"刚才我还没怎么生气，这次可是真的惹怒了我。玩笑开过了头就成了恶作剧，就如同年糕烤煳了没人喜欢吃一样。乡下孩子不懂这个道理，以为无论怎样恶搞都无妨。想来他们住在这种巴掌大的小镇上，即便走上一小时，都看不到什么新鲜玩意儿，自然是少见多怪，所以才会把天妇罗面事件当作日俄战争一般大肆起哄吧。可怜的乡巴佬！在幼年时代就受到这样的教育，难怪会造就出他们这些像枫树盆景般的世故小人来。如果出于天真无邪，我也不会计较，大家一起嘻嘻哈哈就过去了，可这叫什么事儿呀？小小年纪，却这般阴毒。我默默擦去黑板上的字，说："这种恶搞有意思吗？这是卑鄙的胡闹！你们懂得'卑鄙'这个词儿的意思吗？"一个家伙回答："自己做的事，受到人家取笑而发火，不就是卑鄙吗？"这些浑小子！一想到自己大老远从东京跑来教这种下三烂学生，真是后悔莫及。于是我说："不许贫嘴滑舌，好好学习。"便开始上课了。等到进入下一班的课堂时，黑板上又出现了："一吃天妇罗面，就变得贫嘴滑舌。"让人无计可施。我恼羞成怒道："我教不了你们这样胡闹的学生。"说完，转身走出了教室。后来听说学生因为不上课，都欢喜雀跃。如此看来，古董贩子房东倒比学校的学生好对付些。

　　回家睡了一夜，天妇罗面惹的一肚子气也消了一多半。到学校一看，学生都来上课了，不知什么缘故，此后的三天平安无事。第四天晚上，我到一个名叫住田的地方吃了顿米粉团。住田是个有温泉的小镇，从城里坐火车要十分钟，步行则需三十分钟。这地方不但有饭馆、温泉旅店和公园，还有花柳街。我去的这家米粉团铺子就位于花柳街的入口,听说那家店很不错,我泡完温泉,顺便去品尝了一下。这回没有遇到学生,估计不会有人知道了。谁料想,第二天到学校,上第一堂课时,看见黑板上写着:"两盘米粉团七分钱。"不错,我是吃了两盘,付了七分钱。这帮家伙还真是够烦人的!我估摸第二堂课还会有新花样,去了一看,果不其然,黑板上写着:"花柳街的米粉团,好吃好吃。"直气得我目瞪口呆!

米粉团的事儿刚刚过去,紧接着又闹开了"红毛巾",要问这"红毛巾"是怎么回事,说起来也挺无聊。我到这里以后,每天必去一趟住田的温泉,此地虽然别的方面远不及东京,唯有这温泉甚佳。既然有这样的便利条件,何不多泡泡温泉呢。于是每天晚饭前,我都顺便活动身体,去泡上一遭。每次去时,我总是拎着一条洋式大毛巾。这毛巾经温泉水一泡,原来的红线条便凸显出来,看上去像是红色的。我无论坐车还是步行,来来去去总是拎着它。因此,学生们便管我叫起了"红毛巾、红毛巾"。没法子,住在这种偏远之地,就是这么不消停。

还有呢。温泉旅店是新落成的三层楼,雅间可以租浴衣,加上搓背一共只花八分钱,此外,还有女招待用天目茶碗①端来热茶,所以我每次都去雅间。结果就有人说,月薪四十元,每天进雅间,太奢侈了。

真是狗拿耗子多管闲事!这还不算完呢。浴池是花岗岩砌成的,很宽大,足有十五叠,通常有十三四人入浴,也有时一个人也没有。因水深齐胸,从锻炼身体的角度出发,在热乎乎的洗澡水里游泳,别有情趣。我就趁着没人的时候,在十五叠大的浴池里游了起来,好不快哉。有一天,我从三楼兴冲冲走下来,心想今天不知能不能游得成。我从石榴门②向里一瞅,看见一个大木牌上贴着一张告示,上面用粗黑的字写着:浴池内不准游泳。在浴池里游泳的人,除

---

① 天目茶碗:宋元时代在天目山地区天目窑烧制出的茶碗,受到酷嗜茶道的日本人的青睐,并由当时在浙江天目山佛寺留学的日本僧人带回,故在日本被称为"天目瓷"。

② 石榴门:江户时代进入浴池的入口,须弯腰才能进入。

我之外再无他人，想必这告示是冲着我新贴出来的，我就此打消了游泳的念头。尽管游不成了，可到学校一看，又像前几次一样，黑板上写着："浴池内不准游泳。"我大吃一惊。仿佛所有学生都在监视我一个人似的，着实让人不悦。虽说我不会因为学生一起哄就放弃自己想干的事，可是，自己何苦要跑到这种一转身都会碰到鼻子的偏僻之地来呢？每当这么一想，就黯然神伤，再加上一回到住所，还要对付古董贩子房东的死缠烂打。

四

学校规定，教职员们要轮流值夜班，只有狸猫和红衬衫除外。我问为何此二人可以不履行这个理所当然的义务，说是此二人享有"奏任①待遇"。岂有此理！月薪拿得多，课上得少，还可以逃避值班，实在不公平。自己随意制定个规章，却装模作样地奉之为准绳，居然做得出此等无耻之事！我对此事愤愤不平，可是用豪猪的话说，一个人再怎样不满，也是没有用的。我说，不管一个人还是两个人，只要是正确的就应该实行。豪猪引用了一句英语"Might is right"来说服我。我不明白，问他什么意思。他说："强者即权力。""强者即权力"这个说法我早就知道，用不着豪猪再解释了，不过，强者的权力和值班毕竟是两码事，谁承认狸猫和红衬衫是强者了？可是不满归不满，这值班却渐渐轮到我头上了。我有个怪毛病，只有躺在自己的被窝里才睡得舒服，否则就睡不着。打小时候起，我几乎从未在朋友家里过过夜，朋友家尚且住不惯，更别提在学校值班了。虽然讨厌，可这义务一并包括在四十元的月薪里头，也无可奈何，只好忍下去值班。

教员和学生都走了之后，空荡荡的校园里只剩下我一个人，无聊

---

① 奏任：由内阁总理推荐任命的三等以下的高级官吏。

至极。值班室在教学楼后边那排宿舍的最西头,进去瞧了瞧,正当西晒,闷热得没法待。这乡下就是到了秋天,也要拖拖拉拉热好久。要来一份学生的饭菜,权作晚饭,简直糟得难以下咽。吃这种破饭,这些学生居然还有劲头那么闹腾。况且晚饭甚早,四点半之前就吃完了,不得不佩服他们的超人能量。吃罢饭,太阳还老高,哪里睡得着觉,便想去洗个温泉澡。值班时随便外出,我不知道是好是坏,可是像坐班房似的憋在这里遭这份罪,如何忍得了。记得那天来学校报到时,值班的人不在,问哪里去了,校工回答出去办事了,当时我还颇有微词。可一轮到自己就觉得情有可原了,看来外出是正确的。于是我对校工说:"我现在出去一下。"他问:"有什么事吗?"我说:"没什么事,泡泡温泉去。"不等他作答,抬脚便走。只是没带红毛巾来学校,着实遗憾,今天只好跟那边租一条了。

我在温泉里出来进去地消磨了好长时间,看看天色渐暗,才坐火车到古町站下了车。从这里到学校只不过四条街,心想,没有多远,走回去算了。刚迈开步子,只见狸猫从对面走来,狸猫兴许也是要坐火车去泡温泉吧。他急匆匆地走着,擦肩而过的时候,瞧见了我,我只好跟他打了声招呼。于是,狸猫一本正经地问:"今天好像是你值班吧?"什么好像不好像的,两小时之前,你还对我说了一通什么"今天晚上你初次值班,辛苦啦",怎么当了校长,说起话来就这样拐弯抹角呢?我来了气,说:"嗯,是我值班。正因为值班,这不是才回学校住吗。"说完,丢下狸猫抬腿走人。谁知走到竖町的十字路口,又碰到了豪猪。真是小地方,只要一出门,就会撞见什么人。"喂,今天不是你值班吗?""嗯,是我值班。""值班时间随便外出,不合适吧?"我理直气壮地回答:"有什么不合适? 不出来才不合适哪!"豪猪一反常态地说:"你这样吊儿郎当的,要是碰到校长或教务主任可就麻烦啦。""刚才碰见校长了,校长还表扬我出去散步呢。他说,这大热的天,不出去走走,值班多难受啊。"我懒得再搭理豪猪,大步流星地回学校去了。

不久,天就黑了。天黑以后,我把校工叫到值班室来,闲扯了两个多钟头，直到厌倦了，便想干脆上床睡觉，管他能不能睡着。我换上睡衣，撩起蚊帐，掀开红毛毯，"咚"的一屁股躺倒在床上。我从小就养成了这个毛病，睡觉前先要"咚"的一个屁股墩儿躺下才行。住在小川町寄宿屋的时候，住在楼下的法律学校的学生曾经向我提过抗议，说这是个坏毛病。这个学法律的学生虽然文弱，却很能讲歪理，喋喋不休的，烦死人。我就理直气壮地反驳他说："你睡觉时听见咚咚作响，这不能怪罪我的屁股，只能怪房子的质量太糟糕了，你有意见去找房东提好了。"这间值班室不在二楼，不管怎么摔都没有关系。要是不狠劲儿摔一下躺倒，我就没有睡觉的感觉。啊，好快活！我刚伸开两腿，忽然觉得有什么东西跳到腿上，扎扎拉拉的，不像是跳蚤。什么呀，我吓了一大跳，两腿在毛毯里踹了两三下，没想到，这些扎扎拉拉的东西突然间多了起来，小腿上五六个，大腿上两三个，屁股底下"扑哧"压瘪了一个，还蹦到肚脐眼上一个，这可把我吓坏了。我一骨碌爬起来，把毛毯刷地向后一掀，床铺上竟然跳出五六十只蚂蚱来。搞不清是什么东西时，心中多少有些害怕，一看是蚂蚱，顿时怒从心头起。小小蚂蚱也敢来吓唬人，看我怎么收拾你们。我抡起枕头，砸了两三次，无奈蚂蚱个头太小，使再大的力气也砸不死它们。没办法，我又坐在被子上，就像大扫除时卷起席子敲打榻榻米一般，不管不顾地猛拍了一通。蚂蚱受了惊吓，跟着枕头乱蹦乱跳，撞到了我的肩膀、脑袋和鼻尖上，落在脸上的不能用枕头打，只能用手抓住，狠劲儿摔死。更可气的是，不管费多大力气，若是掷到蚊帐上，蚂蚱只是轻轻碰一下，毫发无损，正好就势趴在蚊帐上，根本死不了。我奋战了半个钟头，才把蚂蚱消灭，拿来扫帚清扫了蚂蚱的残骸。校工闻声来问："怎么回事？"我骂道："什么怎么回事，没听说过哪国人会在床铺上养蚂蚱的。混账！"他辩解说："我不知道这事儿啊。""不知道就完了吗？"我把扫帚往走廊上一扔，校工战战兢兢地扛起扫帚走了。

我立即叫寄宿学生派三个代表来见我，结果来了六个人。管你是六个人还是十个人,我怕过谁呀。我穿着睡衣,撸起袖子开始谈判。

"你们为什么把蚂蚱放到我的床铺里?"

"蚂蚱是什么噢?"站在最前头的一个人问,居然跟我装糊涂。看起来这个学校,不光校长,连学生说起话来都这样拐弯抹角的。

"连蚂蚱都不知道吗?不知道就让你们见识见识。"可是,不巧全扫掉了,一只也不剩。我又喊来校工:"去把刚才扫掉的蚂蚱拿来。"校工问:"已经扔进垃圾桶了,要捡回来吗?""嗯,马上去捡回来。"校工立刻跑了出去,不多久用一张纸捧着十多只蚂蚱回来了,还一个劲儿解释:"真是对不起,天黑看不清,只捡来这几只,等明天白天,再多捡些回来可以吗?"就连这校工都够愚笨的。我拿起一只蚂蚱给学生看:"这就是蚂蚱。长这么大个子,连蚂蚱都不认识,像话吗?"站在最左边的一个圆乎脸的家伙傲慢地回嘴:"这是蝗虫噢。""混蛋!蝗虫和蚂蚱是一码事!还有,你跟老师怎么老是喔喔的?公鸡才喔喔地叫呢,你懂吗?"我胡搅蛮缠地训斥道,他又顶嘴:"噢和喔可不一样噢。"这些家伙三句话不离"噢",真受不了。

"不论是蝗虫还是蚂蚱,我问你们,为什么要放到我的床上?我什么时候拜托过你们把蚂蚱放进来呀?"

"我们没有放啊。"

"没有放,它们怎么到我床上来的?"

"蝗虫喜欢暖和的地方,八成是它们不请自来的吧。"

"胡说!蚂蚱怎么会不请自来啊?蚂蚱这样不请自来,谁受得了?快说,为什么干这种缺德事?快说!"

"说什么呀?我们又没放,怎么说呀?"

没出息的东西!自己做了坏事,又不敢承认的话,趁早别做。别人拿不出证据,就死皮赖脸地装傻到底,太不像话!本人读中学时也没少干调皮捣蛋的事,但是只要有人问是谁干的时,我从来没有当过缩头乌龟,干就干了,没干就是没干。本人不管如何淘气,一向是敢作敢当。如果想用撒谎来逃避受罚,当初就不要淘气,要淘气就要受处罚。正因为有处罚，淘气才有乐趣。看来他们以为只想淘气、不愿受罚的这种卑怯品性，会在某个地方流行吧。借人家钱却不知道还的事，肯定是这些家伙毕业之后干出来的。这些家伙到底为什么来上学？进了校门，整天撒谎骗人，暗地里坏事干尽，然后堂而皇之地毕业，以受过教育者自居，简直是一群冥顽不化的社会渣滓。

和这帮废物点心谈判，真让我恶心。"既然你们不肯说，我可以不问下去。进了中学的门，连什么是好坏都分不出来，也太可悲了。"说罢，我把六个学生放了。我这个人虽然说话做事不那么温文尔雅，可做人却比这帮家伙高尚得多。六个人若无其事地回去了，看他们的样子，比我这个当教师的还神气似的。其实这种无所谓的样子恰恰证明他们更可恶，若论厚颜无耻，我实在是甘拜下风。

我又上床躺下，经过刚才这番折腾，蚊帐中蚊子嗡嗡作响。要是点上蜡烛一只只去烧死，太费事了，于是我就摘下蚊帐，叠成长条，在屋子中央上下左右乱甩一气。蚊帐上的铁环砸在手背上，疼得要命。当我第三次上床时，总算稍微安了心，却怎么也睡不着，一看表，十点半了，思来想去，这地方还真不是好待的。原来，中学教师不管到哪里，都免不了跟这帮浑小子打交道，也太可悲了。教师居然仍后继有人，恐怕只有忍气吞声的榆木疙瘩才干得了这一行吧，我无论如何是做不到的。想到这里，只觉得阿清婆这样的人很了不起，她虽然是个没有教养、身份低微的老婆婆，但作为一个人，是很高尚的。从前受到她的照料并未觉得怎样难得，如今只身远赴异乡，才体味到她的关爱有多么可贵。既然她想吃越后的竹叶糖，我就是豁出去专门跑去越后，买来给她吃也是非常值得的。阿清婆常常夸我不贪心，直性子。实际上，比起被她称赞的我来，她本人更加高尚。越这么想，我越是想见阿清婆。

我思念着阿清婆，在床上翻来覆去时，脑袋顶上突然响起了"咚咚咚"有节奏的踩楼板声，听起来足有三四十人，声音大得几乎要把楼板踩塌，紧接着就是一阵堪比踩脚那么响亮的叫唤。我吃惊地跳下床来，不知出了什么乱子。刚一起来我马上意识到，哈哈，学生们为了报复刚才那件事，故意折腾呢。看来做了坏事却认识不到自己的过错，永远也改正不了。做了坏事，自己心里应该明白，按理说，应该躺在床上好好反省一下，明天一大早过来道个歉才对。即使不道歉，也应该心怀内疚，安安静静地睡觉，这样大吵大闹成何体统？盖宿舍又不是为了养猪，装疯卖傻也得有个限度啊。你们等着瞧吧！我穿着睡衣跑出值班室，三步并作两步上了二楼。不可思议的是，刚才头顶上还咚咚咚地乱跳乱嚷，此时竟突然悄无声息了，喊叫声、脚步声都没有了。真是活见鬼了！已经熄了灯，虽然黑暗中辨不清自己身在何处，但是有没有人还是能够从周围的感觉判断出来的。东西向的长走廊上，连一只老鼠也藏不住，月光从走廊那边照进来，一眼可以望到尽头。好不奇怪。我小时候总爱做梦，有时会从梦中惊醒，说些莫名其妙的梦话，常常被人取笑。十六七岁时，一天夜里，我梦见拾到一块宝石，猛地站起来，大声质问躺在旁边的哥哥："刚才的宝石你弄哪儿去啦？"此事被家里人作为笑料足足说了三天，弄得我别提多害臊了。难道说，现在是在做梦吗？可是确实听到了吵闹声啊。就在我呆呆地站在走廊上纳闷儿的时候，月光照耀的走廊那头，突然响起了三四十人的齐声呼喊："一，二，三，哇——！"接着，又像刚才一样，"咚咚咚"，拼命踩起了楼板。瞧瞧，果然不是梦，是现实！我也不甘示弱大声喊道："安静！半夜三更的，胡闹什么？"一边沿着走廊往那边跑去。我脚下的路黑乎乎的，只能朝着走廊尽头的月光跑。我刚跑出三米多远，小腿就撞在了走廊正中央一个又粗又硬的什么东西上，只感到一阵剧痛，身子早已扑倒在地。畜生！我虽然爬了起来，却跑不动。心里越是着急，腿脚就越不听使唤。我心急火燎，单脚跳到了走廊那一头，踩脚声和叫喊声刹那间消失了，变得鸦雀无声。不论多么卑鄙的人，也不能卑鄙到如此地步，简直是一群猪！既然你们玩阴的，今天我不把藏起来的混账们揪出来服软，绝不罢休！打定主意后，我想打开一间宿舍的门检查一下，却打不开。不知是里面反锁上了,还是用桌子什么的顶住了,不管怎么用力推,就是推不开。再去推对面朝北的一间,同样推不开。我正急于打开门揪出里面的人时,东头又开始跺脚喊叫了。虽然我知道这帮小子是商量好了,东西两头相互呼应,跟我捣乱,可又不知该怎样对付他们。坦白地说,我这个人勇敢有余智慧不足,全然不知遇到这种情况该怎么应对。即便如此,我也决不服输。若就此收兵,自己的脸面往哪儿放,被人说什么江户哥儿没骨气,那可太无地自容了。要是这事传出去,说我值班时被一帮拖鼻涕的毛孩子戏弄,却无计可施,只能忍气吞声地回去睡觉的话,这一辈子的名声就将毁于一旦。好歹我也是出身旗本①,旗本的祖先是清和源氏②,是多田的源满仲③的后裔,我一生下来就和这些土包子不是一类人,只可惜缺少些智慧,遇到事束手无策罢了。即使如此,也绝不认输。正因为正直,才不懂得歪门邪道。想想看,这世上会有正直的人不能取胜,小人得势的道理吗?今夜不能取胜,明天取胜;明天不能取胜,后天取胜;后天不能取胜,哪怕让房东从住处来送饭,也要在这里坚守到取胜那天为止。下定决心后,我盘着腿坐在走廊中央,等待天明。蚊子嗡嗡飞来,我也毫不惧怕。摸摸刚才碰伤的小腿,感觉黏黏糊糊的,一准是流血了吧,若是流血就随它流吧。由于之前的那番折腾,我渐渐疲倦起来,不知不觉睡着了。忽听一阵吵闹声,睁眼一看,啊,糟糕!我猛地跳了起来。我右边的房门已经半开,有两个学生站在我面前。我清醒过来,说时迟那时快,飞快地抓住近在我眼前的一条腿,用力一拽,那家伙扑通一声摔了个仰面朝天。活该!另一个家伙正不知所措的当儿,我猛扑过

---

① 旗本:江户幕府时期俸禄未满一万石的武士,为德川军的直属家臣,拥有自己的军队,即使薪酬只有一百石的家臣,也都视为旗本。

② 清和源氏:源氏分支之一。以五十六代天皇清和第六皇子贞纯亲王之孙经基王为始祖。

③ 源满仲(913—997):日本平安时代著名将领,曾做过镇守府将军。因领有摄津国多田庄,并定居于此,故而又称为多田满仲。

去,抓住他的肩膀推搡了两三下,吓得他直眨眼睛。"走,到我房里来!"我把他拽起来,命令道。这小子看来是个胆小鬼,顺从地跟着我走。这时天已经亮了。

我把那个学生带到值班室来,开始讯问,可是猪到底是猪,任凭怎么揪打,都一口咬定什么也不知道,大有豁出去的架势。这时,来了一个学生,又来了一个学生,学生从楼上陆续聚集到了值班室里,一个个眼泡红肿、困倦不堪的样子。没出息的东西,才一个晚上没睡觉就这副德行,还算男人吗!我叫他们去洗了脸再来回答问话,可他们谁也不动。

我和这五十多个人对峙了一个钟头,这时狸猫突然来了。后来听说,校工特意去找校长,告知学校里出乱子了。这等小事儿就去惊动校长,真是小题大做!怪不得在学校里打杂呢。

校长听我大致讲述了一遍事件的经过,又听了学生们的辩解,然后说道:"此事回头再处理,现在你们照常去上课。还不快去洗脸吃早饭,不然来不及上课了。"就这样把学生全放走了。这不是和稀泥吗?依着我的话,立即开除全部寄宿生。正是由于学校这样放纵,才使得学生敢于捉弄值班教师的。而且校长还对我说:"想必你也很劳神费心了,今天就不要上课了。"我回答:"不,我一点儿也没费心。这种小事儿即使每天晚上来一次,只要我还活着,就不会费什么心。课照旧去上,倘若一个晚上不睡觉就不上课的话,我应该将月薪退还学校。"校长不知在想什么,盯着我的脸看了好一会儿,提醒我说:"可是你的脸都肿了呀。"怪不得我觉得脸部有些坠坠的,而且满脸发痒,肯定是被蚊子叮的。我一边挠着脸,一边回答:"不管脸肿成什么模样,只要嘴还能讲话,就不能影响上课。"校长笑着称赞我说:"你真是精力旺盛啊。"其实,这哪里是表扬,是在嘲笑我吧。

五

　　一天,红衬衫问我想不想去钓鱼,红衬衫这人说话嗲声嗲气的,听着肉麻,简直分不清他到底是男是女,男人就应该说话像个男人。还是大学毕业生呢,连我这个物理学校毕业的,都能发出这等嗓门,一个文学士竟这般没样。

　　"钓鱼嘛……"见我的反应不积极,他居然很失礼地问:"你钓过鱼没有?"我说:"没怎么钓过,小时候在小梅①的养鱼池里钓过三条鲫鱼。还有一次去神乐坂祭拜毗沙门天②时,眼看着八寸长的鲤鱼上了钩,一高兴,又扑通一声掉水里了,现在还觉得怪可惜的。"红衬衫撅起下巴颏儿呵呵地笑了。我心想,这么做作的笑,还不如不笑。"这么说,你还没有尝到钓鱼的乐趣啊。如果你愿意,我教你吧。"他颇为得意地说。谁稀罕你教?大凡钓鱼打猎的人,都是些残酷无情之辈,不残酷无情,就不会以杀生为乐。不论是鱼还是鸟,活着当然比被捕杀要快活。不钓鱼打猎便不能维持生计的人另当别论,那些衣食无忧却不杀生就不能安枕的人实在太过分了。我虽这么想,但对方是文学士,能言善辩,争论起来我哪里是他的对手,便不吭声了。谁知这位先生以为把我说服了,便一个劲儿地鼓动说:"那么说干就干吧。你要是有空,今天怎么样?跟我们一起去吧,就我和吉川君两个人没意思,一起去吧。"他说的吉川君,就是那个图画教员马屁精。这个马屁精不知是何居心,整天往红衬衫家跑,不论红衬衫去哪里,他都如影随形地跟着。哪里是同事,倒像是主仆。凡是红衬衫要去的地方,马屁精必定会去,这也不足为怪,不过他俩去就行了,为何要叫上我

---

①　小梅:东京都的旧地名,现位于江东区和墨田区的交界处。

②　毗沙门天:指神乐坂的善国寺,神主是毗沙门天。毗沙门天是佛教四天王之一,被奉为财神。

这个不识趣的人呢？大概是自认为垂钓乃高雅爱好，欲向我炫耀其钓鱼的本领，才这么约我的吧。我可不是那么没见识的人，即使他钓到了三两条金枪鱼，我都不会吃惊的。我也是人，钓鱼本领再差劲，只要垂下钓丝，总会钓上什么鱼来的吧。要是我硬不去，以红衬衫的为人肯定以为我技术太差不敢去，而不会以为我不想去。想到这里，我就回答：“好，我去。”下班后，我回住处准备了一下，就去车站跟红衬衫和马屁精会合，一起去海滨了。船身细长，在东京没见过这样的船，只有一个船夫。一上船，我就四下打量，没看到一根钓竿。没有钓竿怎么钓鱼？我问马屁精，他说：“海上钓鱼不用竿儿，光用鱼线。”他摸着下巴，一副内行的口气，早知如此露丑，还不如不问。

　　船夫慢悠悠地划着桨，船速却快得惊人。回头望去，离海岸已越来越远了，高柏寺的五重塔塔尖高耸于森林之端，如针尖般尖细。向前方望去，青嶋①浮于海面。听说这是个无人居住的海岛，仔细一看，岛上只有石头和松树。只有石头和松树如何居住？红衬衫频频赞美着“景色妙哉”，马屁精也跟着连呼“真乃奇观”。奇观不奇观我不知道，心情确是舒畅之极。我想，在这辽阔的海面上，沐浴着潮湿的海风，对健康一定有益。我感到肚子饿了。红衬衫对马屁精说：“你看那棵松树，树干笔直，树冠像伞盖一样张开，酷似透纳②画里的景物。”马屁精心领神会地附和道：“确实酷似透纳的画，那弯曲的线条妙不可言，简直和透纳一模一样。”透纳何许人也，我不知道，不打听也于我无碍，便没有发言。小船顺时针绕着海岛转着圈儿，风平浪静，令人难以想象身在海上。这还得感谢红衬衫，甚是愉快。可能的话，真想去岛上看看，于是问道：“能不能把船停靠在那边的岩石那儿？”红

---

① 青嶋：位于日本宫崎市南部的小岛。其周边被海水侵蚀形成的泥岩奇观，素有“魔鬼搓衣板”之称。

② 透纳：Joseph M. W. Turner(1775—1851)，英国画家，擅长风景画和水彩画，以色彩鲜艳夺目著称。

衬衫不同意，他说："倒不是不行，但是想钓鱼，就不能太靠近岸边。"我沉默了。马屁精多此一举地提议："主任，咱们以后就把这海岛叫作透纳岛怎么样？"红衬衫当即表示赞成："这个名字太有趣啦，咱们今后就这样叫吧。"这个"咱们"里头要是也算我在内，可就不妙了。我觉得还是青嵨最好。马屁精又说："想想看，要是把拉斐尔①的玛利亚②放在那块岩石上，该是一幅多么美的画面啊。""提玛利亚干什么呀，呵呵呵呵……"红衬衫笑得让人起鸡皮疙瘩。"这里没有别人，说说也无妨。"马屁精瞅了我一眼，又故意扭过脸去，嘿嘿笑起来。我感到一阵厌恶，玛利亚也好，小少爷③也罢，和我有什么关系，随你摆放好了。议论别人听不明白的事，又摆出一副被人家听到也不在乎的面孔，真是下流无耻！居然还厚着脸皮说自己是江户哥儿呢。我猜测，这位玛利亚一定是和红衬衫相好的艺伎的名字，叫相好的艺伎站在无人岛的松树下面来欣赏，还不是轻而易举的事。马屁精完全可以将此美妙景色绘一幅油画拿到展览会上去展出。

　　"就这儿吧。"船夫将船停住，抛了锚。红衬衫问："这儿有多深？"船夫说："有九米多深。""九米深是不容易钓到鲷鱼的。"红衬衫边说边把鱼线抛入海里。这家伙竟然想钓鲷鱼，还真敢想。马屁精奉承道："哪里，凭教务主任的本事准能钓到，况且正是风平浪静呀。"他也把鱼线抛入海里。这钓丝前头只吊着秤砣一般的铅坠儿，却没有漂儿。钓鱼没有漂儿，如同不用温度计测量温度一样，我心想，我可不行，便只是在一边看着。这时忽听红衬衫说："喂，你也钓啊，有钓丝吗？""钓丝倒是不少，没有漂儿。""没有漂儿就钓不了鱼吗？那是外行。就这样，把钓丝坠入水底后，你在船舷用食指钩住鱼线，鱼一咬钩，就会感觉到的。——瞧啊，有啦。"他连忙提起钓丝，我以为钓上

---

① 拉斐尔：Santi Raffaello(1483—1520)，意大利文艺复兴画家，以画圣像闻名。

② 玛利亚：Madonna，即圣母玛利亚，基督的生母，又指绘画、雕刻中的圣母像。

③ "少爷"和"玛利亚"在日语里发音相近。

什么了，可什么也没钓着，鱼饵倒没有了。活该！"主任，可惜啦！这条鱼肯定是个大家伙，连主任这样的高手，都给逃脱了，看来今天不可大意。不过，逃了也没什么，总比干瞪着漂儿的家伙强啊。那点能耐，跟离开了刹车就骑不了自行车也差不多。"马屁精总是废话连篇的，我恨不得揍他一顿。我也是个人，这大海又不是他教务主任一个人包的，这么开阔的地方，至少也能钓上来一条松鱼吧。我把钓丝和铅坠儿扑通一声抛进海里，随意用手指控制着。

　　不一会儿，就感到钓丝在颤动，我想，肯定是鱼咬钩了。否则的话，不会这般颤动。好啊，钓着啦！我开始收钓丝。马屁精嘲讽道："哎呀，钓着了吗？真是后生可畏呀！"这当儿，我的钓丝已收起了大半，只剩下五尺多还在水中。从船舷往下看去，一条有着金鱼斑纹似的鱼挂在钓丝上，来回晃动，随着我的拉拽，浮了上来。真是有趣！它露出水面后，一打挺溅了我满脸海水。我好容易将它抓住，想把钓钩取下来，可老是摘不掉，抓着鱼的手黏糊糊的，很恶心。我嫌费事，抡起钓丝往船里使劲一摔，鱼立即死了。红衬衫和马屁精都目瞪口呆地瞧着这一幕。我把手伸进海水里"哗啦哗啦"洗了一通，用鼻子一闻，仍有一股鱼腥味。饶了我吧，不管钓上的是什么鱼，我也不愿意抓它了，鱼想必也不愿意被人抓住吧。于是，我快速卷起了钓丝。

　　"虽说第一个钓到鱼，可喜可贺，却是条隆头鱼①。"马屁精又开始信口胡言了。于是，红衬衫胡诌道："这隆头鱼，听起来倒很像俄国文豪的名字嘛。""说得没错，的确像极了俄国文豪啊。"马屁精马上拍马屁。高尔基是俄国文豪，丸木②是东京芝区的摄影师，稻子③是生命之本。这个红衬衫还真是怪癖，不管碰到谁，都喜欢大谈一通外国人

---

① 隆头鱼：生长在暖海岩石、水藻间的颜色鲜艳的小鱼。在松山一带叫作"gu er ji"，发音和"高尔基"相近。

② 丸木：即丸木利阳，日本第一个开照相馆的人。其发音和"高尔基"相近。

③ 稻子：发音和"高尔基"相近。

名。各人学有所长，像我这样的数学教师，哪里知道什么高尔基、古尔基的，应该注意些才是。想说的话，最好说些《富兰克林自传》啦、*Pushing to the Front* ① 等等我也知道的名词。红衬衫时常拿着一本名叫什么《帝国文学》② 的红封皮杂志到学校里来，看得津津有味。我问了豪猪，才知道红衬衫念叨的那些外国人名都出自这本杂志。看来，这《帝国文学》也罪不可赦！

后来，红衬衫和马屁精拼命钓鱼，约一个多小时，两人钓了十五条。可笑的是，钓来钓去全是隆头鱼，连个鲷鱼的影子也没见到。红衬衫对马屁精说："今天俄国文学大丰收啊。"马屁精献媚："凭您这么高超的技术也只能钓到隆头鱼，我就更不在话下啦，理所当然的。"问了船夫，说是这种小鱼刺多，不好吃，一般只能用来做肥料。这么说红衬衫和马屁精拼命钓了一堆肥料。好可怜哪！我钓了一条就厌了，一直仰面朝天地躺在船舱里，眺望天空。比之钓鱼，这样更潇洒。

他俩又小声议论起什么来，我听不真切，也不想听。我仰望着天空，思念起阿清婆来。我要是有钱，就带着阿清婆到这个景色秀丽的地方玩一遭，那该有多快活啊。不管景色多么优美，和马屁精这类人在一起总归不开心。阿清婆虽是个满脸皱纹的老太婆，但是不论带她去哪里，也不会让我感到羞愧，像马屁精这等人，不管是乘马车，还是坐船，登凌云阁③，毕竟不是同路人。如果我是红衬衫，红衬衫是我，马屁精一定同样会巴结奉承我，奚落红衬衫的。人们都说江户哥儿浅薄，正是这等货色，在乡间到处是以江户哥儿自诩造成的恶名。结果，乡下人就以为，浅薄儿即是江户哥儿，江户哥儿即是浅薄儿。我正沉思默想时，他俩不知为什么嘻嘻窃笑起来，笑声中还夹杂着断

---

① *Pushing to the Front*：即《最伟大的励志书》，奥里森·马登著。

② 《帝国文学》：1895年（明治二十八年）创刊于东京帝国大学，是文科各系的刊物。

③ 凌云阁：明治到大正时期，东京浅草公园里的二十层八角砖石塔形建筑，俗称"浅草十二阶"，也称"浅草凌云阁"。1892年竣工，1923年毁于关东大地震。

断续续的谈话,使人不得要领。

"啊,后来呢……""……就是嘛……我也不知道……真是罪过!"
"不会吧……""把蚂蚱……是真的。"

别的话我没有注意听,只是当马屁精一提蚂蚱,我不由一惊,不知为何马屁精强调"蚂蚱"二字,使之清楚地传入我的耳朵,又故意把下面的话说得含混不清,我一动不动地继续听下去。

"又是那个堀田……""也许是……""天妇罗面……哈哈哈哈哈。"
"……煽动……""还有米粉团……"

他们的话虽然断断续续,但是从"蚂蚱""天妇罗面""米粉团"等几个词来推测,一定是在议论我。要说就大声说好了,既然怕我听见,又何必约我同来呢?真叫人受不了。蚂蚱也罢,雪屐①也罢,错并不在我,校长说以后处理,我才看在狸猫的面子上,忍耐到今天的,这个马屁精有什么资格多嘴多舌。我看你还是乖乖地收起那一套吧,我的事迟早由我一人去解决,没什么大不了的,倒是他说的"又是那个堀田""煽动"之类的话叫我不快。我弄不明白,他是在说堀田煽动我把事情闹大呢,还是说堀田在煽动学生欺负我呢?仰望青空,阳光渐渐弱了下来,海风送来阵阵凉意,线香般的烟云静静地飘向清澈的天空,不知何时融入遥远的天际,化作了迷蒙的暮霭。

"该回去了吧。"红衬衫忽然想起了什么说道。"嗯,时间掐得正好啊。今晚您要见玛利亚小姐吗?"马屁精问。"瞎说什么!"红衬衫责备道。一看拍错了马屁,马屁精稍稍抬起紧靠船帮的身子,赔着笑脸道:"嘿嘿嘿,不用挂虑哟,就算他听到也……"说着转过脸瞅我,我虎眼圆睁,狠狠地瞪着他看。马屁精差点儿吓晕过去,赶紧扭过头去,缩起脖子,挠着头皮叽咕:"哎呀,真吓人哪。"简直不知还有"羞耻"二字!

---

① "蚂蚱"和"雪屐"的日语原文发音近似。雪屐是一种皮底草鞋。

小船在平静的海面上划回岸边。红衬衫问我:"看来你不太喜欢钓鱼吧?"我回答:"嗯,还是躺着看天更有意思。"我把抽了半截的烟扔进海里,烟头发出"咝"的一声,在橹头搅动起来的浪花中起浮着,转眼不见了。"你一来,学生们都很高兴,你要好好干哪。"这回他又提起和钓鱼完全无关的事来。"学生应该是不太高兴吧?""哪里,我不是说好听的,他们真的很高兴呢。对吧,吉川君?""何止是高兴,简直跟过节一样欢喜雀跃啊。"马屁精阴阳怪气地笑着说。不知怎么搞的,这家伙一说话我就来气。红衬衫说:"不过,你要是不小心些,可就危险啦。"我顶了一句:"怎么做都危险,我现在根本不在乎危险不危险了。"我早已打定主意,不是我被免职,就是让全体寄宿生向我道歉,没有第三条路。"你这么说的话,如何再谈下去? 其实,作为教务主任,我是为你着想才这么说的,你可不要误会了我的意思。""主任对你可完全是一片好心啊。我虽力不能及,好歹也算是老乡,自然希望你能长久在学校干下去,互相有个照应,所以暗地里也在帮衬你呢。"马屁精竟然也说起了人话。倘若沦落到要接受马屁精的照应,还不如上吊死了算了。

　　"你到学校来,学生们是非常欢迎的,当然了,这里面的情况比较复杂。你大概遇到了些不愉快的事,但你要暂时忍耐一下,要隐忍不发。你尽管放心,我绝不会做对你不利的事的。"

　　"你说情况比较复杂是指什么?"

　　"这可说来话长,以后你慢慢就明白了。即使我不告诉你,早晚你也会明白的。是吧,吉川君?"

　　"唉,确实复杂得很,不是一朝一夕能够弄清楚的。不过你逐渐会明白的,即使我不告诉你,早晚你也会明白的。"马屁精像鹦鹉学舌一样附和着红衬衫。

　　"既然如此复杂,我原本可以不问,因为你主动提起来,我才问的呀。"

　　"你说得没错。是我们先提起的话头,却不往下说了,实在是不像话。那么,我就奉劝你一句吧。我这么说你不要见怪,你刚从学校毕业,初为人师,然而学校这种地方水很深,切不可书生气十足,率性从事啊。"

"不能率性从事,该怎样从事呢?"

"瞧瞧,你就是这般直率,所以才说你还缺乏社会经验哪……"

"当然缺乏经验了,履历书上也写了,我的年龄只有二十三年零四个月。"

"所以说,有人会在你意想不到的时候,乘机使坏。"

"只要行得正,坐得端,谁使坏我也不怕。"

"你当然不怕。可虽然不怕,却总是被人家整啊。你的前任就被整得好惨,所以我才苦口婆心地劝你要多加注意的。"

我发觉这阵子马屁精安静多了,回头一看,不知何时他跑去船尾跟船夫交流钓鱼心得了。马屁精不在旁边,谈话顺畅多了。

"我的前任被谁整了?"

"要说是谁,关系到此人的名誉,我不便告诉你。再说也没有确凿的证据,若随便乱说,就是我的不是了。总之,你好容易来到此地,要是在此地栽了跟头,我们就白请你来一趟了。请你务必留意些吧。"

"你说要留意,可到底该怎么留意呢?不做坏事就行了吧。"

红衬衫呵呵地笑起来。我觉得我并没有说什么可笑的事,时至今日,我一直坚信自己做人是正派的。仔细想来,世上大多数人仿佛都在鼓励人逐渐变坏,他们似乎相信,人若不变坏,就无法在社会上获得成功,偶尔见到一些正直单纯的人,就管人家叫什么"公子哥儿"或"毛孩子",极尽贬低轻蔑之能事。这样的话,中小学的德育教员就不必教学生什么"不要撒谎""做人要诚实"之类的伦理道德了,索性在学校里教授学生撒谎法、疑人术和骗人策之类,对社会对个人都更有益处。红衬衫呵呵地笑,就是在笑我单纯。嘲笑单纯和直率的世人是无可救药的。在这种时候,阿清婆是绝对不会笑的,她一定会赞赏地倾听。阿清婆远比红衬衫要高尚得多。

"不干坏事当然很好，但只是自己不干坏事，而不知道别人在干坏事，照样要吃大亏的。在这个世界上，有些人即便表面上光明磊落，无欲无求，热心地为别人张罗住处，却是不能大意的人啊……天气越来越凉了，已经入秋了吧。海岸笼罩在夕霭中，一片深褐色，真美啊！喂，吉川君，你看那海滨的景色美不美？……"红衬衫大声问马屁精。

"哇，果然是人间仙境啊。有时间的话，真想写写生呢，这么眼睁睁地放过去，好可惜哟。"马屁精使劲拍着马屁。

港屋旅店二楼上已经亮了灯，就在火车的汽笛"呜"的一声响起时，我们的船抵达了海岸，船头"哐当"一下顶在沙滩上不动了。"这么早就回来啦？"站在海滩上迎候的老板娘，朝着红衬衫殷勤招呼着。我从船头"嘿哟"一声跳上了岸。

六

我最讨厌那个马屁精。这种坏蛋还是捆上腌菜石头沉入海底，才算为日本造福。红衬衫的声音也不讨人喜欢，不过是装腔作势，显得他多么和蔼可亲似的。不管他如何装相，也掩盖不了他那副丑陋嘴脸。即使有人看上他，也只能是玛利亚那种女人。不过到底是教务主任，比马屁精说话还要拐弯抹角得多。回住所后，我回想了一遍这家伙的那番话，觉得也不无道理。由于他说话含含糊糊的叫人摸不着头脑，但好像是在暗示我"豪猪不是善类，你要当心"。果真如此，何不明说？哪像个男子汉。再说，豪猪若是个品德败坏的教员，尽早免去其职不就得了。教务主任虽是个文学士，却这般没有骨气，就连背地里议论人也不敢指名道姓，可见是个胆小如鼠的懦夫。大凡胆小的人都很亲切，难怪那红衬衫像女人般亲切。亲切归亲切，声音归声音，因为讨厌他的声音而将他的亲切也一并抹掉，似乎不妥。然而，这世界还真是不可思议，讨厌的人菩萨心肠，不讨厌的朋友反而是恶人。实乃造化弄人。乡下这地方，或许诸事都和东京相反吧，真是个让人头疼的地方。说不定烈火都会即刻结冰，石头也会变成豆腐呢。不过，看豪猪的样子，似乎干不出煽动学生整人那种下作之事。虽说他在学生中人望最高，只要他想做的事，没有什么做不到的，但是，他何必这样大费周章，直接找我吵上一架，岂不更省事吗？如果我碍了他的事，他尽可以如此这般地向我提出来："你在这里碍着我了，快点辞职吧。"凡事都是可以商量的。如果他言之成理，我明天就辞职。此地不留爷，自有留爷处。无论走到天涯海角，我也绝不会饿死路旁。豪猪这种人也太不可理喻了。

我来到此地时，第一个请我吃刨冰的就是豪猪。让这种表里不一的家伙请我吃刨冰，太丢面子了。虽说我只吃了一碗，他只付了一分五厘钱，可是无论一分还是五厘，接受一个骗子的恩惠，到死也不会快活。明天去学校，还他一分五厘好了。五年前我从阿清婆那里借了三元，至今尚未归还，不是还不起，而是不打算还。阿清婆也绝不会老惦记着那三元，盼着我归还，我自然也不打算那么见外地马上还给她。我越是惦记着这件事，就仿佛越是怀疑阿清婆的一片真心，无异于给她那善良的心灵抹黑。我不还钱并不是想欺负阿清婆，而是把她当作自己的亲人一般看待之故。豪猪当然不能同阿清婆相比，不论是一碗刨冰，还是一杯甜茶，受人恩惠而不还礼，即表示对此人另眼相看、不分彼此的一番厚意。其实，不过是别人掏钱给自己买了点东西罢了，自己却对人家的小恩小惠心怀感激，念念不忘，此情此意绝非一点点金钱所能买到的。我虽无官无爵，却是个有着独立人格的人，要让这样一个品格高尚的人感恩戴德，难道不是比百万两黄金还可贵的回报吗！

我自认为让豪猪多付了一分五厘钱，是比百万两黄金还可宝贵的谢礼，豪猪理应十分珍惜才是，谁知他竟暗地里干出那么卑劣的勾当，真是不可救药！明天去还了他一分五厘，从此两不相欠了，而且还要好好跟他理论理论。

想到这里，困意上来，我便睡着了。第二天，由于心中有事，便早早去学校专等豪猪来。可是左等右等也不见他来,老秧君来了,汉学教员来了,马屁精来了,最后,连红衬衫都来了,只有豪猪的桌上竖着一根粉笔,不见他的人影。我本来打算一进教员室就还他钱,所以就像去澡堂一样,从出门开始直到学校,一直把一分五厘攥在手里。我的手心爱出汗,张开手掌一看,那一分五厘钱早被汗水弄湿了。我想,要是把汗湿的钱给他,谁知他会说出什么难听的话来,于是把钱放在桌子上吹干了,重新攥在手里。这时,红衬衫来了,对我说:"昨天让你受累了。累不累啊?"我回答:"累倒是不累,不过肚子挨了饿。"突然红衬衫把胳膊肘支在豪猪的桌子上,将他那张秤盘般的大扁脸凑到我的鼻子跟前,我吓了一跳,只听他说:"喂,昨天回来时咱们船上谈的事儿,请你务必保密。你没有告诉别的人吧?"这家伙说话一口娘娘腔,肯定是个神经质的男人。我确实还未曾说出去,不过,现在正打算要说呢,已经把一分五厘钱握在手中了,要是这个时候被红衬衫封住口,可不好办。这个红衬衫也不应该,虽然没有明说是豪猪,可他出了一个特别好猜的谜,现在又怕人家解开这个谜,太没有信用了,哪像个教务主任啊。按理说,我和豪猪真刀真枪地打起来的时候,他应该堂堂正正站在我这边才对。那才配当一校之教务主任,才配得上他穿的红衬衫啊!

我对教务主任说:"我没有告诉任何人,但我正打算和豪猪理论呢。"红衬衫大为狼狈地说:"你怎么能这样乱来?关于堀田君,我没有对你讲过什么呀。你要是在这儿胡闹,我可就为难了。你不是为了在学校里闹事才来的吧?"既然这家伙问了这么个毫无常识的问题,我断然回答:"当然不是了,领了学校的薪水还闹事,学校也为难啊。"于是,红衬衫又说:"那么昨天的事,仅供你参考,请不要对别人讲。"见他汗流满面地请我关照,我只好答应了。"好吧,虽然我也挺不痛快,但既然你这样为难,就算啦。""说话可要算数啊。"红衬衫又叮咛道。这个女里女气的家伙,简直令人作呕。倘若文学士都是他这副样子,可怎么得了。居然提出这么毫无道理、不合逻辑的要求,却不以为耻,而且对我抱有怀疑。我也是男子汉大丈夫,只要承诺的事,我是绝不会说话不算数的。

这时,两旁桌子的教员都来了,红衬衫赶忙回到自己的座位上去了。红衬衫走起路来也是装模作样的,即便在房间里走动时,他也是轻轻迈步,不发出一点声响。又不是当窃贼,还是该怎么走路就怎么走路为好。不久,上课铃响了,豪猪还是没有来。我只好把一分五厘钱放在桌子上到教室去了。

第一堂课下课时因故稍晚了些,我回到教员室,看到教员们都坐在各自桌旁说着话。豪猪不知什么时候已经来了。我以为他今天不来了,其实是来迟了。他一见到我就说:"今天都是因为你才迟到的,你交罚金吧。"

我拿起桌上的一分五厘钱放在豪猪面前:"这个还给你,拿着!这是上回在通町吃刨冰的钱。"

豪猪嘻嘻哈哈地说:"你说什么呢?"可是看我脸色严肃,就说:"别开这种无聊的玩笑啦。"又把钱扔回我的桌子上。嘿,这豪猪居然想把这份义气坚持到底。

"没跟你开玩笑,真的还你。我没有让你请吃刨冰的福气,所以还给你,你不要也不行。"

"既然一分五厘钱让你这么在意,我可以收下。不过,你怎么现在突然想起来还呢?"

"现在还也好,什么时候还也好,迟早是要还的。因为我不愿意让你请客。"

豪猪冷冷地瞧着我的脸,哼了一声。要不是红衬衫事先请求我,我非当面揭露豪猪的卑劣行为,和他大吵一顿不可,可是已经答应了不把事情说破,只好强压下怒火。人家气得火冒三丈,他居然还哼,真是岂有此理。

"刨冰钱我收下,不过,请你搬出寄宿那家。"

"你收下一分五厘就得了,搬不搬是我的自由。"

"这可由不得你了。昨天,那个房东来找我,提出要你搬走。我问为什么,房东说得很有道理。但为了搞清楚,我今早又赶到那里,详细了解了一下情况。"

我不明白豪猪说这番话是什么缘由。

"房东对你说了什么,我根本不知道。哪有你这么自以为是乱弹琴的?倘若有什么问题,也应该先说说明白。不要一开口就说什么房东的话很有道理这种大不敬的话!"

"好吧,那我就实话对你说了。房东说你太粗野,他家消受不了你。虽说是寄宿人家的房东太太,可毕竟不是女佣,哪有伸出腿来让人家擦脚的?太不像话啦!"

"我什么时候叫房东太太擦过脚啊?"

"你叫没叫她擦脚我不知道,反正人家受不了你。他们说了,十到十五元的房钱,只消卖一幅画轴就出来了。"

"这家伙纯粹是胡说八道。那他何必要出租房屋?"

"他为什么出租我不清楚,租是租了,可现在不愿意租了,所以叫你搬走。你就搬走吧。"

"我当然会搬走,他就是磕头作揖求我住,我也不住。说到底,最可恶的是你,是你把我介绍到这个浑不讲理的人家去的。"

"是我可恶,还是你不本分,你自己知道!"

豪猪的火暴性子不亚于我,他扯着嗓门大声嚷嚷起来。教员室里的人不知道发生了什么事,都翘着下巴呆呆地瞧着我和豪猪。我自认为没有干什么见不得人的事,站起身来,环顾了一下四周。看到人们都露出吃惊的神色,唯独马屁精幸灾乐祸地嬉笑着,我瞪起大眼珠狠狠地盯着马屁精那张干葫芦脸,以示"你小子也想干架吗"之意,马屁精立刻收起笑容,缩头缩脑起来,看样子是有些害怕了。这时,上课铃响了,豪猪和我停止了争吵,去上课了。

下午,开会讨论关于前天夜里对我做出无礼之举的寄宿生的处分问题。我有生以来头一次参加会议,根本不知其为何物,想必是教员们都出席，发表各自的意见，最后由校长大致归纳一下，做出结论而已。所谓结论，应该用于那些是非难辨的事情，至于这件事，明摆着是学生不对，再开会讨论，纯粹是耽误工夫。不论是谁，发表什么样的看法，也不会有什么异议的。这种是非清楚的事，由校长给出处分即可，简直是当断不断。校长要是这样当的话，只不过是优柔寡断的代名词罢了。

会议室是校长室隔壁的一间狭长屋子，平时用作饭堂。长桌周围摆着二十把黑皮椅子，其格局有些类似神田的西餐馆。校长坐在长桌的一头，他旁边是红衬衫。据说剩下的位子可以随便就座，只有体操教员总是谦逊地坐在末位。我不懂这套规矩，便坐在了博物教员和汉学教员中间，一看对面，豪猪和马屁精并排而坐。马屁精的那张脸，不管怎么看都觉得俗不可耐。即便吵架，还是拿豪猪作对手有趣得多。记得在父亲下葬时，我在小日向养源寺的客厅里看到的那幅挂画，就与豪猪这模样非常相似。当时，我问和尚那画上的怪物是谁，他说叫韦驮天神①。今天，豪猪心里有气，眼珠子骨碌骨碌打着转，不住地瞧我。被他两下子唬住还得了？我也毫不示弱，学着他骨碌骨碌转着眼珠，瞪豪猪。我的眼睛虽说长得也不好看，却特别大，非一般人能比，所以阿清婆常说："少爷的眼睛大，当演员保准合适。"

校长问："人都到齐了吧?"川村秘书点了点人数，还差一个人。刚才我就觉得少一个人，果不其然，那个吃多了南瓜的老秧君还未到呢。不知我和老秧君是不是前世有缘，自从见他一面就再也忘不掉。一进教员室，第一眼就会看到老秧君；走在街上，脑海里也不时浮现老秧君的模样；去泡温泉，总是在浴池里看到老秧君影影绰绰的苍白面孔。每次遇见他，他必定"哎"一声，恭敬地低下头行礼，让人难为情。在学校里，再没有比老秧君更老实本分的人了。他很少笑，也不

① 韦驮天神：佛法守护神，相貌威武，能日行千里。

多说话。我在书上见过"君子"这个词,以为这个词只存在于字典里,生活中并不存在这样的人。可自从认识老秧君之后,才知道确实有这样的人,心里很是钦佩。

由于我同老秧君如此因缘深厚,所以一进会议室就发现他不在。说实话,我原本打算坐在他身旁,故而寻觅了一圈呢。

"这就到吧。"校长解开面前的紫纱包袱,取出一本胶印的文件看起来。红衬衫用手绢擦拭他的琥珀烟斗,这是他的癖好,也与他爱穿红衬衫相辅相成吧。其余的人都在和旁边的人窃窃私语,无所事事的人就用铅笔上的橡皮头在桌子上写着什么。马屁精老想跟豪猪搭话,豪猪根本不搭理他,只是哼哼哈哈地应付着,不时用凶狠的眼神瞟瞟我。我也不甘示弱地回敬他几眼。

不多久,大家所等待的老秧君不好意思地进来了,他恭恭敬敬地向狸猫解释说,因为临时有事,所以迟到了。

"好了,现在开会。"狸猫先叫秘书川村君把胶版印的文件分发给大家。我一看,第一条是关于处分问题,其次是学生管理问题,此外还有两三条。狸猫还是摆出那副所谓的"教育之魂"的派头,讲了下面一番话:

"学校的教员和学生之过失,皆因鄙人寡德所致。每有事件发生,鄙人便深感愧疚,未能胜任此校长之职。不幸的是,骚乱再度发生,在此向诸位深表歉意。然事已至此,无法挽回,至少须作出严肃处理。事情的经过大家已知晓,恕不赘述,恳请各位畅所欲言,共商良策,供鄙人参考。"

听了校长这番话,我心中着实佩服,不愧是校长——狸猫之辈,居然说得如此冠冕堂皇。既然校长这样承担责任,将一切归咎于自己失职、无德,那就无须再处分学生,先免自己的职好了。如此一来,也就没有必要召开这等烦人的会议了。从常识来说,也是不言而喻的。我老老实实值班,学生无理取闹,这事既不能怪校长,也不能怪我,只能怪学生。如果豪猪在背后煽动,那么只要处分学生和豪猪足矣,自己为别人擦屁股,却到处宣扬是我的屁股,是我的屁股,世上哪有这等愚蠢之人。这种滑稽之事只有狸猫才干得出来。他发表了一番狗屁不通的开场白后,颇为自得地朝大家环视了一圈儿。然而没有一个人开口,博物教员正凝视着停在一班教室屋脊上的乌鸦出神,汉学先生将那份胶印文件叠起又展开,豪猪仍旧怒视着我的面孔⋯⋯早知开会这么无聊,不如缺席,睡午觉去的好。

我坐不住了,想头一个站起来为自己好好辩解一下。刚抬起半边屁股,红衬衫就开了腔,只得又坐下。只见他已收起烟斗,一面用条纹绸手帕擦着脸,一面说着什么。那绸子手帕一定是从玛利亚那里要来的,男人理当用纯白色的麻布手帕。

"听闻寄宿生闹事,鄙人作为教务主任,甚为失职,并为平素之德行教化未及少年而深感惭愧。然此类事端,大抵因某些缺失引起。就事件本身而言,貌似在于学生,但弄清事实真相之后,其责任或许在学校方面也未可知。因此,仅仅抓住表面现象严厉惩办学生的话,反而于学校之将来不利。况且少年们血气方刚,充满活力,不辨善恶,难免半无意识地干了坏事。当然,如何处理,全凭校长裁决,无须我等置喙,只希望对此事多加斟酌,尽量予以宽大处理。"

狸猫不愧是狸猫,红衬衫也不愧是红衬衫。他公然宣称,学生闹事,错不在学生,而在于教师无德。就好比一个疯子打了人家的头,却说是因为被打的人不好,疯子才打他的。挨打的人应该感到荣幸!若是活力过剩,学生们尽可以到操场去摔跤,他们"半无意识"地把蚂蚱塞进别人被子里,谁受得了?照此逻辑,即使睡梦中被砍了脑袋,也说成是"半无意识",而不加罪了?

想到这里,我打算说几句。要讲就要滔滔不绝,语出惊人,可是我有个毛病,生气时,一讲话,往往说不了几句便没话了。狸猫和红衬衫,人品虽在我之下,却巧舌如簧,倘若我哪句话说错了,被他们揪住小辫子就麻烦了。我想先打个腹稿,便思考起来。这时,坐在对面的马屁精突然站起来,使我吃了一惊。马屁精也配发表意见,真是不知天高地厚。马屁精用他那惯用的谄媚腔调说道：

"此次'蚂蚱事件'以及'喊叫事件'，纯属罕见，足以使吾等有良心之教员对吾校之前途抱有危惧之念。当此之际，吾等教员须反躬自省，严肃全校风纪。适才校长和教务主任的高论实乃中肯之至，切中要害，鄙人彻头彻尾赞成，恳请给予学生宽大处理为盼。"

马屁精的话虽辞藻华丽，却言之无物，只是罗列了一连串汉语词，完全不知所云。我只听懂了"彻头彻尾赞成"这一句。

我虽不明白马屁精表态的意思，却不知怎么搞的，心中十分气愤，没等打好腹稿，就霍地站了起来。

"我彻头彻尾反对……"说到此处，竟一时想不出下面的话来，只好补上一句"……这种毫无道理的处分，我最讨厌了"。教员们都哈哈大笑起来。"全都是学生不好，必须叫学生赔礼道歉，否则就会养成恶习。勒令他们退学也不为过。……他们太不像话，以为新来的教师好欺负……"只说了这些，我就坐下了。

这时，坐在我右边的博物教师怯懦地说："学生不对是不对，不过，处罚得太重了会引起反作用。我还是赞成教务主任的意见，从轻发落为宜。"

左边的汉学先生赞成稳妥之说，历史教员也赞成教务主任的说法。真可恶！全都是红衬衫的同党。这帮家伙聚到一起办学校，还有什么好说的。我决心已定，要么叫学生赔罪，要么我辞职，二者必择其一。如果红衬衫的意见取胜，我立即回住处收拾行李走人。反正我没有使这帮混蛋屈服的三寸不烂之舌，况且，即便这次使他们屈服，今后要同他们长期共事下去，我可不情愿。假如我不在学校，随他们怎么搞，与我无关。我一说话，他们就取笑，谁还开这个口。于是，我板着脸，不再发言。

这时，一直默默听别人发言的豪猪奋然站起身来。我心里想，这家伙肯定又是赞成红衬衫的，反正已经和你闹翻，随你怎么说吧。只听豪猪声音洪亮地侃侃而谈，震耳欲聋，连玻璃窗都被震得哗啦啦直响。

"我完全不同意教务主任及其他诸君的发言。理由如下，这件事不论从哪方面看，毫无疑问，都是五十名寄宿生为了欺侮捉弄新来的某教师而惹起的事端。教务主任将这件事的起因归结于教师的人品，很抱歉，我认为这恐怕是失言。某先生到任后不久，便派了值班，同学生接触尚不满二十天，在这短短二十天中，学生何以对这位先生的人品作出评价？倘若他有应该受到轻侮的理由而受到了轻侮，或可对学生的所作所为加以斟酌。但学生是在毫无理由的情况下，捉弄一个新来的教师，倘若对这等轻狂的学生予以宽恕，必将影响学校的威信。教育的精神不仅在于传授学问，还要在倡导高尚、正直的武士精神的同时，扫荡粗野、轻狂、粗暴等恶习。试问，假如以害怕引起反作用、害怕事态闹大为由，姑息纵容，那么，这些歪风邪气何时才能得到矫正呢？我们来校供职正是为了杜绝这些恶习，若是听之任之，那就不必来做教师了。鉴于以上理由，我认为，对全体寄宿生严加处罚，并责成他们公开向该教师谢罪，才是最适当的处理办法。"

说罢，他一屁股坐下了。会场鸦雀无声，红衬衫又开始擦他的烟斗了。我感到痛快极了，我想说的话豪猪全替我说出来了。我就是这么个单纯的人，刚才的吵架早已忘了个干干净净。我满怀感激地望了望坐下来的豪猪，豪猪全然一副若无其事的样子。

不一会儿，豪猪又站起来发言："刚才不慎遗漏了一点，现补充一下。那晚值班的教员擅自外出，去了温泉，我以为此乃不能容忍之所为。既然承担了一校当值之责，便不可借无人监视之机擅离职守，更有甚者，竟然去泡温泉，有失体统。学生的问题归学生的问题，但教师的问题希望校长提醒其注意。"

真是个怪人，刚才还为我讲话，紧接着就揭人家的短。我是无意中看到有的值班人员外出，就以为已成惯例，便到温泉去了。听豪猪这么一说，才意识到是自己的不对，受到他这番批评也无话可说。

于是，我站起来说："我确在值班时候去泡了温泉，很不应该，我道歉。"说完便坐下了。

大家又哄堂大笑起来。只要我一说话，他们就哈哈笑，无聊的家伙！你们谁能像我这样有勇气公开承认自己做错了呢？你们不敢承认错误，才笑话别人的吧。

校长接着说："看来各位已尽抒己见了，仔细斟酌之后，再给予处分。"

顺便说一说处理结果：寄宿生被罚禁止外出一周，并向我当面赔罪。我本来打定主意，学生要是不赔罪，马上就辞职，而结果基本符合我的意愿，却导致后来更大的乱子，此事后面再交代。

接下来校长说："还有一件事，必须在会上说一说。学生的礼仪，应由教师之德行予以正确引导。首先要求，教师尽量不要出入餐饮场所等，当然，告别宴等可以例外。希望不要独自到那种不雅的地方去，比如面馆、米粉团铺子等。"

校长说到这里，大家又哄笑起来。马屁精冲着豪猪挤眉弄眼地说"天妇罗面"，豪猪没有搭理他，活该！

我的脑子不好使，听不懂狸猫的话是什么意思。不过，倘若进面馆或米粉团铺子，就不能当中学教员的话，像我这样嘴馋的人就干不成教员了。既然如此也就罢了，可当初雇佣时就该声明，只招收不喜欢吃面条和米粉团的人。事先不讲明，就发了委任书，现在又制定不准吃面条、不准吃米粉团之类该死的禁令，对我这样除此之外没有其他嗜好的人是极大的打击。

这时，红衬衫又开了口："中学教师属于上流社会之人，故不可单纯追求物质上的快乐，若浸淫其中，久而久之，必将给品行带来不良影响。但人毕竟是人，倘若没有娱乐，来到这穷乡僻壤，如何排遣余暇？故此，吾等应尽力寻求高雅之精神娱乐，譬如垂钓啦，阅读文学作品啦，或创作新体诗和俳句①等等……"

---

① 俳句：日本最短的诗体，以五、七、五为韵律，由十七个音节字母组成。

没人打断他的话,这家伙就这样信口开河起来。到海上钓钓肥料,胡诌什么隆头鱼是俄国的文豪,让自己相好的艺伎站在松树下,以及什么"青蛙跳入古池"①之类的也算精神娱乐的话,那么吃吃天妇罗面和米粉团自然也是精神娱乐了。与其在这里卖弄这种无聊的娱乐,不如好好去洗洗你的红衬衫的好。

我按捺不住一肚子气,质问道:"那么去会玛利亚,也算是精神娱乐吗?"

这回没有一个人发笑,大家都神色紧张地面面相觑。红衬衫十分难堪地低下了头。哼,这回你老实了吧。让人同情的是老秧君,我这么一说,他那苍白的脸色越发苍白了。

七

当晚我就搬出了住处。当我回到住处,收拾行装的时候,房东太太装模作样地来搭话:"是不是住着不舒服啊?要是有什么惹你生气的地方,请告诉我们,我们一定改。"真是奇怪了,这世上怎么全都是些莫名其妙的人呢?不明白他们是要赶我走,还是想叫我留下,简直就是精神不正常!跟这种人吵嘴有损江户哥儿的名声,我二话不说,叫来车夫就离开了那里。

离开是离开了,可却茫然不知该到哪里去。车夫问我上哪儿,我说:"你不用问了,跟着我就是,一会儿便知。"我迈着大步往前走着,本打算再回山城屋去,可是转念一想,那里肯定住不长久,早晚还是要搬,太费周折。这样边走边找,或许会看到挂着出租招牌的人家呢。索性听天由命,碰到哪家算哪家吧。我带着车夫在僻静、适合居住的地方转来转去,最后来到铁匠町。这里大多是士族②人家的宅

---

① 青蛙跳入古池:江户前期著名诗人松尾芭蕉(1644—1694)的一首广为人知的俳句。

② 士族:指明治维新后的旧武士阶级,位于华族之下,平民之上。

邸,不会有出租房子的人家,心想还是返回热闹些的地方去吧。这时,突然灵机一动,想起最尊敬的老秧君就住在这条街上。老秧君是本地人,又住在祖传的宅子里,对这一带的情况一定很熟,找他打听一声,说不定能给我周旋一处像样些的住所。幸好曾经拜访过他一次,知道他家的位置,不必到处打听也可以找到。我看到一处宅子很像。"大概是这里吧。"便上前叫门,只叫了两声,就从里面出来一位五十岁左右的老妪,手里端着纸烛①。我也并非不喜欢年轻女子,但是一见到老年妇女,就感到格外亲切。也许是喜欢阿清婆的缘故,觉得所有的阿婆都像阿清婆。这位老妪大概就是老秧君的母亲吧。她剪了短发,很有品位,长得很像老秧君。她请我进去,我说:"我不进去了,只是有点事,要见先生。"老秧君来到门口,我对他说明来意,问有没有合适的人家可以给我介绍,老秧先生说:"真是难为你了。"他思索片刻,说道:"后街住着一户姓萩野的,只有老夫妇两人。他曾托我介绍一个靠得住的人,说房子空着也是浪费,不如租出去。不知他现在还租不租了,咱们现在就去问问吧。"他热心地带我去了。

从那天晚上起,我就成了萩野家的房客。可气的是,我搬出伊贺银之后,马屁精第二天就搬了进去,他若无其事地占据了我曾经住过的房间,连我这个不拘小节的人也不能不对他这种赖皮自叹不如。这世上到处都是骗子,互相骗来骗去,叫人好生绝望。

世道既已如此,我若是与世无争,独善其身,便无法生存。如果说不与贼人坐地分赃就没有一日三餐吃,那么有没有必要活着,倒需要好好考虑一下了。可话又说回来,一个身强力壮的汉子,去上吊寻短见,不但对不起祖宗,名声也不好听。悔不当初,与其进物理学校,不如拿六百元钱当本钱,开一间牛奶店的好。如此一来,阿清婆就可以和我长相厮守,我也不必牵肠挂肚地惦念远在东京的阿清婆了。

---

① 纸烛:江户时代使用的方形油灯。

以前和她住在一起时不觉得,来到乡下这些日子,才知道阿清婆有多么好心肠了。像阿清婆那么心地善良的女人,找遍全日本也难得遇见几个。我动身赴任时,阿清婆有些感冒,不知现在怎样了。接到我上回的信,她一定很高兴吧,不过,按说她的回信该到了。——这两三天来,我一心想着阿清婆。

我惦记着阿清婆,时常问房东阿婆,有没有东京的来信。每次她都告诉我没有,脸上充满了同情。这对夫妇和伊贺银不同,由于出身士族,夫妇二人都很有品行。老先生一到晚上就怪腔怪调地唱谣曲①,叫人受不了,好在他不像伊贺银那样成天跑来喝茶,我也落得个清静。房东阿婆常来我屋里闲聊,问我为何不带着夫人一起来。我说:"你看我像有妻室的人吗,其实我才二十四岁啊。""二十四岁娶太太,也不稀奇的。"这句话说完,举了一堆例子反驳我,说某某先生年方二十就娶了太太,某某先生二十二岁已经有了两个孩子等等,弄得我无言以对。

"好吧,我也二十四岁结婚,请你给我介绍一个吧。"我模仿着当地口音打趣道。

"当真?"老婆婆认真起来。

"当真,当真。我白天黑夜都想娶媳妇呢。"

"我说的没错吧,年轻的时候,人都是这样。"

我有些困惑,不知该如何回答。

"不过,先生一定有太太了,我看得出来。"

"嗬,好眼力啊! 你怎么看出来的呢?"

"你问我怎么看出来的? 你不是每天都问,东京有信来吗,东京有信来吗? 天天盼着来信嘛。"

"没想到啊,真有眼力!"

---

① 谣曲:日本古典舞台艺术能乐的唱曲。

"让我猜中了吧。"

"是啊,也许吧。"

"不过,如今的女子不比从前,大意不得,要多多留意。"

"你说什么哪? 你的意思是我的夫人在东京会找情夫吗?"

"不是这个意思,你的夫人一定是正经女人,但是……"

"那我就放心喽。那还有什么可要留意的呀?"

"你的夫人肯定是正经的女人,不过……"

"哪里有这种不正经的女人吗?"

"这地方就有不少。先生,你知道远山家的小姐吗?"

"不知道。"

"你还不知道啊,她可是这一带的第一美人啊。就因为长得太美了,学校的先生都叫她玛利亚、玛利亚的,你没听说过吗?"

"噢,是玛利亚呀? 我还以为是哪个艺伎的名字呢?"

"不是的,先生,'玛利亚'是外国话,大概是美人的意思吧。"

"也许是吧,真没想到。"

"大概是那位教图画的先生给起的名字。"

"是马屁精给起的?"

"不,是那位吉川先生给起的。"

"那个玛利亚不正经吗?"

"那个玛利亚小姐就是个不正经的玛利亚小姐!"

"怎么搞的,从古至今,凡是有外号的女人,都不正派。看来是真的了。"

"就是这么回事,什么'鬼神阿松'①啦,'妲妃阿百'②啦,都是邪恶的女人啊。"

---

① 鬼神阿松:江户后期的女盗。小说、戏曲、评书多有描述,最有名的是歌舞伎狂言《新板越白浪》中的女鬼。

② 妲妃阿百:因被搬上歌舞伎舞台的《妲妃阿百》而知名的吉原妓女、毒妇阿百。

"玛利亚也是这样的女人吗？"

"我告诉你，那个玛利亚小姐吧，就是那位介绍你来这儿的古贺先生——下了聘礼的未婚妻……"

"啊？真是咄咄怪事。没想到这位老秧君艳福不浅哪。人不可貌相，以后真不能小瞧了他。"

"去年他父亲去世了——从前他家很有钱，银行里还有股份，万事如意——从那以后，不知怎么回事，突然间日子就走了下坡路——古贺先生是个老实人，大概是被人家给骗啦。所以女方那边便找各种借口拖延婚期，这时，教务主任开始追求玛利亚，听说他要玛利亚务必嫁给他。"

"就是那个红衬衫吗，太可恶了！我就知道他那件红衬衫不是寻常的衬衫。后来呢？"

"他托人去提亲，远山家因为早已将小姐许配给了古贺先生，于情于理不便同意，只回复好好考虑一下再定。于是，红衬衫先生托人牵线了，常常出入远山家，终于把小姐给征服啦。虽说红衬衫先生有红衬衫先生的不对，小姐也有小姐的不是，大家都说他们不好。她已经答应嫁给古贺先生了，现在学士先生一来求婚，就想嫁给学士先生了，您瞧瞧，这怎么对得起老天爷呀！"

"真是对不起呀，何止是老天爷，连老地爷、老大爷都对不起呀。"

"古贺先生的朋友堀田先生很同情他，就去找教务主任理论。红衬衫先生说，我没打算强娶已有婚约的女子，如果她解除了婚约，我也许会娶她。我眼下只是同远山家有来往罢了，同远山家交朋友没什么对不起古贺先生的。他这么一说，堀田先生也没办法，只好回来了。人们都说，打那以后，红衬衫先生和堀田先生的关系就不好了。"

"你知道的可真多，怎么知道得这么详细呢？佩服。"

"地方小，什么事都能知道。"

阿婆知道的太多，我不免有些担心。这么说来，她说不定也听说过我的"天妇罗面"和"米粉团"的事了？真是个多事之地。不过，多亏了她，我知道了玛利亚是怎么回事，也弄明白了豪猪和红衬衫的关系，对于今后如何与他们相处，很有帮助。遗憾的是，我搞不清楚他俩究竟谁是坏人。像我这样单纯的人，若不明确指出谁黑谁白，我就不知道该和谁站在一边。

"红衬衫和豪猪，谁是好人呢？"

"豪猪是谁呀？"

"豪猪就是堀田先生。"

"要说勇武，当然是堀田先生勇武些，可红衬衫先生是学士，很有才干吧。还有，虽然比较起来红衬衫先生待人温和，可听说学生们都说堀田先生好。"

"那么到底谁是好人呢？"

"月薪高的人，比较了不起吧。"

看来，再问也问不出什么结果了，只好作罢。两三天后我从学校回来，阿婆笑眯眯地迎上来说："总算让您给盼来了。"她递给我一封信，"慢慢地看吧。"说罢，就出去了。

我拿起一看，是阿清婆寄来的。见信封上贴着几张字条，仔细一看，原来是从山城屋转到伊贺银，又从伊贺银转到荻野家来的，而且在山城屋滞留了一个多星期。难道说因为是旅店，连信都得留宿吗？拆开来一看，是一封很长的信，开头是这样写的：

"接到少爷的来信，本来想马上回信的，不巧患了感冒，躺了一个星期，所以耽搁了回信，请少爷原谅。我不比现在的小姐们那般能识文断字，虽然字写得很难看，也费了好大的劲。原想叫外甥代笔的，但又一想，难得给少爷写封信，不是我自己写的，总觉得对不起少爷，所以先打了草稿，然后又抄了一遍。抄写花了两天工夫，打草稿花了四天，恐怕少爷看着很费劲，但我已是尽全力写了，请少爷尽量看完吧……"

信拉拉杂杂足足写了四尺多长，读着还真是费劲，不光字难认，而且基本上是用字母写的，所以不知道从哪里开头，在哪里断句，搞清楚一句话是从哪儿到哪儿就费了好大力气。我是个急性子,这样又长又难读的信,要是有人给我五元钱,请我念给他听,我都不干。可此时我却非常认真地从头看到了尾,不过,读是读了一遍,只顾认字了,意思不大明白,只好又从头读了一遍。屋内暗了下来,看着比刚才更费劲了,我就来到檐廊边上坐下,仔细拜读。此时,初秋的风吹动芭蕉叶,也吹拂着我的肌肤,将正在读的信笺吹起,随风朝着院子飘舞。这四尺多长的信纸哗啦哗啦地响着,仿佛只要一撒手,它就会被吹到对面的篱笆墙上去似的。我现在顾不得这些,继续往下看。

"少爷虽是直来直去的个性,但脾气太大,叫我放心不下。随便给人起绰号,会遭人记恨的,所以在外面不要再乱叫,要是已经起了,只能在信中告诉我。听说乡下人很坏,你要提防被人算计。那边的气候一定不如东京,睡觉时盖好被子,不要受凉。少爷的信写得太短,那边的情况还是不大清楚,下回来信,起码要写这封信的一半儿长。给旅店五元小费倒无妨,只是给了之后,手头会不会觉得紧呢?到了乡下,到处都要靠钱打点,尽量省着点花,以防万一。我怕你没零钱花,着急,这就给你寄去十元钱。上次少爷给我拿来的五十元,我替你存在邮局里了,想给少爷回东京成家时贴补家用。取出这十元,还剩四十元,不要紧的。"

到底是女人心细,想得周全。

我坐在廊子上,陷入了沉思,任凭阿清婆的信随风飘舞。这时,荻野阿婆拉开紧闭的隔扇,端着晚饭进来了。

"您还在看信呀,这封信好长噢!"

"哎,这信很重要,所以就让它这么飘着看。"

自己都觉得回答得不得要领。然后开始吃饭了,一看,今晚又是煮番薯。这家人比伊贺银客气,热情,懂礼,只可惜饭食太差劲。昨天是番薯,前天也是番薯,今天又是番薯,我的确说过喜欢吃番薯,可这样天天吃,还活不活了。我还讥笑老秧君呢,过不了多久,自己也要变成番薯老秧了。要是阿清婆在这儿,一准儿给我做我最爱吃的金枪鱼片或烤鱼糕。赶上这么寒酸吝啬的士族家,只好认倒霉吧。想来想去,还是得和阿清婆住在一起,倘若在这个学校长期任职的话,就把阿清婆从东京叫来同住。校长不许去饭馆吃天妇罗面,也不许吃米粉团,在这里一天到晚吃番薯,早晚被折磨得面黄肌瘦,看来做教师真是苦不堪言,想必连禅宗法师也比我有口福。吃完一盘番薯,我从抽屉里取出两个生鸡蛋,在碗边敲碎喝了,才将就吃饱了。不用生鸡蛋补充点儿营养,如何能应付每周二十一节的课?

由于看阿清婆的信,耽搁了时间,今天晚一些去了温泉。泡温泉已成为每天必做之事,少去一次,都觉得不自在。我打算坐火车去,便照例拎着那条红毛巾来到车站,一看,两三分钟前刚开走一趟,只得再等下一趟车了。我坐在长椅上,正抽着敷岛牌香烟,忽然看见老秧君朝车站走来,因之前刚听了阿婆那番话,我对他倍加同情了。平日里,老秧君就如同寄居于天地之间一般,处处谨小慎微,已经够可怜的了,今晚,在我眼里岂止是可怜,如果可能的话,我真想给他薪水加倍,让他明晚就同远山小姐结婚,再到东京去度蜜月。想到这里,我连忙站起来招呼他:"是你呀,去洗温泉澡吗?请坐到这里来吧。"

老秧君露出诚惶诚恐的样子。

"不坐了,请不必客气。"不知他是客气还是什么,说罢仍旧站在那里。

"火车还要再等一会儿,站着太累,还是请坐吧。"我又劝他。

我对他满怀同情,只有请他坐在我的身旁,才可安心。

"那我就不客气啦。"他终于听了我的劝,坐了下来。

在这个世界上,有像马屁精这等不知天高地厚,唯恐天下不乱的货色;有像豪猪那样摆出一副拯救日本,舍我其谁架势的狂妄自大者;也有像红衬衫那种以推销发蜡和色男为己任之辈;还有狸猫之流,自诩教育之魂皆备于我的伪君子。上述人等皆自命不凡,唯有这位老秧君,毫无存在感,宛如一个任人摆布的人质,不敢越雷池半步,这样的人我从未见过。虽然他面部有些浮肿,但是抛弃这样的君子,投入红衬衫的怀抱,足见这个玛利亚也是个水性杨花的贱人。任凭几打红衬衫合起来,也抵不上这样一位正派的好丈夫。

"你哪里不舒服吗?好像很疲倦似的……"

"没有,没有不舒服……"

"那就好。身体不好,人也就没精神了。"

"你看起来很健康啊。"

"嗯,虽然瘦些,倒不闹病,我最讨厌生病啦。"

老秧君听了我的话,微微笑了笑。

这时,入口传来年轻女子银铃般的笑声。我不由得回过头去,哇,真不得了!一位皮肤白皙、发型时髦的高挑美人儿,和一位四十五六岁的妇人,并肩站在卖票窗口前面。我没有那么多词儿形容美人儿,不知怎么说好,但千真万确是一位无可挑剔的美女,看着她,就仿佛将一颗香水浸润过的温暖的水晶球握于手心一般。那上了岁数的妇人个子矮小,但两人很相像,想必是母女俩吧。呀,今天真幸运啊,我万分庆幸地只顾盯着那年轻女人瞧,早已把老秧君忘在了一边。这时,老秧君突然从我身旁站起来,慢慢走向那个女子,我有些诧异,莫非她就是玛利亚?三个人在卖票窗口前轻声寒暄着,由于离得远,听不清他们说些什么。

一看车站的钟,再有五分钟就要开车了。没人说话,闲得难受,觉得时间好长,盼着火车快点来。就在这时,又有一个人慌慌张张跑进了车站,仔细一看,是红衬衫。他穿着一件轻飘飘的单薄和服,腰里系着绉绸带子,仍然挂着那条金链子。那金链是假货,红衬衫以为别人都不知道,戴着这玩意儿到处炫耀,其实我早就识破了。红衬衫一跑进来,就东张西望,然后来到卖票窗口前,对正在谈话的三个人殷勤地行了礼,交谈了几句什么,然后急忙转向我这边,迈着一如既往的猫步,轻手轻脚地走到我跟前。

"呀,你也去洗澡吗?我生怕赶不上这趟车,匆匆忙忙跑来的,一看还有三四分钟呢,那只挂钟准不准啊?"说着他掏出自己的金表,"那表慢了两分钟。"边说边坐到我身边。

他把下巴顶在手杖上,故意不向那女人瞧一眼,一直望着前方。那位妇人不时瞧瞧红衬衫,年轻女子则一直没有看这边,我越发肯定她是玛利亚了。

不一会儿,传来汽笛声,火车进站了,等车的人们胡乱往上挤。红衬衫头一个蹿上了头等车厢,坐头等车厢有什么了不起的。到住田头等车厢五分钱,普通车厢三分钱,区分上下只有两分钱之差。即使是我也能买得起,只要看看咱手里攥着的白色车票①就明白了。不过,乡下人节省,即便是两分钱也看得很重,多半都乘普通的。玛利亚和她的母亲随着红衬衫上了头等车厢,老秧君呢,就像铅字印刷一样刻板,一向乘普通的。这位先生站在普通车厢门口犹豫不决,看到我在看他,便立刻上了车。此时,我对老秧君同情不已,就跟在他后边,迅速登上了普通车厢。用头等车厢的车票乘普通车厢,无话可说吧。

到了温泉,我穿着浴衣从三楼下来,进了浴室又碰到老秧君。我这个人虽然每逢开会等关键场合,便觉得嗓子眼儿像被什么堵住似的,说不出像样的话来,可平常倒是能说会道。于是,我在浴室里一个劲儿地跟老秧君说话。不知怎么,我觉得他甚是可怜,我想,在这种时候,多给他一点安慰,乃是江户哥儿的义务。不料老秧君却无法与我合拍,不管我说什么,他总是"是"或"不"地应和,而且就这么两个字似乎也懒得说。最后,我只好打住,不再攀谈了。

在浴池里时,我没有看见红衬衫。当然了,浴室有好多间,即使同乘一列火车来,也不一定能在同一浴室里遇到,这倒没有什么奇怪。洗罢澡出来,望见明月高悬,将街道两旁的垂柳投映在马路中央,一团团浑圆的树影婀娜多姿。我想稍微走一走,就一直向北,走上了坡路,来到僻静之处,路左边有一个大门,门内尽头处是一座寺院,山门之内

---

① 头等车票为白色,普通车票为红色。

左右两边都是青楼。寺院内开着妓院,真是闻所未闻的奇观。很想进去看看,又怕狸猫开会时批评,便打消了这个念头,从门前走过去了。山门旁边有一家挂着黑色门帘,小格子窗的平房,这里便是我曾经吃米粉团的地方,门口挂着写有"汁粉"①"杂煮"②的圆灯笼,灯笼映照着屋檐附近的一棵柳树。我真想进去吃一碗,但还是强忍着走过去了。

想吃的米粉团不能吃,可悲可叹,而自己的未婚妻移情别恋想必更加难以忍受。我一想起老秧君,不要说米粉团,就是三天不吃饭都没什么好抱怨的。没有比人再靠不住的了,看她那么美,怎么也想不到她会干出那种薄情的事来。美人儿薄情,浮肿得像冬瓜一般的古贺先生却是个善良君子,真是人不可貌相。以为豪爽的豪猪,有人说他煽动学生闹事,可煽动了学生的他,又逼着校长对学生严加处罚。令人作呕的红衬衫却待人格外亲切,以为他在暗中关照我,可谁知又去蒙骗玛利亚。以为他是蒙骗吧,却又信誓旦旦地表示只要古贺那边不解除婚约,他就不会向玛利亚求婚。伊贺银制造事端把我赶了出来,马屁精乘机搬了进去。左思右想,人都是不可靠的,要是把这些写信告诉阿清婆,她一定很吃惊的。她也许会说,箱根以南,当然会有妖魔鬼怪出没的呀。

我生性大大咧咧,凡事不以为苦地活到今天。可是到这里还没过一个月,忽然感到这世道令人不安起来。虽然未遭遇大苦大难,却好像增加了五六岁。我想,还是早点辞掉工作回东京去的好。这样七想八想,不知不觉已走过了石桥,来到野芹川河堤上。一说到河,总以为它很宽大,实际上只是一条不足六尺宽的小溪流。我沿着河堤向下游走了二里多路,来到相生村,村子里供着观音菩萨。

回头向温泉街望去,红灯笼辉映在月光下,那鼓声作响的地方定是花柳街了。河水浅而湍急,河面仿佛也神经兮兮地闪烁不停。我在

---

① 汁粉:即煮制小豆后制成的甜小豆汤,再加入几块烤年糕。

② 杂煮:日本人元旦早上吃的年糕汤。

土堤上信步前行,约莫走了半里路,看见前面有人影。透过月光,我看出是两个人,大概是从温泉返回村里的年轻人吧。但他们也没有唱歌,悄无声息的。

我继续往前走,似乎走得比他们快,渐渐接近了那两个人影,其中一人好像是个女子。到了相隔十来米远时,那男的听到我的脚步声,猛地回过头看我,月光从后面照过来,这时我看到了那男的的模样,不禁心头一惊。那一男一女继续往前走,我心生疑问,立刻加快脚步追了过去。他们毫无觉察,仍然像刚才那样慢悠悠地迈着步子。现在,连他们说话的声音都听得一清二楚了。河堤宽两米多,足够三个人并排走的,我毫不费力地追上了他们,从男人身边擦肩而过,向前赶了两步,猛然一回身,仔细瞅了瞅那男人的脸。月光正射在我脸上,毫无遗漏地照出了我的寸头直到下巴。"哎呀!"男的轻轻叫了一声,慌忙侧过脸去催促那女人:"咱们该回去了。"两人立刻转身向温泉街走去。

这红衬衫是打算厚着脸皮糊弄我呢,还是吓得没来得及自报家门呢?看来觉得冤家路窄的,不光我一个了。

八

自从被红衬衫拉去钓鱼以来,我便对豪猪起了疑心,当豪猪偏听偏信地要我搬出住处时,更觉得他是个可恨的家伙。然而在会上,他又出乎我的意料,滔滔不绝地主张严惩学生,于是我又觉得他叫人琢磨不透。当我听到荻野阿婆讲起豪猪为老秧君去找红衬衫理论时,不禁为他的仗义执言拍手叫好。由此看来,豪猪不像是坏人,倒是红衬衫有些不正派,莫非红衬衫将他那莫须有的臆想当作事实,转弯抹角地灌进了我的脑子不成?就在我迷惑不解之际,在野芹川亲眼看到了红衬衫陪着玛利亚散步。打那以后,我就断定红衬衫是个无耻之徒了,虽然不知可否用无耻之徒来评判他,但绝对不是好人,而是个表里不一的家伙。做人一定要像竹子般正直才可以信赖,哪怕和正直的人吵一架也开心。我想，像红衬衫那样表面上看似亲切和善，品德高尚，炫耀琥珀烟斗的人，万万大意不得，不可轻易同他吵嘴。即便吵起来，也不可能像回向院①的相扑那样吵个痛快。相比之下，还是豪猪更像个有血有肉的人，为了退还一分五厘钱的事，和我争得脸红脖子粗，整个教员室都不得安宁。会上，他怒目圆睁地瞪着我时，我觉得很可恶，过后一想，总比听红衬衫嗲声嗲气的猫叫声要好受得多。自从那次会议之后，我想同他言归于好，主动搭讪了几句，可这家伙竟然不理不睬，还是那样瞪着我。我也来了气，不再理他了。

从那以后，豪猪不跟我讲话了。扔在他桌子上的一分五厘钱依旧躺在桌子上，落了一层灰尘。我当然不会收回它，豪猪也绝不会拿走的，这一分五厘钱成了我们两个之间的一堵墙。豪猪跟我较着劲儿，我想跟他说话，也是徒劳。我和豪猪都被这一分五厘钱给难住了，以至于我害怕去学校看见这一分五厘。

尽管豪猪与我处于绝交状态，但红衬衫和我依然保持着原来的关系。在野芹川偶遇他的第二天，一到学校，他就跑到我身旁，十分殷勤地跟我聊起来："新的住处好不好啊？""什么时候再一块儿去钓'俄国文学'吧。"诸如此类，等等。我有些讨厌这个家伙，就说："昨晚咱们见过两次面啊。"他说："是啊，在车站——你常常那个时候去吗？太晚了吧？"我抢白他说："咱们还在野芹川的河堤上碰面了吧？""我没有到那里去啊，洗完澡我就回来了。"明明被我撞见了，何必如此隐瞒呢？可见是个爱撒谎的人！这种人也能当教务主任的话，我还可以做大学校长呢。从那以后，我越来越不相信红衬衫了。和我信不过的红衬衫说话，和我钦佩的豪猪却不说话，这世道实在不可思议！

一天，红衬衫说有事跟我谈，让我去他家。我只好忍痛放弃去温泉，四点钟就到了他家。红衬衫虽然是单身，但由于做了教务主任，早

① 回向院：东京市本所区（即现在的墨田区）的净土宗寺院。明治年间，在这里举行大相扑比赛。1920年，这里建立了国技馆。

就搬出了寄宿人家，住进了独门独院，听说房租才九元五角。望着气派的大门，我心想，倘若来到乡下，花九元五角就能住进这样的房子，我何不也要耍阔，把阿清婆从东京叫来，让她高兴高兴。叫门后，红衬衫的弟弟出来开门，在学校里，我教他弟弟代数和算术，这小子学习很差，又是外乡人，比土生土长的本地人更坏。

见到红衬衫，我问他有什么事，这家伙照例用琥珀烟斗抽着难闻的烟叶，开口说道："自你来我校之后，学生的成绩比你的前任时大大提高，校长也因为得到你这样的人才甚是高兴。怎么样？学校这样信赖你，希望你继续努力啊。"

"哦，真的吗？什么继续努力，我只能努力到这个程度了。"

"照现在这样就够了。只是上次我跟你说的那件事，请你不要忘记。"

"就是你说的要提防给我介绍住处的人吗？"

"你说得这样露骨，可不太好啊！咳，算了，反正我的意思你已经明白了。只要你像现在这样好好干，学校方面都看在眼里，过段时间，只要有机会，你的待遇会有所改善的。"

"是吗，你是说薪水吗？薪水多少都无所谓。当然了，能增加总比不增加要好。"

"恰好最近有位教员要调走——只是我还没跟校长商量，不好跟你打包票——或许可以从他的月薪里匀出一些来给你，我打算就此事找校长谈谈。"

"谢谢了，是谁要调走啊？"

"反正要公布了，说出来也没关系，就是古贺君。"

"古贺君，不是本地人吗？"

"是本地人，但由于一些原因——一半是考虑到他本人的意愿。"

"调到什么地方去？"

"日向的延冈——由于地方偏远，所以月薪增加一级。"

"有人来接替他吧？"

“接替的人也大体定下来了。我就是打算在接替者的待遇上做做文章,好增加你的月薪。”

“是这么回事啊,明白了。但不必太为难,不增加也不要紧。”

“总之,我会向校长提出来的,估计校长也会赞同的。不过,以后你要多承担些工作了,你要从现在开始,就作好思想准备。”

“从现在开始要多上课吗?”

“不必,说不定比现在还要少上课呢。”

“少上课,就是多工作吗?好奇怪。”

“乍一听是有些奇怪——我现在不便对你说明——总之,就是有可能让你承担更重大的责任。”

我完全搞不懂。若是说要我承担比现在更重大的责任,那么就是当数学主任了,可是主任是豪猪,那家伙绝对不会辞职的。而且他在学生中威望很高,不论将他调任还是免职,都对学校不利。红衬衫说话总是不得要领,尽管不得要领,事情也谈完了。之后又闲扯了一会儿,红衬衫说要为老秧君开送别会,问我会不会喝酒,夸老秧君是真正的君子,是可敬可爱的人云云。最后,他忽然换了个话题,问道:“你会作俳句吗?”这可是哪壶不开提哪壶,我赶忙说:“我不作俳句,再见。”便匆匆回来了。俳句是芭蕉①或剃头师傅之类的人干的,数学教师怎么能整天吟诵什么“吊瓶缠朝颜……”②那套呢?

回来后我想了很多。世上怎么会有这样的怪人,又有住宅,又有教书的学校,却因为对这地方厌倦了就背井离乡,去人生地不熟的外乡受苦。倘若是个交通便利的城市倒也罢了,为何要去日向的延冈

---

① 芭蕉:即松尾芭蕉,本名松尾宗房,号松尾芭蕉(1644—1694),江户时代前期的日本俳圣。

② 这是一首有名的俳句,全句为“吊瓶缠朝颜,济水乞邻家”。是江户中期的女俳人加贺千代女的代表作。“朝颜”是日语牵牛花的汉字,“吊瓶”即井边的老式吊桶。大意是,女诗人早上去井边打水,见牵牛花的藤蔓缠住了水桶,不忍心破坏,而去跟邻居要水,细腻地刻画了女诗人珍惜万物生灵的慈悲之心。

那种鬼地方呢。就连我到这个通船的小镇,不到一个月都想回东京去了,何况延冈,那里是山沟里的山沟,是真正的山沟。听红衬衫说,下了船还要乘一天的马车到宫崎①,再从宫崎坐一天车,才能抵达那里。一听那个地名,就不像是个开化的地方,总感觉那里是人和猴子各占一半,平分秋色似的。无论老秧君多么正人君子,想必也不会愿意与猴子为伍吧,哪有那种嗜好的人啊。

这时候,房东阿婆送来了晚饭。我问她:"今天还是番薯吗?"她说:"不是,今天吃豆腐。"反正差不了多少。

"婆婆,听说古贺先生要去日向的事了吧。"

"真够可怜的。"

"可怜什么,他自己愿意去,有什么法子。"

"愿意去?谁想去那种地方啊?"

"就是他本人愿意去的呀,难道不是古贺先生想要猎奇才去的吗?"

"哎哟,先生,你完全弄错啦。"

"我弄错啦?红衬衫刚才亲口对我讲的呀。我要是错了,那红衬衫不就成了吹牛大王了吗?"

"教务主任先生那样说有他的道理,古贺先生不愿意去也有道理。"

"照你这么说,双方都有道理了?阿婆真够公平的。究竟是怎么回事啊?"

"今天早上古贺先生的母亲来了,跟我讲了这件事的来龙去脉。"

"她都说什么了?"

"自从古贺的父亲去世以后,他家的日子就不像咱们想的那样宽裕了。于是,老太太就去求校长,说儿子在学校已经教了四年书,能不能稍微增加一些月薪。"

"说的也是啊。"

---

① 宫崎:位于九州东南部。

"校长说'好的,我考虑考虑'。老太太也就放了心,以为很快就会听到增加薪水的好消息,伸长脖子日盼夜盼,盼了一个月又一个月的。一天,校长把古贺叫去,对他说:'很抱歉,学校经费不足,无法给你增加薪水。不过,延冈那边倒是有个空缺,每月可以多拿五元。我想这正好符合你的愿望,就给你办妥了手续,你去那边吧。'"

"这哪里是商量,这不是命令吗?"

"是啊,古贺先生恳求校长说,与其到别的地方去加薪,不如不加薪还留在原来的学校。这里有祖产,老母亲也需要照料。可是校长却说,此事已经定了,接替古贺先生的人也找好了,不能改变了。"

"哼,真是欺负人!太可气了。这么说,古贺先生是不想去的,怪不得我觉得不对头呢。哪有这等榆木疙瘩脑袋,为了多给的五元钱,情愿跑到深山里去,跟猴子做伴啊。"

"先生,榆木疙瘩是什么意思?"

"你觉得是什么意思都行!这完全是红衬衫的阴谋诡计。这招也太下作了吧,这不是暗算好人吗!他还说什么这样就可以给我加薪了,岂有此理!他就是给我加薪,我也不要。"

"先生要加薪了吗?"

"他们说要给我加的,我打算拒绝。"

"为什么要拒绝呢?"

"无论如何也要拒绝。阿婆,那红衬衫是个混账,特别卑鄙。"

"就算他卑鄙,可是给你加薪的话,还是老老实实收下的好。年轻人好冲动,上了岁数回头想想,就会后悔当初没有再忍耐些了。因为一时冲动而吃了大亏,自然要后悔的,就听我老太婆一句吧,红衬衫既然说了要给你加薪,你就说一声'谢谢'好了。"

"你这么大年纪,就不要多管闲事了。我的薪水增加还是减少,终归是我的薪水。"

阿婆不再言语,退了出去。老爷子又在拉着长腔唱谣曲。谣曲这东西,说穿了,就是把看得懂的词儿,配上极有难度的曲调,故意让人听不明白的招数罢了。每天不厌其烦地唱这种难乎其难的玩意儿,真不知道这老爷子是怎样的心境。眼下我可没有这份心情欣赏它。他们说要给我加薪,我虽不想要,但余出来的钱白白放着也太可惜,才答应下来。然而,强迫不愿调任的人调任,再从其月薪中扣除一部分给我,这种冷酷的事我怎么做得出来呢?本人不想走,却非要将他发配到延冈去,究竟是何居心呢?太宰权帅①也不过在博多附近,河合又五郎②也只是在相良避祸罢了。总之我必须现在就去回绝红衬衫,否则不能安心。

我穿着一件小仓布裤裙又出去了,来到红衬衫家大门外叫门,照例是他那个弟弟出来开门。这小子一见是我,就露出怎么又来了的眼神。只要有事,来两次、三次,有何不可!说不定半夜里也会来叫门呢,不要狗眼看人低,老子可不是到你这个教务主任哥哥家里来拍马屁的,我是来告诉他,我不要那份月薪的。弟弟说"有客人在",我说:"我不进去了,就两句话。"他就进去传话。我一看脚下,放着一双薄板席面的斜齿木屐,这时听见里面传出"太棒啦!"的欢呼声,我估计这位客人是马屁精,除了他,没有人会发出那样尖声尖气的怪叫,也不会穿那种卖艺人穿的木屐。

过了一会儿,红衬衫端着油灯来到门口:"请进来吧,不是外人,是吉川君。""不用,这里就行,只说几句话。"我看见红衬衫的脸红得就像金太郎③似的,看样子他正和马屁精一块儿喝酒呢。

"刚才你说要给我增加薪水,我现在改主意了,特地前来回绝。"

---

① 太宰府设于九州筑前国博多(今福冈市)。太宰府帅大都由亲王担任,但一般不到任,由权帅代行职务。中央高官常被贬作太宰府权。此处指醍醐天皇时代,时任右大臣的菅原道真,因左大臣藤原时平诬陷,被贬作此职。

② 河合又五郎:松平备前侯(冈山地方领主)的藩士,他杀死渡边数马之弟渡边源太夫后,避祸于相良(静冈县榛原郡),后被渡边数马追杀。

③ 金太郎:源于赖光的四天王之一坂田金时的名字,在《今昔物语》中也出现过,似乎是一个真实的人物。

红衬衫把灯伸到我眼前,打量着我的脸,一时答不上话来,茫然地站着。不知是因为这世上竟然有人跑来拒绝增加薪水而不解呢,还是觉得即使我想拒绝,也不至于刚回去就跑来而吃惊。不然就是这两种想法兼而有之。他张口结舌,呆呆地站着。

"当时听你说,古贺君是自己愿意调走的,我才答应下来的。"

"确实是古贺君自己希望调走的。"

"不是,他愿意留在这儿,月薪照旧也行,他不想离开家乡。"

"你是从古贺君本人那里听来的吗?"

"我不是听他本人说的。"

"那么是听谁说的呢?"

"是我寄宿那家的阿婆听古贺先生的母亲说的,今天她又告诉了我。"

"哦,这么说是住处的阿婆说的了?"

"可以这么说吧。"

"对不起,这就是你的不是了。听你的意思,你只相信房东阿婆,不相信教务主任了,我可以这样理解吧?"

我有些局促。文学士到底不简单,揪住一点儿把柄,就得理不饶人。父亲常常骂我"你这冒失鬼,没出息的东西",我是有些冒失,听了阿婆的话,一时冲动就跑到这里来,也没有去找老秧君或老秧君的母亲问问仔细。这回被文学士之辈将了一军,有些招架不住。

虽然正面交锋我不是他的对手,但心里对红衬衫已然不信任了。房东阿婆尽管吝啬、贪心,但她绝不是个爱撒谎的女人,不像红衬衫那样表里不一。没办法,我只好硬着头皮回答:

"你说的也许是事实。反正我谢绝加薪。"

"这可奇怪了。你特地跑来,是因为发现了不忍心加薪的缘由,可当我说明了这些都是捕风捉影后,你还是拒绝加薪,这就叫人费解啦。"

"也许你无法理解,反正我要谢绝加薪。"

"既然你不愿意,我也不好勉强。不过,才短短两三个小时,没有任何理由就突然改变主意，对你将来的信誉可不利啊。"

"不利我也无所谓。"

"怎么会无所谓，没有什么比一个人的信誉更重要了。退一步说，即使是房东……"

"是房东阿婆。"

"是谁都一样。即使房东阿婆跟你说的是事实，给的加薪也不是从古贺的薪水里削减来的。古贺君去延冈，新招聘的继任者，薪水比古贺君还要低一些，这多出来的部分就转到你的薪水里，所以你没有必要觉得对不起谁。古贺君调任延冈比现在荣升了一级，而新招聘的继任者事先已经认可以此低薪赴任，因此才给你加薪，这不是两全其美的事吗？你不想要也可以，不过还是回去好好考虑一下吧。"

我的头脑不大好使，若是在平时，对方这样花言巧语地一煽乎，我就会觉得对方有道理，惶恐地承认自己错了，今晚则不然。从我一来到这地方，就感觉红衬衫令人厌恶，虽有一段时间又觉得他像个女子一般待人热情，可最终发现那不过是虚伪的热情，现在越发觉得他可恶了。因此，不管他说得多么天衣无缝，不管他如何靠着教务主任的职位想驳倒我，都是徒劳。能说会道的人不一定是好人，被驳得无言以对的人也不一定是坏人。从表面上看，红衬衫貌似正人君子，但无论怎样道貌岸然，也无法让我折服。倘若凭借金钱、权势和道理就可以收买人心，那么高利贷者、警察、大学教授应该最受人爱戴了。小小的中学教务主任，只凭这几句歪理怎么可能让我就范呢。人都是因自己的好恶行为做事，不是道理能够左右的。

"你说得有道理，但是我不愿意加薪了，所以谢绝。再怎么考虑也是这句话。再见。"我说完就走出了大门。抬头望天，一条银河横跨夜空。

九

为老秧君开送别会的那天早上，我一到学校，豪猪突然对我说了老长一段道歉的话：

"前些日子，伊贺银来找我，说你粗野无理，他们不堪其扰，让我劝你搬出去。我信以为真，就叫你搬出去了。后来听说，那家伙很不地道，常常在假字画上盖伪造的印章，强行卖给人家，可见你的事也是他胡编乱造出来的。看来他打算向你推销挂轴和古董，你不买账，他赚不着钱，便编排出那些鬼话来骗我。我不了解他的为人，对你非常失礼，请你原谅。"

我什么话也没说，拿起豪猪桌上的一分五厘钱，装进自己的钱包。豪猪不解地问："你要收回去吗？""嗯，本来我讨厌让你请客，才执意还你。可是后来想想，还是领了你这份情的好，所以收回。"我向他说明。

豪猪哈哈哈大笑起来，问："那你为啥不早些收回呢？"

"我是早就想收回的，可又不好意思，就一直放在那儿。可是最近到学校来，看到这一分五厘钱就感觉不舒服。"

于是豪猪说："你这人真够偏的。"

我也以牙还牙："你这人真够犟的。"

接着我们聊了起来。

"你到底是哪里人？"

"我是江户哥儿。"

"唔，江户哥儿呀，怪不得这么偏呢。"

"你是哪儿人？"

"我是会津①人。"

"会津汉子啊，难怪这么犟呢。今天的送别会，你去参加吗？"

"当然去了，你呢？"

"我当然要去，古贺君走那天，我还要到码头去送他呢。"

"送别会很有意思的，你来参加就知道了。今天我要大喝一顿。"

---

① 会津：现在的福岛县会津若松市，是会津、若松两地合并后的名称，位于日本东北部。

"你尽管喝吧,我吃完菜就回去,喝酒的人都是混蛋。"

"你这人动不动就想跟人吵架吧,典型的江户哥儿的轻狂性子。"

"随你怎么说。去开送别会之前,请到我的住处来一趟,有话跟你说。"

豪猪如约来到了我的住处。近来,我一见到老秧君,就觉得他很可怜,到了开送别会的今天,越发不忍看他了。我甚至想,可能的话,自己替他到延冈去。因此在他的送别会上,我很想慷慨激昂地发表一通演说,来为他壮行。可是一想到自己这油腔滑调的江户腔,到底不成。于是打算借用豪猪的大嗓门,杀一杀红衬衫的气焰,所以才特地把他请来的。

我先从玛利亚事件谈起,当然,关于玛利亚的事豪猪比我知道得更清楚。我讲到野芹川河堤上的偶遇时,骂了声:"那家伙是个混蛋!"豪猪说我:"你动不动就骂别人混蛋,今天在学校还说我是混蛋哩。假如我是混蛋,红衬衫就不是混蛋,我和红衬衫不是一类人。"于是,我便说:"那红衬衫是个外强中干的大傻瓜。""这还差不多。"豪猪非常赞同。豪猪虽很霸道,但若论这类词汇,远不如我知道得多,会津汉子大多是这样的人吧。

然后,我便谈起红衬衫要给我增加薪水和将来打算重用我的事。豪猪"哼"了一声,说:"看来,他们是想要免我的职啦。"我问他:"他想免你的职的话,你愿意让他免吗?"他威风地说:"谁会愿意? 我要是被免职,也得叫他红衬衫跟我一起免!"我又追问:"你有什么办法让他和你一起免职呢?"他回答:"这个我还没考虑。"豪猪虽要强,但缺少智慧。我告诉他我拒绝了红衬衫给我加薪的事,这家伙眉开眼笑地夸我:"到底是江户哥儿,有志气!"

我问他:"老秧君既然那么不想走,为什么不鼓动大家挽留他呢?"他说:"听老秧君谈起这件事时,已经决定了。我去找了校长两次,找了红衬衫一次,他们都说已经无法改变了。"他还非常遗憾地说,古贺为人太老实,叫人没办法帮他。红衬衫提起此事时,就该断然拒绝,或者推托一下,说考虑考虑再回复。谁知他被红衬衫的花言巧语给蒙骗了,当场就答应下来,后来老母亲去找校长哭诉求情,自己跑去请求,都于事无补了。

我说:"这完全是红衬衫的计策,他想把老秧君赶走,再把玛利亚弄到手。"

"肯定是他的计策,那家伙装得一本正经,暗地里净干坏事。无论别人说什么,他总能为自己开脱,真是老奸巨猾。对于那种混蛋,只有让他尝尝铁拳头才会老实。"豪猪说着,卷起袖子,亮出肌肉隆起的胳膊。我乘机问道:"你的肌肉这么棒,经常练柔术吗?"这家伙一听,运足了肱二头肌,叫我捏捏看。我用手指捏了捏,就像澡堂里搓澡用的浮石一般硬。

我佩服得五体投地,问他:"你的胳膊这么强壮,若五六个红衬衫一齐上,也不是你的对手吧。""当然喽!"他把弯曲的胳膊伸直后再弯过来,一伸一缩时,肉疙瘩在皮下骨碌骨碌滚动着,看着痛快淋漓。据豪猪说,他曾经将两根纸绳绞在一起,缠在肉疙瘩那儿,猛地一弯胳膊,纸绳"啪"的一声就绷断了。我说:"纸绳子我也成。""你行吗?那就试试看。"我一想,要是绷不断就丢面子了,只好作罢。

我半开玩笑地鼓动他说:"嗨,今晚的送别会上,吃饱喝足后,揍红衬衫和马屁精一顿如何?""这个嘛……"豪猪沉吟了一下,"今晚暂且记下。"我问他为什么,他说:"今晚干的话,会让古贺君难堪的。"接着又补充了一句:"反正这顿打他们是逃不掉的,但需等到这帮家伙干坏事时,当场教训他们才行,不然倒成了我们的不是。"豪猪说得在情在理,看来连他这粗人都比我想得要周全。

"那么,你就发表一番演说,好好夸一夸古贺君吧。要是我讲,只怕我这油嘴滑舌的江户腔太没有分量。而且我一到这种场合,胃里就突然冒酸水,喉咙里像塞了个球似的,说不出话来,所以就让给你老兄吧。"他说:"你哪儿来的怪毛病啊,这么说,你在众人面前讲不了话,一定憋得慌吧?"我回答:"倒也不觉得怎么憋得慌。"

说了一会儿话,时间到了,我和豪猪一同向会场走去。会场设在花晨亭,听说是当地一等的料理店,我还一次也没有进去过。据说原是某家老①的宅邸,老板买来后没有改建就开张了,怪不得看上去颇有气派,家老的宅邸变成了餐馆,就相当于将甲胄改成了坎肩。

我俩到了之后,大家已到齐了,五十叠的大房间里,客人三三两两地聚成堆闲聊着。到底是五十叠房间,连壁龛都相当气派,我在山城屋占据的那间十五叠里的壁龛,跟这里根本无法相比。估摸了一下,约有四米宽,壁龛右面摆放着一个红色花纹的濑户陶器②,里面插着一枝大松枝。不明白为何插松枝,大概这松枝省钱吧,插上几个月都不用担心它凋谢。我问博物先生,那个濑户陶瓶是哪里出产的,他说:"那不是濑户陶,是伊万里③。"我说:"伊万里不就是濑户陶器吗?"博物先生呵呵笑了起来。后来问他才知道,因为是濑户产的陶器,才叫濑户陶器的。我是江户哥儿,以为凡是陶器都叫作濑户陶器。壁龛正中挂着一幅很长的挂轴,上书二十八个字,每个字都有我的脸那么大。字极难看,我实在看不下去,问汉学先生:"为何把这样差劲的字堂而皇之地挂在这里?"先生告诉我:"那可是一位名叫海屋④的著名书法家的字。"什么海屋河屋的,我至今仍觉得那字难看透顶。

不一会儿,文书川村请大家入席,我便找了个有柱子可倚靠的地方坐下来。身穿正装和服的狸猫在海屋题写的挂轴前面落座,同样穿着和服的红衬衫坐在了狸猫左边,狸猫右边是今天的主人公老秧先生,他也穿着日本和服。我穿的是西服,跪坐很不舒服,干脆盘起

---

① 家老:别称年寄、宿老。日本从镰仓时代开始到江户时代,家老作为大名的重臣,统率家中的所有武士,总管家中一切事务。一藩有数名,通常为世袭。

② 濑户陶器:日本制陶的六大古窑之一濑户所出产的陶器。至今,爱知县濑户市仍是日本屈指可数的陶瓷出产地。

③ 伊万里:此处指伊万里瓷器,即以有田(佐贺县有田町)为中心生产的瓷器的总称。产品的主要出货港在伊万里,因此称为"伊万里瓷器"。

④ 海屋(1788—1863):即贯名海屋,江户时代的著名书法家。

了腿。我旁边是体操教师,穿着黑色西装裤,正襟危坐,不愧是体操教师,跪工真不赖。不久,餐盘上了桌,小酒壶也摆好了。干事起立,宣布欢送会开始,并简短致辞。接着,狸猫站起来致送别辞,而后是红衬衫致辞。他们三人的送别辞仿佛事先商量好了似的,如出一辙地都盛赞老秧君为人师表,乃仁人君子,此次调离,令人深感遗憾,不仅是学校,本人也甚为惋惜,无奈古贺君自身缘由,切望调任,无法挽留。他们竟如此满口谎话,大言不惭地开此送别会。三人中尤以红衬衫为最,肉麻地赞美了老秧君一番之后,甚至说出"失此良友,实乃此生之大不幸"的话来。加上他讲话一向貌似情真意切,轻声细语,此刻愈加声情并茂,娓娓动听。初次听他讲话的人,无不被他蒙骗,玛利亚也许就是被他这一手给骗上钩的。就在红衬衫正假情假意致欢送辞时,坐在对面的豪猪冲我挤了挤眼,我用食指摁住下眼皮,做了个鬼脸作为回应。

红衬衫刚一落座,豪猪就等不及似的霍地站了起来,我一高兴,不由自主地吧唧吧唧拍起手来。狸猫及在座的同人都一齐朝我看来,我赶紧放下手。这时,只听豪猪说道:

"刚才校长尤其是教务主任,都为古贺君的调任深感惋惜。相反,我倒是希望古贺君尽早离开此地。延冈虽地处偏远,与此地相比,物质上自然多有不便,但听说那里民风极为淳朴,师生之间至今仍保有古代质朴的遗风。相信在那种地方,绝不会有那种口是心非、道貌岸然、专门坑害君子的假洋鬼子,像古贺君这般温良敦厚之士,定会受到当地人的欢迎。因此吾辈衷心祝贺古贺君此次调任。最后,希望古贺君到任延冈之后,于当地选择一位具备君子好逑资格的淑女,早日成立圆满的家庭,用事实叫那种不贞无节的轻浮女羞愧而死!"豪猪说完,又使劲咳嗽了两声,坐了下来。这回我也想拍手,一想到大家又都要朝我瞧,只好作罢。

豪猪坐下之后,老秧先生站起来。他恭恭敬敬地离开自己的座位,从上首走到末席,向每一位来客深深鞠躬致意后,说道:"这次因自身原因,调任九州,承蒙诸位先生为小生举行如此盛大的送别会,不胜感激。尤其是方才校长、教务主任以及诸君所赠肺腑之言,令小生倍感荣幸,永志不忘。小生此去偏远,唯愿继续承蒙诸位先生厚爱,一如从前。"说罢,深鞠一躬,回到坐席上。这位老秧君简直是个善良得无以复加的人,对如此欺侮自己的校长和教务主任,竟这般毕恭毕敬地道谢。若是不得不做做样子倒也罢了,可从他那态度、说话、表情上看,完全是诚心诚意地表示感谢。面对这样的圣人对自己真心表示谢意,无论谁都会感到惶恐而脸红的,然而狸猫和红衬衫却面无表情地听着。

致辞刚完,只听这边"哧溜"一声,那边"哧溜"一声地喝起汤来,我也喝了一口汤,味道不怎么样。凉菜里有鱼糕,却黑乎乎的,看来是做坏了。还有生鱼片,切得太厚,好似在生啃金枪鱼肉。可四周的人都吃得津津有味,看来他们都没吃过地道的江户菜吧。

随着女招待不停地送来烫好的酒壶,席上渐渐热闹起来。马屁精恭恭敬敬跑到校长面前敬酒,讨厌的家伙!老秧君逐一给大家敬酒,看样子他是准备敬上一圈了,真够辛苦的。老秧君来到我跟前时,整理了一下裙裤,郑重地跪坐下来,说道:"请喝一杯吧。"我也不顾穿着西装裤,端正地跪坐着,敬了他一杯。

"我刚来没多久,先生就要走,太遗憾了。先生哪天启程?我一定到码头送别。"

老秧君说:"不,不,百忙之中,万万不要相送。"

不管老秧君怎么说,我一定要请假为他送行。

过了大约一小时左右,席上逐渐闹腾起来,有那么一两个人已经话都说不清楚了。"来,喝一杯!""哟,我不是叫你喝吗……"我觉得无聊,就去了厕所。借着星光正观赏古老的庭院时,豪猪也出来了。"你觉得怎样?我刚才的致辞不赖吧?"他得意地问。"好是好,就是有一点不太满意。"我提出异议。他问什么地方不赞成。

"你说延冈那边没有道貌岸然、专门坑害君子的假洋鬼子……

是吗?"

"嗯。"

"光说假洋鬼子不解恨啊。"

"那么,说什么解恨呢?"

"你应该说假洋鬼子、江湖骗子、冒牌货、伪君子、奸商、鼹鼠、侦探、狗一般汪汪叫的东西等等。"

"我的舌头可转不过来。你口才真好,什么词儿都知道,还说自己不会演说,怎么可能。"

"哪里,这些词儿都是为了跟人吵架收集来的,一到演说的时候,就不灵啦。"

"有道理。你说得真熟练,再来一遍。"

"说几遍都行。——假洋鬼子、江湖骗子、冒牌货……"

这时,忽听檐廊上响起"啪嗒啪嗒"的脚步声,有两个人跟跟跄跄地跑过来。

"你们二位太不像话了——怎么逃了?——有我在,绝不会让你们跑掉。来,喝一杯。——冒牌货?——有意思,冒牌货有意思。——来,喝一杯。"

他们说着,拉起我和豪猪就走。其实这两个人都是来上厕所的,大概是喝醉了,忘了上厕所,才揪住了我们的吧。大概人一喝醉了,看到什么就会被什么吸引,而把之前想做的事儿忘得一干二净吧。

"喂,诸位,我们抓了两个冒牌货。来,给他俩灌酒,让这两个冒牌货喝趴下。不准你逃跑!"

将我俩拽到宴会厅后,其中一个大喊大叫着,把根本没打算逃跑的我按在墙壁上。我四下一看,每个餐盘里几乎都吃得差不多了。有的人把自己那份儿吃光后,居然还远征到别人那儿去吃。看不到校长的人影,也不知什么时候走的。

这时,只见三四个艺伎走进来问:"是这儿的客人吗?"我有些惊讶,可是由于被按在墙壁上,动弹不得,只能盯着她们看。这时,一直靠着壁竟柱子,炫耀地叼着那支琥珀烟斗的红衬衫急忙站起身往外走,与正往里走的艺伎打了个照面,其中一个艺伎和红衬衫擦肩而过时,笑嘻嘻地向他打招呼。这女人是几个艺伎中最年轻、最漂亮的一个。因为离得太远,听不清说的什么,似乎是"哎哟,晚上好啊"之类的话。红衬衫佯装不认识,出去后就再没有露面,想必是追随校长回家了吧。

艺伎一来,酒席顿时热闹起来,众人兴奋得大呼小叫,以表欢迎,声音震耳欲聋。有些人在玩猜数游戏①,喊声如雷,就像在练习坐姿拔剑时呐喊一般响亮,这边有人在聚精会神地划拳,"嘿""哈"地抡着两只胳膊,比达克剧团②的木偶动作还灵活,对面角落喊道:"喂,斟酒!"接着又摇晃着空酒壶喊:"上酒,上酒!"一片乌烟瘴气,乱成一团。这喧闹之中,只有老秧君一个人无事可做,一直低着头沉思。他大概在想,学校为自己举办这个送别会,并不是为自己调任而惋惜,大家不过是借此饮酒作乐罢了。只有自己独自枯坐,苦不堪言,这种送别会,倒不如不开。

酒过三巡,一个个都扯着破锣嗓子,哼起走调的歌来。一个艺伎抱着三弦琴,走到我跟前:"您唱点什么吧?"我说:"我不唱,你唱一支吧。"她便唱起来:"打起鼓儿敲起锣,迷了路的三太郎,三太郎。咚锵咚咚锵,咚锵咚咚锵。敲锣打鼓若相逢,我也打起鼓儿,敲起锣。咚,锵,咚咚锵,咚锵咚咚锵,去找我那朝思暮想的情郎哟……"她中间换了一口气,唱完后说了声"哎哟,可累死我啦"。既然这么累,何不唱个轻松的呢?

马屁精不知何时坐到我旁边,操着他一贯的单口相声般的油腔滑调,戏弄给我唱曲的艺伎道:"阿铃,刚一见到心上人,他就走掉啦!好可怜噢!"那艺伎故作不知地说:"说什么呀。"马屁精竟厚着脸皮,怪声

---

① 猜数游戏:将棋子、石子、豆粒或细木棍等握在手中,相互猜数取乐的游戏。
② 达克剧团:英国木偶剧团,曾于1884年和1900年两次赴日演出。

怪气地学起义大夫①的戏腔来了："今日有缘巧遇郎，可谁知……""瞎说什么呢！"艺伎照着马屁精的膝头拍了一下，马屁精嘻嘻笑着。这个艺伎就是刚才跟红衬衫打招呼的那个。被艺伎拍一下就乐成那样，可见马屁精也是个不可多得的货色。"阿铃，我要跳'纪伊国'②，你给我弹曲子吧。"这马屁精竟然还想跳舞呢。

坐在对面的汉学老先生，歪歪着没了牙齿的嘴，正哼哼唧唧地叨咕着："这事我可没听闻，传兵卫，你和我之间……"到这儿还算顺利，可后面想不起来了，问旁边的艺伎"下边什么词儿"。人老了记性就是不好。另一个艺伎缠住博物先生，说："最近我学会了一首新曲，唱一段给您听听？您可得仔细听好啊。'时髦花月卷，系上白丝带，会骑自行车，会拉 violin③，还会英文一点点，I am glad to see you④.'""真是不简单哪，还会英语啊。"博物老师非常佩服。

豪猪扯着大嗓门命令道："艺伎，艺伎！我要舞剑，快弹三弦琴！"因他的声音太粗暴，艺伎们被吓呆了，一时没有反应。豪猪也不理睬，拿来一根手杖，跑到宴会厅中央，露了一手剑舞。他一边唱"踏破千山万岳烟"⑤，一边挥舞手杖表演剑舞。这时马屁精已经跳完了"纪伊国"舞，以及"活惚"⑥舞、"架上的不倒翁"⑦等，赤条条地只系一条兜裆布，腋下夹着棕榈扫帚，在厅堂里转起圈儿来，嘴里唱道："日清

---

① 义大夫：即竹本义大夫，大阪木偶净琉璃演唱的名艺人，使净琉璃在唱腔上大为创新。此处的义大夫，也可理解为义大夫创造的曲调。

② 纪伊国：江户末期到明治时期的流行民俗曲名，和着三弦演唱。因其开头一句"纪伊国在音无川的水上"而得名。

③ violin：英语，小提琴。

④ I am glad to see you：英语，"见到你我很高兴"。

⑤ 此句是斋藤一德作的汉诗《题儿岛高德书樱树图》的第一句。

⑥ 活惚：江户末期，由住吉舞（神社舞蹈）演变而来的民俗舞。

⑦ 架上的不倒翁：一种地方民俗舞。

谈判①破裂了……"跟疯子差不多了。

老秧君一直连裙裤也不敢脱，规规矩矩地坐着。打刚才起，我就对他非常同情。尽管是为自己开送别会，也不必衣冠整齐、毕恭毕敬地看着别人系着兜裆布跳舞。我这么想着，走到他跟前，劝他退席："古贺先生，该回去啦。"老秧君说："今天是为我开的送别会，我要是先走，太失礼啦。不要客气，请您自便吧。"没有一点想走的意思。"不必在意，送别会也该像个送别会，你看看这些人，简直是发疯会。还是走吧。"在我的一再劝说下，我们刚要走出客厅，马屁精挥着扫帚追来："呀，主人先走，太不像话啦！日清在谈判，不能让你们走！"说着用扫帚挡住了去路。我刚才就憋了一肚子气："要是日清谈判，你就是大辫子②啦。"说着猛的一拳，打在马屁精的脑袋上。马屁精被打蒙了，愣了几秒钟，才喊道："哎呀，不得了啦，居然打人，太无情啦！敢打我吉川，真是胆大包天！快要日清谈判了。"马屁精正在胡说八道时，豪猪发现这边出了乱子，停下剑舞表演，飞奔而来。见此情景，一把抓住马屁精的后脖领往回拖。"日清……呀，好疼！好疼！太野蛮啦！"他挣扎着，豪猪揪着他往旁边一抢，他扑通一声倒在地上。以后怎么样我就不知道了。我和老秧分手后，回到自己住处时，已过了十一点。

十

今天因召开祝捷会，学校放假。据说在练兵场举行祝捷仪式，狸猫必须带领学生参加，我作为教员也要同去。走到大街上，到处是太阳旗，叫人看得眼花。全校有八百名学生，体操教师已整队完毕，班与班之间留出空隙，插进一两名教员带队。这种编队看似巧妙，其实

---

① 日清谈判：1894 年爆发中日甲午战争，次年清政府妥协，签订了丧权辱国的《马关条约》。

② 大辫子：当时日本人对中国人的蔑称。

248

最是愚笨。学生都是些半大孩子,不知天高地厚,以为不违反纪律就有失做学生的体面,不管配备多少教员随行,都奈何他们不得。不等发出指令,他们就乱唱军歌,军歌一停,又无缘无故"哇"地齐声喊叫,如同一群浪人①招摇过市一般。若是不唱军歌或不起哄时,他们就叽叽喳喳不停地讲话。其实不讲话也不至于走不了路,无奈日本人都天生喜欢喋喋不休,不管教师怎样训斥,也无人理睬。更下作的是,他们谈论的不是一般的事情,全是关于教师的坏话。上次值班发生的那件事,我要求学生向我赔礼之后,以为从此天下太平,实际上大谬不然。借房东阿婆的话说,我是大错特错了。学生不是诚心悔过才来赔罪的,而是校长下了命令,不得不在形式上低低头罢了。就好比商人虽低头哈腰地认罪,却改不掉奸猾的本性一般,学生也只管认错,却绝不会就此停止闹事的。仔细想想,这世界或许都是由那些和学生相同的人组成的。如果真诚地接受人们的悔过和道歉,并予以宽恕,便可谓老实巴交到家了。不妨这样来看,既然悔过是假悔过,宽恕也必须是假宽恕才对。倘若要使他真心悔过,就必须严加惩治,直到他真心悔过为止。

我一走进班与班之间的空当,就接二连三地听到"天妇罗面""米粉团"之类的叫喊声,而且喊的人很多,分不清是谁喊的。即使被抓住了,学生也会辩解说,我没有说老师是天妇罗面,也没有说老师吃米粉团啊,肯定是老师神经衰弱疑神疑鬼,听成天妇罗面了。这种劣根性是早在封建时代就养成的本地习俗,所以无论怎样劝说、教导,都别指望他们会改正。在这鬼地方住上一年,本来洁白无瑕的我,说不定也会被熏染成他们这个德行。哪有这么背运的啊,让对方指桑骂槐地往我脸上抹黑,然后逃之夭夭!倘若他们是人,那么我也是人,尽管他们是学生,是孩子,可个子比我还高,所以不还以颜色以示

---

① 浪人:到处流浪或行踪无定向的人,一般特指日本近世末期到处流浪的武士,是近代日本特有的历史现象。

惩戒的话,就太说不过去了。但是,如果我用寻常的手段惩戒他们,他们就会反咬一口。当你指责他们不对时,他们会滔滔不绝地进行狡辩,因为他们已事先为自己准备了退路,他们会强词夺理,为自己开脱,接着来攻击我的不是。我本是要惩戒他们,因此只有列出对方的不是,才能为自己辩解。可这样一来,虽然是对方先欺负我的,也会给世人一个错觉,好像是我挑事儿似的,对我非常不利。若听凭对方胡闹,自己做个和事佬,他们便会得寸进尺,总而言之,无益于社会。出于无奈,我只得以其人之道还治其人之身,既惩戒对方,自己也不吃亏。尽管这样一搞,就坏了江户哥儿的名声。虽坏了名声,可一年来受够了窝囊气,我也是个有血性的人,如此心有不甘,管他什么名声不名声的。越想越觉得还是及早回东京,和阿清婆住在一起为好。待在这乡下,就像是特意为了堕落而来似的,纵然回东京卖报,也比这样堕落的好。

想到这里,我心怀不快,跟着队伍向前走去。突然间,前头不知何故吵吵嚷嚷起来,队伍立刻停止了行进。我很好奇,便从右边出了队列,向前方张望,只见队伍先头堵在从大手町往药师町拐弯处,学生队伍一会儿往前拥过去,一会儿又被挤回来。体操教师声音嘶哑地从前面边喊着"安静,安静!"边走过来,我问他出了什么事,他说本校学生和师范的学生在拐弯处发生了冲突。

中学和师范,不管在哪个县,都是水火不容的死对头。不知为什么,互相看着不顺眼,动不动就打架。也许是地方狭小闲得无聊,借此打发时间吧。我生性喜欢打架,一听到发生了冲突,便兴奋地跑过去了。看见对面过来的学生不停叫嚷:"地方税①们,还不快让路!"后面的学生大声喊:"挤他们!挤他们!"我穿过挡道的学生,快到拐角时,听到一声尖尖的号令:"齐步——走!"于是,师范学校的队伍威风

---

① 师范学校的费用是从地方税中支取的。

凛凛地向前行进了。

争夺道路的对峙一定是有一方让了步,看来是本校学生不得不退让了。据说从规格来说,师范学校要高一些。

祝捷典礼非常简单。某旅长代表军方致祝词,县知事代表地方致祝词,与会者山呼万岁,然后散会。听说演出在下午举行,我先回了趟住处,给我近日来一直惦念的阿清婆写回信。她上封信里叮嘱我,以后写信要详细一些,所以我必须写得仔细一些。然而,一摊开信纸时,想写的事情太多,不知该从哪里下笔。写那个吧,太麻烦,写这个吧,又觉得没意思。有没有写来不费力,又能让阿清婆高兴的事呢?想来想去,这样的事一件也没有。我研好墨,蘸饱了笔,盯着信纸——盯着信纸,蘸饱了笔,研好墨——同样的动作来回折腾了好几遍,最终还是盖上了砚台,反正我是写不好信的,不如干脆不写了。写信真是个麻烦事儿,不如回东京后,当面告诉阿清婆更简单。我并不是不体谅阿清婆的心情,可要是按照她的要求写,比三个星期不吃饭还要受罪。

我把纸笔一推,躺倒在榻榻米上,枕着胳膊眺望庭院,心中仍记挂着阿清婆。当时我想的是,即便自己身在遥远的异乡,只要我时刻惦记着阿清婆,她定能感知到我的一片真心。只要能够感知到,有什么必要写信呢。不写信,她会认为我平安无事地活着的,信这东西,只需在人死的时候或生病的时候,以及发生什么事情的时候写一封足矣。

庭院有三十多平方米,没有什么像样的花木,只有一棵橘树,标杆般高出围墙,从外面一望便知到了。每天回来后,我都会盯着这棵橘树看。未离开过东京的人,看到结着果的橘树,自然会感觉稀奇。那一个个青绿的橘子渐渐成熟,变成金黄色,该多好看啊。有的已经半黄半绿了,阿婆说:"这橘子汁儿多,很好吃。马上就熟了,到时候你吃个够吧。"我打算每天吃它几个。再过三星期,差不多可以吃了吧。这三周内,我应该还不会离开此地吧。

我正想着橘子的时候,豪猪突然来找我。他说:"今天是祝捷典礼，想和你美美地吃一顿，就买了些牛肉。"他说着从袖筒里掏出一个竹子皮包着的东西来，扔到房间中央。我在这里一日三餐地吃番薯和豆腐，又被学校禁止去吃面条和米粉团，所以不禁喜出望外，立即向阿婆借来锅和砂糖，开始炖肉。

豪猪一边大嚼着牛肉，一边对我说："那个红衬衫有相好的艺伎，你知道吗？"我说："当然知道了，上次为老秧君开送别会时，来的艺伎里有一个就是吧？"豪猪夸奖道："没错。我是最近才发现的，你可真是敏锐啊。"

"那家伙动不动就把'品德'啦、'精神娱乐'啦挂在嘴上，暗地里却勾搭艺伎，真不是东西。如果他对别人的嗜好宽容一些倒也罢了，可是就连你上面馆和米粉团铺子的事，他也胡说事关学生管理什么的，借校长之口来警告你呀。"

"嗯，照那家伙的逻辑，嫖妓是精神娱乐，吃天妇罗面和米粉团是物质娱乐吧。既然嫖妓是精神娱乐，何不公开地搞呢？何必偷偷摸摸呢？为何相好的艺伎一来，自己就逃呢？把别人都当傻瓜，太可恶了。可是别人一说他，他要不就装傻充愣，要不就胡诌一通俄国文学啦，俳句和新体诗亲如兄弟啦之类，云山雾罩地把别人蒙住。像他这种卑鄙之徒简直不是男人，纯粹是宫女转世。说不定那厮的老子就是汤岛的相公①。"

"汤岛的相公，是什么？"

"反正不是正经男人呗。喂，那块儿还没有煮熟呢，吃了要生绦虫的。"

"是吗？没事吧。听说红衬衫经常偷偷到温泉町的角屋去私会艺伎呢。"

"你说的角屋，就是那家旅店吗？"

"是旅店兼饭馆。所以，要想彻底修理他，最好瞅准他带着艺伎

_____

① 汤岛的相公：江户时以出卖男色为职业的少年。

进了哪家旅店后，当面去质问他。"

"你说要瞅准的话，还得熬夜吧？"

"嗯，角屋对面不是有个叫枡屋的旅店吗？租了那旅店二楼临街的房间，在格子窗上戳个洞，来监视他。"

"能等着他吗？"

"应该可以。当然只守一个晚上不行，必须作好守两个星期的思想准备。"

"那多熬人哪。我在父亲病死前，彻夜守护了一个星期，后来整天昏头昏脑的，浑身不对劲。"

"身体累一点怕什么。对那样的坏蛋听之任之的话，对国家有害，所以我这是在替天行道！"

"太好啦，既然决定要干，我也来助你一臂之力。今晚就开始蹲守吗？"

"今晚不行，还没有预定枡屋旅店的房间呢。"

"那从什么时候开始？"

"就在这几天。到时候我会跟你联系，请你务必来帮我。"

"没问题，我随叫随到。我这人虽然不会用脑子，可打起架来，很有两下子。"

我和豪猪正在热烈研究惩治红衬衫的计划时，房东阿婆来了，跪在门槛边说："学校来了一个学生，要找堀田先生，他说刚才到府上去，您不在家，估计在这里，便寻来了。""是吗？"豪猪出去了不大工夫，便回来说："喂，学生来邀我们去看下午的祝捷演出，说是今天有好多人专程从高知来表演舞蹈，机会很难得，要我们务必去看。你也一起去吧。"豪猪很有兴致，邀我同去。要说舞蹈，我在东京看得多了。每年的八幡神①祭日时，花车都会走街串巷地表演，所以像《汐

---

① 八幡神：也称八幡大菩萨。自古以来作为弓矢守护神而受到尊崇，也是源氏一族的守护神，自镰仓时代以来也被当作武神。

酌》①什么的我都看过。至于土佐②的地方舞,哪儿入得了我的眼。怎奈豪猪难得相邀,就和他一起出了门。没想到,前来邀请豪猪的竟是红衬衫的弟弟。我直纳闷,怎么是这小子呢?

走进会场,只见到处插着长条旗,就好比回向院的相扑比赛,又像是东京本门寺③的法会,而且一条条粗细不一的绳子上都系着彩旗,迎风招展,仿佛把万国国旗全都借来了似的,会场热闹非凡。东边角上搭起了一个临时舞台,听说就是在这里表演高知的什么舞蹈。舞台右边五十多米处,有一个芦席围出的插花展示角。大家都饶有兴致地观看着,其实都是些无聊的东西。若是那样将花草和竹子弄得弯弯扭扭,瞧着高兴的话,还不如找个驼背情夫和跛脚男人更值得炫耀呢。

舞台的对面频频放着焰火,焰火里飞出一个气球来,上面写着"帝国万岁"。气球飘过天主台④的松林上空,落进了兵营之中。紧接着"砰"的一声响,一团黑色的东西嗖地飞上云天,仿佛要穿透秋空,瞬间在我头顶上炸裂开来,青烟如撑开的伞骨一般散开,慢慢散落到空中。气球又飘出来了,这回是红底白字,上面写着"陆海军万岁",随风飘去,从温泉街飘向相生村,多半落在观音菩萨的寺院内了。

上午的庆典倒没有太多人参加,现在却是人山人海。我很惊讶,乡村里竟然也住着这么多人。虽然看不到多少聪明的面庞,但从数目上看却不容轻视。不久,那个传闻中的高知的什么舞蹈开始了。一听说是舞蹈,我就以为是藤间⑤舞之类,原来根本不是一回事。

舞者有三十个人,在舞台上站成三排,每排十人。他们威风凛凛地将手巾箍系在脑后,下着伊贺收腿裤,每人手里握着一把钢刀,寒

---

① 《汐酌》:表现挑海水制盐的舞蹈,根据谣曲《松风》改编。

② 土佐:高知县旧名。

③ 本门寺:位于大田区池上的日莲宗总寺院。

④ 天主台:指安土城的天守阁,是织田信长(1534—1582)的居城遗迹。织田信长称天守阁为"天主台",可以说是自命为日本的"天主",以此城君临天下。

⑤ 藤间:藤间勘右卫门创立的歌舞伎的一个流派。

光逼人。前后排之间只相隔一尺五寸,左右两边的间隔比前后间隔只窄不宽。只有一人离开大家,站在舞台的一端,这位离队者只穿着伊贺收腿裤,头上没有扎手巾箍,手中也没有握钢刀,只是胸前吊了个大鼓,这鼓和太神乐①使用的鼓一模一样。然后这个人"呀——哈——"地拖着长腔,唱起奇怪的谣曲,一面"咚咚咚"地敲鼓。曲调很怪异,未曾听过,把它看作是三河万岁②与普陀洛③的混合物,大概不会错。

唱腔极其悠长,犹如夏天的糖稀一样拖沓,那咚咚的鼓声便是用来断句的。所以,虽然拖沓,听起来却有板有眼。三十个人随着节拍挥舞着手中闪闪发光的钢刀,而且出手迅速,看着令人胆寒。表演者之间相隔一尺五寸,前后左右的方寸之间,都有人手握锋利的钢刀上下舞动,左劈右砍,因此,他们的动作必须非常协调一致才行,稍有差错,就会将同伴砍伤。倘若只是站在原地,上下左右挥动钢刀,还没有什么危险,可有时候三十个人还要一齐踏步、转身,或者转个圈,或者屈膝弓步,旁边的人早一秒或迟一秒,自己的鼻子或旁边人的脑袋都可能被削掉。钢刀虽自由自在地飞舞着,但其范围只限于一尺五寸见方的空间内,而且必须和前后左右的人同一方向、同一步调挥刀才行。这舞蹈太叫人心惊肉跳了。这种刺激可不是《汐酌》或《关扉》④之类所能比拟的。一问人家,才知道这舞蹈需要无比娴熟的功底,要想配合得这般默契,绝非一日之功。尤其困难的是那个唱万岁小调的敲鼓师傅,三十个人的步调、挥刀、转身等等,都取决于他的鼓点。在观众看来,这位师傅最悠闲,咿咿呀呀地唱着,好不轻松,其实

① 太神乐:给伊势神宫敬献的神乐。
② 万岁:一种用说唱形式表示祝福的艺术形式。三河万岁,即三河地方(爱知县幡豆郡)的一种民间祝福歌舞。
③ 普陀洛:印度灵山的名称,传说是观世音出世的地方。此处应为民间歌舞名称。
④ 《关扉》:歌舞伎曲目。"关扉"即"关隘"之意。

他的责任最重,也最辛苦,真是不可思议。

我和豪猪都佩服得五体投地,全神贯注地观看舞蹈,忽然,从五十多米远的地方传来"哇"的一阵喊叫,一直安静地观看演出的人们忽然骚动起来,波浪般涌动着。有人喊道:"打架啦,打架啦!"这时红衬衫的弟弟从人群里钻出来,报告:"先生,又打起来啦。为了报早上被迫让路的仇,中学又同师范进行决战啦。快来吧!"说罢,又一猫腰钻进人群里,不见了。

豪猪说:"这些叫人头疼的浑小子,没个消停的时候,报哪门子仇啊。"他躲避着逃跑的人们,飞奔而去。他大概是觉得不能置之不理,想过去平息一下事态吧。我当然不想临阵脱逃,就跟在豪猪后面迅速赶到现场,双方正打得难解难分。师范方面有五六十人,中学方面比对方多三成。师范的学生穿着校服,中学的学生在仪式结束后大都换成了和服,所以敌我分明,但学生们扭打成一团,不知从哪里下手劝架才好。豪猪怔怔地看着眼前混乱不堪的场面,对我说:"这样下去不行,警察来了就麻烦啦!进去把他们分开吧。"我来不及回答,一头冲进了打得最厉害的地方,喊着:"住手!住手!这样打架对学校影响不好。不要打啦!"我拼命喊叫,想冲开敌我双方的分界线,却没有成功。我冲进去几米后,就被困住了,进不去,也出不来。我面前一个大个子师范生正和一个十五六岁的中学生扭在一起。"住手!还不住手!"我抓住师范生的肩膀,使劲分开他俩。这时有人从下边抱住了我的腿,我没有提防,手一松,摔倒在地上。一个家伙用坚硬的鞋底踩住了我的后脊梁,我撑着双手和双膝,突然往右一拱,将踏在我背上的人掀翻了。我站起身来一看,五米远的地方,豪猪庞大的身子被夹在学生群里,推来搡去,还一边喊着:"住手!住手!不许打架,不许打架!"我对他喊:"喂,看来不行啊!"也许没有听见吧,豪猪没有回应。

"嗖"的一声飞来一个石子,打在我的面颊上,同时,有人用木棒子打我的后背。有人叫道:"老师还打架,揍他,揍他!"还有人喊:"两个教师,一个大个的,一个小个的,砸他们!"我骂了声:"竟敢胡说八道,乡巴佬!"照着旁边师范生的脑袋就是一拳。石子又"嗖"的一声飞来,这回掠过我的寸头,飞到了后面。豪猪不知怎么样了,看不到他。事到如今就别怪我了,我原是来劝架的,不想挨了棍棒,吃了石子,难道就这样忍气吞声地当逃兵不成?你们知道我是谁吗?别看我身材矮小,可是个久经沙场、一身功夫的打架大哥噢!想到这里,我胡乱地抡起胳膊,跟师范生对打起来,师范生也胡乱地反扑着。不一会儿,听到有人喊:"警察来啦,快跑!"刚才还像在葛粉糕里游泳似的,动弹不得,现在一下子轻松了,敌我双方都四散奔逃了。这乡下人逃跑起来真够快的,比库罗帕特金①跑得还利索。

我一看豪猪,他那带有家徽的外褂已被撕成一条条的,正站在那边擦鼻子。他的鼻梁好像被打出血了,肿得老高,红红的,很是狼狈。我穿的是飞白②夹袄,所以虽满身泥土,却不像豪猪的外褂那般破烂,可面颊却隐隐作痛。豪猪告诉我:"你脸上流了不少血。"

来了十五六个警察,可由于学生们朝相反的方向跑了,所以只捉住了我和豪猪两个人。我们自报了姓名,叙述了事情的经过。警察叫我们到警察局去一下,到了那里,我们又向警察署长述说了一遍,然后才回到住处。

十一

第二天早上醒来,浑身疼痛不已。大概好久没有打架了,才会这么疼吧。我躺在铺上琢磨着,这回可够丢人的。这时,房东阿婆拿来《四国新闻》放在我的枕头边。老实说,我现在连看报纸都费劲,可是男子汉大丈夫,怎能被这点小伤打倒呢?我咬牙翻过身,趴在床上,

---

① 库罗帕特金:即阿列克谢·尼古拉耶维奇·库罗帕特金(1848—1925),俄国步兵上将。日俄战争时起,历任集团军司令和远东武装力量总司令。

② 飞白:类似蜡染的方法,将经线或纬线结扎起来,进行染色后的图案。

打开报纸的第二版一看,大吃一惊,昨天打架的事竟然登出来了。打架的事被报道出来倒也没什么,但这篇报道居然是这样写的:

"中学教师堀田某,伙同最近由东京来此地任教的狂妄之徒某某,不仅唆使驯良学生打架斗殴,二人还亲临现场,指挥中学学生向师范学生滥施暴行。"

下面还附有一篇评论:

"本县中学素来以善良温顺之校风誉冠全国,然吾校之名誉因此轻狂二竖子之举而受损,致使全市蒙羞,故吾等不能不愤然而起,追究其责。吾等深信,在吾等追究之前,当局者定会对彼无赖之徒予以相应惩处,使彼等再无涉足教育界之余地。"

这篇评论的每个字旁都加了着重点,像针灸穴位一般。我躺在床上大喊一声:"简直是放屁!"翻身跃起。奇怪的是,刚才浑身的关节还疼得不行呢,可这么一跳,倒不觉得疼了。

我把报纸揉成一团扔到院子里,还不解气,又特意把它拿到茅房去,扔进粪坑里。报纸这玩意儿专门撒谎骗人,要说世界上最能撒谎的是什么,非报纸莫属。本该我们说那些浑小子的话,居然被他们说了。甚至胡说什么"由东京来此地任教的狂妄之徒某某……"岂有此理! 天下有叫某某的人吗? 也不好好动动脑子,我可是有名有姓的大户人家出身。想看我家家谱的话,我可以把多田之满仲以来的历代祖先的大名说出来,叫你们一一顶礼膜拜。洗脸时,两颊顿时疼起来。我让房东阿婆拿镜子来,她问我早上的报纸看了没有。我说:"看完扔到粪坑里了,想看报纸,你去捡吧。"她吓得退了出去。对着镜子一照,脸上的伤还和昨天一样。我这张脸长得再不济,也很重要。脸上受了伤,再背上个"狂妄之徒某某"的称谓,真是倒了八辈子的霉。

假如别人以为我是因为今天报纸上的那篇报道才请假的,有损我一世英名。所以吃过饭,我第一个到了学校。来上班的教员都瞧着我的脸笑。有什么好笑的! 这张脸又不是你们制造出来的。这时,马屁精来了,讥笑道:"哎哟,昨天劳苦功高啊——你看看,都光荣负伤了!"送别会时挨了我的打,大概他想报那一箭之仇吧。我给了他一句:"哪儿这么多废话,舔你的画笔去吧。"于是他说:"不好意思,想必很疼吧?""我的脸疼不疼关你屁事! 你操什么心!"挨了一顿臭骂,他才坐到对面自己的坐席上,可还望着我的脸,和邻座的历史教员一边咬耳朵,一边窃笑。

过了不久,豪猪来了。豪猪的鼻子肿着,青紫青紫的,一碰就会流出脓来似的。也许是太高估自己了吧,他的脸比我的脸伤得厉害得多。我和豪猪关系亲近,故而桌子挨着桌子,不巧的是,桌子又正对着门口,结果两张伤痕累累的脸并排在一起,别人一闲下来,就朝我们俩看。他们虽然嘴上说:"真是没想到啊。"内心肯定在骂我们是大傻瓜。否则,他们不会那样窃窃私语,嘿嘿直笑。我一进教室,学生们拍手欢迎,还有两三个人喊:"老师万岁!"我不知道他们是真心的,还是在嘲弄人。正当我和豪猪成为众人注目的焦点时,唯有红衬衫还像往常一样来到我们身边,半安慰半道歉地说了一通:"真是飞来横祸啊,我对你甚是同情。关于报道一事,我同校长商量过了,已经要求报社给予更正,请不必担心。是我弟弟邀请的堀田君,结果发生了这样的事,实在抱歉! 因此,对于此事,我会尽力妥善处理,见谅! 见谅!"

第三节课时,校长从校长室里出来,多少有些担心地说:"这么不堪的事居然登报了,但愿影响不会太大。"我却一点也不怕,若要免我的职,我将在免职之前提交辞职信。但转念一想,自己并没有错,主动辞职离开此地的话,反而助长了报纸造谣生事的气焰,倒是让报纸更正错误,赌气干下去,才顺理成章。我回住处时,想顺便到报馆去交涉,听说校方已申请了更正才作罢。

我和豪猪趁校长和教务主任有空的时候,对他们说明了整个事件的过程。校长和教务主任听完之后,作出了判断:"我们也估计是这样啊,报馆跟学校有过节,所以故意登出这种报道。"红衬衫在教员室里转了一圈为我们辩解,对每位教师说,他的弟弟邀请豪猪完全是他本人的过失。大家都说:"是报馆不好,不像话! 两位实在是受委屈了。"

回来的路上,豪猪提醒我:"喂,红衬衫居心不良,一不留神就要上他的当。"我说:"这家伙一向阴险,也不是一天两天了。"豪猪告诉我:"你还没有觉察吗? 这是他的计谋,昨天他故意让他弟弟把咱们叫去看演出,让咱们卷进骚乱中去。"对呀,我怎么没有看出来呢? 这让我很佩服他,别看豪猪粗鲁,比我可有智慧。

　　"他骗咱俩参与打架,然后让报馆写了那条报道,让咱们丢脸。这家伙太阴险啦。"

　　"连那篇报道都是红衬衫干的吗? 太叫人吃惊了。可是报馆会轻易听红衬衫的话吗?"

　　"怎么不会? 报馆有朋友,就轻而易举。"

　　"他报馆里有朋友?"

　　"即便没有也不难。随便撒个谎,告诉报社的人,就是这么这么回事,马上就写成报道登出来了。"

　　"太可恶了,果真是红衬衫设的圈套的话,我们很可能因此被免职吧。"

　　"搞不好,有这个可能。"

　　"那么,我明天就提出辞职,立即回东京去。这种烂地方,求我留下我都不干。"

　　"你就是提出辞职,红衬衫也不在乎。"

　　"说得也是,怎么做他才会害怕呢?"

　　"那家伙狡猾得很,做坏事之前想得非常周密,所以很难抓到他的把柄。"

　　"真麻烦。这样说来我们只好吃哑巴亏啦,气死我了! 天道,是耶非耶?①"

　　"再等两三天看看吧,实在不行,就只有到温泉街去堵他了。"

---

① 语出司马迁《史记·老子伯夷列传第一》:"倘所谓天道,是耶非耶?"意思是,假如有所谓的天道,那么这是天道呢,还是不是天道呢?

"污蔑咱们打架的事，就这么算了？"

"是啊。我们要做的是，想办法击中他的要害。"

"这也是个办法。我脑子不够快，想不出什么好计策，一切都指望你了，若要我做什么，尽管吩咐。"

商量完，我和豪猪分了手。倘若红衫果真像豪猪所说的那样，可真是够恶毒的。看来比拼智力是胜不过他了，非凭借武力不可。怪不得这个世界上，战争会连绵不断，人与人之间，到头来还得靠拳头说话。

第二天，好容易盼到了报纸，打开一看，且不说更正了，连取消该报道的声明也没有。到学校去问狸猫，他说或许明天会登出来吧。到了第二天一看，只用六号小字登了一段取消的文字，但是报馆方面没有进行任何更正。我又去同校长交涉，他回答学校只能尽力到这个程度了。这位校长长着一张狸猫脸，人模狗样的，竟如此柔弱无能，就连让登虚假新闻的乡下报馆赔礼道歉都做不到。我气不过，说："好吧，我自己去找主编交涉。"校长像和尚讲经似的开导我说："那可不行。你要是去交涉，只会让他们加倍说你的坏话。也就是说，报道这东西，不论是真还是假，都拿他们没办法，只能忍了。"报纸若真是这样混账的话，不如趁早砸个稀巴烂，省得受这份窝囊气。原来只要上了报纸，就跟被甲鱼咬住了差不多，只能自认倒霉。今天听了狸猫的这番说明，我才算开了窍。

三天后的一个下午，豪猪愤然来找我，对我说："时机到了，我决定实行那个计划。""是吗？我也参加。"我当即表态，结成死党。然而豪猪想了想说："你还是不参加为好。""为什么？""校长有没有找你谈话，让你辞职？""还没有，你呢？"我反问他。他说："今天他把我叫到校长室说，实在抱歉，出于无奈，请你主动辞职吧。"

"这是从何说起啊？狸猫大概是把他的大肚皮敲过了头，连肠胃都颠倒了吧。你是和我一起去参加祝捷会的，一起看的高知耍刀舞，一起去拉架的。要是勒令辞职，应该公平地叫咱们两个都提出来才是，为什么乡下学校总是这般蛮不讲理呀？真是急死人啦！"

"这是红衬衫唆使的,因为我同红衬衫一直是死对头,势不两立,而对于你,他认为留你在学校,对他也不会有什么危害。"

"我和那个红衬衫也是势不两立的呀。他以为我不会危害于他,太狂妄了。"

"他觉得你特别单纯,把你留下来,可以随便蒙骗你。"

"那就更可恨了,谁要同他两立下去!"

"再说,上次古贺走了之后,他的后任因故还未来报到,要是再把你我二人同时赶走,学生的课程就会出现空堂,影响学校运转。"

"这么说把我留下,是为了让我临时填补一下空当喽? 混蛋,我才不上他们的钩呢。"

第二天,我去学校找校长谈判。

"你为什么不叫我提出辞职呢?"

"什么?"狸猫一时没反应过来。

"你叫堀田辞职,却不叫我辞职,这样合理吗?"

"这是学校的安排……"

"这种安排是错误的,假如我可以不辞职的话,也没有必要叫堀田辞职呀。"

"这个问题我不方便跟你解释,其实堀田君辞职,也是不得已的,但你是没有必要辞职的。"

不愧是狡猾的狸猫,净说些不得要领的话,而且不慌不忙的。懒得跟他啰唆下去,我告诉他:

"既然是这样,我也提出辞职。你以为叫堀田君一个人辞职,我还会心安理得地留任吗? 这种不近人情的事,我可干不出来。"

"那怎么行啊。堀田君走了,你也走的话,学校的数学课就没人教啦……"

"有没有人教跟我没关系。"

"你可不要这样任性,也要体谅一下学校的苦衷啊。而且你刚来一个月就辞职,这关系到你将来的履历,这一点也希望你好好考虑一下。"

"我不管什么履历不履历,义气比履历更重要。"

"你说的不错,你说的都有道理,不过也请你考虑一下我的话。你如果一定要辞职,我可以答应,但希望你坚持到你的后任来了之后再离开。总之,你还是回去好好想想再说吧。"

好好想什么?理由已经说得明明白白,不可能改变的。看着狸猫的面孔白一阵红一阵的,忽觉怪可怜的,便答应再想想,退了出来。我没有跟在旁边的红衬衫说一句话,反正迟早要教训他一顿,到时候跟他一起算总账好了。

我把和狸猫谈判的情况告诉了豪猪,他说,估计会是这个结果。他说辞职的事可以先放一放,必要的时候再提也不迟,我听从了他的建议。毕竟豪猪比我要精明些,所以我万事都听从他的忠告。

豪猪终于提出了辞职,辞别了全体教员后,搬到海滨的港屋去住了。但他又悄悄地回来,躲在温泉街枥屋旅店二楼临街的房间里,在窗户纸上戳了个洞,监视起外面来。知道这件事的恐怕只有我一人。红衬衫一般都是晚上偷偷地来,而且天刚擦黑时他怕碰见学生或其他人,至少等到九点以后才敢来。最初的两个晚上,我一直蹲守到十一点,也不见红衬衫的影子。第三天从九点监视到十点半,还是不见他来。空等一场,只好半夜三更返回住处,好不丧气。这样过了四五天,房东阿婆担心起来,告诫我:"您可是有家室的人,夜里还是不要出去游玩了。"阿婆有所不知,她说的游玩和我们的游玩完全是两回事,我们游玩是为了替天行道!虽说如此,可是又过了一周,还是没有收获,我开始不耐烦了。我是个性急的人,热情来了可以干个通宵,但不论干什么都不曾坚持到底过,即便是替天行道,还是难免厌倦起来。第六天,我已经有些生厌,第七天就想打退堂鼓了。相比之下,豪猪倒是很固执,他每天从黄昏直到十二点多,眼睛贴在窗洞上,目不转睛地盯着角屋那盏圆玻璃罩的瓦斯灯下面进出的人。我一去,他给我看他的记录,今天进去多少客人,过夜的几人,女的几人,十分详细,使我惊讶不已。有时候我说:"看样子不会来了吧?"他抱着膀子叹息着:"嗯,按说不会不来的呀。"我真是可怜他,如果红衬衫一次也不来这里的话,豪猪这一辈子都无法替天行道了。

到了第八天,我七点左右离开住处,先去舒舒服服地泡了个澡,然后在街上买了八个鸡蛋,这是用来对付阿婆的"番薯战"的。我在左右两边的袖筒里各塞了四个鸡蛋,照例肩上搭着红毛巾,袖着手登上了枥屋旅店的楼梯。一推开豪猪的房门,他就冲我说:"嗨,有希望,有希望!"他那护法神般的脸上充满了活力。直到昨天夜晚,他都是愁眉紧锁,连陪在他旁边的我,都觉得他有些沮丧了,此时看到他兴奋的表情,我也骤然快活起来,还什么也没问,就连声说:"痛快! 痛快!"

"今晚七点半前后,那个叫阿铃的艺伎进了角屋。"

"和红衬衫一起吗?"

"不是。"

"那可完了。"

"艺伎是两个人一起来的,我看大有希望。"

"为什么?"

"这还用问吗? 那家伙狡猾得很,多半是叫艺伎先来,自己随后悄悄地来。"

"有可能。已经九点了吧?"

"现在刚九点十二分。"他从腰间掏出镍壳表看了看,"喂,你把灯灭掉,窗户上映着两个圆脑袋怎么行,狡猾的狐狸会起疑心的。"

我"噗"的一声吹灭了涂漆矮桌上的煤油灯,星光映出朦胧的窗纸,月亮还没有出来。我和豪猪把脸紧紧贴在窗纸上,屏息静气地向外窥看。"当——"挂钟响了,九点半了。

"哎,他会来吗? 今夜再不来,我可不干啦。"

"只要还有钱交房租,我就要坚持下去。"

"这得花多少钱?"

"到今天为止,八天花了五元六角。我每晚结一次账,以便随时可以离开。"

"你想得很周全，店家不觉得很怪吗？"

"店家不必理会，只是整天神经紧绷，真受罪啊。"

"白天可以睡大觉呀。"

"睡觉是睡觉，但是不能外出，憋闷得很。"

"替天行道也真够遭罪的，要是天网恢恢，疏而有漏的话，可就气死人啦。"

"哪里，今夜肯定会来的。——快看，快看！"他压低嗓门儿说道，我立刻来了精神。只见一个戴黑帽子的男人抬头朝角屋的煤气灯瞧着，朝黑暗处走去。不是红衬衫他们。唉，我心里凉了半截儿。过了片刻，账房的挂钟自顾自地敲响了十点，今夜看来又白等了。

四周静下来了，连花柳街的鼓声都听得真切。月亮从温泉山后露出了脸，映照得街上很亮。这时，听见下面有人说话。我们不能从窗户伸出头向下看，所以看不见是什么人，但可以判断出正朝着这边走来，能听见斜齿木屐发出的"嘎达嘎达"的响声。我斜眼望去，终于看到两个人影已近在眼前了。

"这回可放心啦，碍事的人被赶走啦。"这正是马屁精的声音。"那家伙徒有其勇，不知筹谋，自然一败涂地。"这是红衬衫。"另外那个也跟小痞子似的，说起那个小痞子，倒是个傻仗义的公子哥儿，蛮可爱的哟。""那小子又是拒绝加薪，又是辞职，肯定是精神有问题。"我真想打开窗户，从楼上飞身跳下，狠狠地揍他一顿，好不容易才忍住了。两个坏蛋嘻嘻哈哈地说笑着，从煤气灯下走过去，进了角屋。

"喂！"

"喂！"

"来了吧！"

"终于来了！"

"这下子可放心啦！"

"马屁精这畜生，竟敢说我是傻仗义的公子哥儿。"

"碍事的人是说我呢。是可忍，孰不可忍！"

我和豪猪必须等他们回去时,在半路上伏击。但不知道这两个混蛋何时出来。豪猪下楼去,拜托老板,今晚半夜可能有事要出去,请不要锁上店门。现在想来,店老板居然答应了,一般人说不定会把我们两人当成小偷看的。

　　把红衬衫等来已经够受罪的了,现在还得等他出去,就更加难熬了。也不能睡觉,还要一直从窗上的洞里盯着外面,真够受的。不管干什么心里都不踏实,我还从来没有遭过这种罪呢。于是我提议:"干脆闯进角屋,当场抓住他们算了。"豪猪一句话就给我否定了:"咱俩要是现在闯进去,人家会把咱俩当成闹事的拦住的。如果说明来意,要求见他们,店家会推说不在,或把咱俩带到别的房间去。即便能够出其不意闯进去,那里有几十间屋子,怎么知道他们在哪间。所以虽然烦闷,也只能耐心等待,别无他法。"经他这么一说,我才好容易等到了早晨五点钟。

　　一看到从角屋走出两个人来,我和豪猪立即跟了上去。由于离头班火车还有一段时间,他俩必须走着回镇子去。走出温泉街后,是一条一百米远的杉树林荫道,路左右两边是农田。走过这段路,是一片村落,有些零零落落的茅草房。沿着这条乡间小路走下去,便走上了土堤,可直达镇里。只要离开温泉街,无论在哪儿追上他们都行。我们打算尽可能在没有农家的杉树林荫道上追上他们,便悄悄跟在后边。一离开街道,我们就突然加快了脚步,以迅雷不及掩耳之势追上了他们。两个家伙发现后面有动静,吃惊地回过头来时,我大喝一声:"站住!"抓住了马屁精的肩膀,马屁精吓得想要逃跑,我绕到他前面,堵住了去路。

　　"你身为教务主任,为什么去角屋住宿?"豪猪马上质问道。

　　"谁规定的教务主任不能去角屋住宿?"红衬衫依然拿腔拿调地问,但面色有些苍白。

　　"你不是说,为了管理起见,教员连面馆和米粉团铺子都不能出入吗? 你既然是这等正人君子,为什么还和艺伎在旅店里鬼混?"

马屁精想趁机逃跑,我当即挡住他,喝问:"你说谁是小痞子?"

"没有啊,不是说你呀,实在是冤枉啊。"他厚着脸皮拼命狡辩。这时,我才意识到自己两手都抓着袖口呢。刚才追赶他们时,怕袖子里的鸡蛋滚来滚去,所以一直这样紧紧抓着。我立即把手伸进袖筒,掏出两个鸡蛋来,大喊一声:"看打!"照着马屁精的脸砸去。鸡蛋"咔嚓"碎了,蛋黄从马屁精的鼻尖儿滴滴答答地往下淌,马屁精吓得魂飞魄散,哇哇地叫着,一屁股坐在地上,直喊救命。我买鸡蛋本来是吃的,不是为了打架装进袖筒。只是被他气晕了,才会不知不觉扔出去。我看到马屁精一屁股坐下来,才发现这一招很有效。"混账东西! 混账东西!"我一边骂,一边把剩下的六个鸡蛋一股脑儿都砸在他脸上了,马屁精顿时满脸黄汤。

我往马屁精脸上砸鸡蛋的工夫,豪猪和红衬衫一直在争吵。

"你有什么证据说我带艺伎去旅店过夜?"

"昨晚我亲眼看见你那个相好的艺伎进了角屋,你还想抵赖吗?"

"用不着抵赖,我是和吉川君两个人一起去住宿的。艺伎昨晚来没来,我哪里知道?"

"住口!"豪猪一拳打去,把红衬衫打得直晃悠。

"你敢打人,太粗野了! 你蛮不讲理,胡作非为,简直无法无天!"

"你才是胡作非为,无法无天呢!"说罢又是一拳,"像你这种狡诈的混蛋,不打不解恨。"说完又是一通雨点般的痛打。与此同时,我也将马屁精狠狠地揍了一顿。最后,他俩蜷缩在杉树下,不知是动弹不了,还是被打得头昏眼花,反正不打算逃了。

"挨够打了吗? 不够的话,再接着揍。"于是,我们又是噼里啪啦的一顿揍。红衬衫说:"够啦!"我问马屁精:"你也够了吗?"马屁精回答:"当然够啦。"

"你们两个都是混蛋,所以我们这是在替天行道。要是怕挨揍,今后就老实点。无论你们怎样花言巧语,无理狡辩,正义也不会饶恕你们!"豪猪说罢,这两个人都没有吭声。说不定他们被打得连张嘴都费劲了。

"我不逃也不躲，今晚五点以前我就在港屋。你们要是想找我们，尽管来。把警察叫来也可以，悉听尊便。"听豪猪这样说，我也学舌："我也不逃不躲，和堀田待在同一个地方，要想报警，就去报好了。"说罢，我们两个大摇大摆地走了。

我回到住处时，还差几分钟七点。一进屋我就开始收拾行装，阿婆惊讶地问："你这是干什么？"我回答："阿婆，我要回东京，把夫人接来。"结了账，我就乘火车到海滨的港屋去找豪猪，他正在楼上睡觉。我打算尽快写辞呈，可又不知写什么好，只简单写了一句："小生因故辞职回东京，请予批准。敬礼。"然后邮寄给校长。

轮船晚上六点开。豪猪和我都很疲倦，呼噜呼噜睡了一大觉。醒来时，已是下午两点。问女招待警察来了没有，回答说没有来。"看来红衬衫和马屁精都没敢去报官啊。"说罢，我们俩哈哈大笑。

当晚，我和豪猪离开了这块不干不净的地方，随着船离岸越来越远，我们的心情渐渐快活起来。到了神户之后，又乘火车直达东京，在新桥车站下车时，我才仿佛重回人间似的。我和豪猪就此分别，直到今天也未曾见面。

对了，忘了说阿清婆了。我一到东京，不等去找住处，就提着皮箱跑去找阿清婆了。一见面，我就嚷道："阿清婆，我回来啦！"

"哎哟，是少爷呀，没想到这么快就回来啦，谢天谢地！"阿清婆说着，眼泪吧嗒吧嗒掉了下来。我也激动地说："我以后再也不去乡下啦，在东京找处房子，和阿清婆住在一起。"

后来，靠一个朋友周旋，我成了电车公司的技师。月薪二十五元，拿出六元租房子，虽然不是高门大院，但阿清婆仍非常满意。遗憾的是，阿清婆今年二月不幸染上肺炎死了。临终前，她把我叫到跟前，央求我说："少爷，求求你啦。我死后，请把我葬在少爷家的墓地里吧。我在那里等着少爷。"

因此，阿清婆的墓也在小日向的养源寺内。